# Sabedoria da Mitologia
# para o seu dia a dia

EDITORA AFILIADA

"O livro é a porta que se abre para a realização do homem."

*Jair Lot Vieira*

Edson Bini

# Sabedoria da Mitologia para o seu dia a dia

# Sabedoria da Mitologia para o seu dia a dia
## Edson Bini

© desta edição: Edipro Edições Profissionais Ltda. – CNPJ nº 47.640.982/0001-40

1ª Edição – 2010

Supervisão editorial: *Jair Lot Vieira e Maíra Nelli Lot Viera*
Assistente editorial: *Otávio Barduzzi Rodrigues da Costa*
Edição e produção gráfica: *Alexandre Rudyard Benevides*
Revisão: *Luana da Costa Araújo Coelho*
Capa: *Camila Treb e Maíra Nelli Lot Vieira*

Dados de Catalogação na Fonte – (CIP) Internacional
(Câmara Brasileira do Livro, SP, Brasil)

Bini, Edson
 Sabedoria da mitologia para o seu dia a dia / Edson Bini – São Paulo/Bauru, Edipro, 1ª ed., 2010.

 ISBN 978-85-7283-662-3

 1. Mitologia grega  I. Título.

 09-12089                                                    CDD-292.08

Índices para catálogo sistemático:
1. Mitologia grega : 292.08

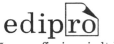

edições profissionais ltda.

São Paulo: Fone (11) 3107-4788 – Fax (11) 3107-0061
Bauru: Fone (14) 3234-4121 – Fax (14) 3234-4122
www.edipro.com.br

*Para Vivian,*

*amiga leal e sempre presente...*

*Agradecimentos*

*O número de pessoas que direta ou indiretamente me incentivaram a escrever este livro é demasiado grande para eu citá-las todas aqui nominalmente. A elas agradeço na esperança de satisfazê-las na sua expectativa.*

*Ademais, registro minha gratidão A LEONOR MACEDO BINI, mãe e amiga zelosa e afetuosa; a EDIS BINI* (in memoriam), *pai laborioso e prudente como Nestor e ao editor e amigo JAIR LOT VIEIRA por acreditar na ideia e convertê-la em livro.*

*Finalmente agradeço a DALEL SFAIR e a ROBERTO GANEM que, cada um à sua maneira, contribuiram com valiosas sugestões durante a gestação deste livro.*

.

# ÍNDICE

PREFÁCIO ........................................................... 11

SABEDORIA DA MITOLOGIA .............................. 13

Os Dois Rios ................................................... 13

O Toque de Midas ........................................... 17

Os Apuros de Pigmalião .................................. 19

O Pomo de Ouro ............................................ 24

Um Herói Atraiçoado ...................................... 31

O Rebelde Prometeu ....................................... 37

O Jarro de Pandora ......................................... 40

Hipnos e Tânatos ............................................ 42

A Ferida de Quíron ......................................... 48

O Javali da Caledônia ..................................... 53

O Receio de Cronos ........................................ 62

A Maldição de Cassandra ................................ 65

Édipo e a Tragédia .......................................... 68

Hermes e o Gado de Apolo ............................. 81

Teseu e o Minotauro ....................................... 88

Fedra, Teseu e Hipólito ................................... 110

*Sabedoria da Mitologia para o seu dia a dia*

Narciso e a sua Imagem ........................................................... 116

O Cavalo de Madeira e o Destino de Laocoonte ...................... 122

Árion e o Golfinho ...................................................................... 133

Orfeu e a Descida ao Mundo dos Mortos ................................ 139

Os Argonautas e o Tosão de Ouro ........................................... 148

# PREFÁCIO

Este é *apenas* um livro de histórias! Não se trata de obra de cunho didático, paradidático ou acadêmico, técnico ou erudito.

Desde adolescente convivo com a mitologia grega, meu contato com ela tendo sido regular desde os tempos de estudante do então chamado *curso ginasial*. Já na Universidade, embora frequentasse o curso de filosofia, e não algum curso que contemplasse especificamente a história da religião e do mito, dediquei-me autodidaticamente ao estudo das religiões, do ocultismo e do esoterismo, o que só intensificou o meu estreito vínculo com a mitologia grega.

Nos últimos dez anos, a atividade contínua como tradutor de filosofia, sobretudo grega, conduziu-me a uma desafiadora e instrutiva análise do mito na sua conexão com a filosofia, mais exatamente a relação entre linguagem e conteúdo míticos e discurso filosófico; particularmente em certos diálogos de Platão ocorre uma alternância, sem ruptura de continuidade, entre o que se poderia chamar precariamente de "discurso racional" e "narrativa mítica".

Entretanto, isso não me motivou, ao menos por ora, a escrever ensaios, um dicionário ou um tratado acerca da matéria, envolvendo quer minhas conclusões de caráter linguístico, quer exegese ou hermenêutica aplicada aos mitos gregos. Parece-me, inclusive, que há disponíveis obras excelentes que apresentam esse perfil e esse feitio.

Minha preocupação foi outra e resultou neste trabalho.

Este volume contém histórias inspiradas na mitologia helênica ou adaptações livres de certos episódios mitológicos. Não é um livro para crianças, mas para adultos. Meu objetivo foi pragmático e duplo: proporcionar entretenimento agradável e fácil a quem gosta de ler, e *principalmente* – isto através de uma certa linha interpretativa despretensiosa, mas decididamente

*Sabedoria da Mitologia para o seu dia a dia*

útil – *acenar* para algumas *verdades universais* capazes de facilitar, ou tornar menos difícil a vida dos seres humanos do século XXI, cercados maciçamente de tecnologia sofisticada, mas portadores de problemas psicológicos, existenciais, relacionais e manifestadores de comportamentos que pouco ou nada diferem dos problemas e comportamentos de pessoas que viveram em quaisquer outras épocas passadas ou em quaisquer outros pontos do planeta! O mito é veículo de verdades eternas que não se inserem no tempo e no espaço.

Desde o nascimento do espírito filosófico no ser humano, duas metas e anseios capitais, entre tantos outros, se impuseram: *dar sentido à existência e alcançar a felicidade*

Hoje está cabalmente comprovado que o imenso progresso científico e tecnológico obtido pela espécie humana, apesar de seus inúmeros e indiscutíveis benefícios materiais, andou e tem andado na contramão do atingir dessas duas metas, atingir este que garantiria e preservaria um profundo e estável bem-estar interior humano a se somar, possivelmente, ao bem-estar exterior (ao ser humano) possibilitado pela ciência e a tecnologia, que são criações ou produtos humanos.

Mas, de fato, o aceleradíssimo avanço tecnológico ocorre paraleladmente a uma flagrante decadência de valores humanos fundamentais.

Este pequeno livro portanto, desconfia do presente e confia no passado, e nesse sentido é, talvez, nostálgico ou saudosista, pois o mito grego é uma criação que principia cerca de dez séculos a.c.

Mas, acima de tudo, acredito que a alma humana jamais se transformou essencialmente e que os remédios que curam suas perturbações e enfermidades são sempre os mesmos... embora técnicas e terapias possam mudar.

É inevitável pensar aqui na psicanálise, tão recente, mas servindo-se do mito grego de Édipo contido numa tragédia de séculos a.c. Todavia, é de se evocar ainda mais Jung do que Freud, pois sua concepção de *arquétipo* nasce do namoro não-ortodoxo que Jung entreteve com as chamadas "ciências ocultas".

Espero que a leitora e o leitor experimentem com estas histórias um prazer semelhante ao que experimentei ao escrevê-las, e que minhas tentativas de alertá-los para certos pontos tenham êxito e contribuam, ainda que muito modestamente, para alterar suas vidas para o melhor.

Ocioso dizer que suas críticas podem e *até devem* ser enviadas a este autor através desta Editora, ou diretamente ao email: *edsonlbini@gmail.com*.

*Edson Bini*

*São Paulo, agosto de 2009*

# Os Dois Rios

O velho sátiro Sileno, pedagogo do deus Dionísio, costumava narrar curiosas histórias, ainda que breves. Numa ocasião contou sobre dois rios muito próximos, cujas águas fluíam de forma aparentemente normal, cristalinas e revigorantes para o viajante sedento que fatigado também encontrava sombra e repouso sob as árvores às margens desses aconchegantes regatos.

Entretanto, após saciar a sede e descansar, o viajante que, recostando ao tronco de uma árvore, antes de um eventual cochilo, observasse mais detidamente as árvores, perceberia de imediato algo extraordinário nelas: não eram carvalhos, plátanos ou quaisquer outras árvores conhecidas... e exibiam frutos igualmente de aspecto estranho, porém de aparência especialmente suculenta, em particular para o viajante faminto cujos víveres haviam escasseado ou mesmo acabado.

Houve muitos que, incitados pela fome, provaram desses frutos das árvores que ladeavam um e outro dos rios de que fala Sileno.

Não há dúvida que eram doces, tenros e saborosos, transmitindo um quase imediato bem-estar. Mas apresentavam peculiaridades interessantes...

Os frutos das árvores às margens de um dos riachos não demoravam a causar um sério transtorno em quem os comesse: levava-o a um pranto convulsivo seguido de um pronunciado enfraquecimento. A partir de então um acelerado processo de envelhecimento abreviaria os dias de existência do esfaimado e imprudente viajante.

*Sabedoria da Mitologia para o seu dia a dia*

Contudo, aquele que (não se sabe se por vontade dos deuses, por força do destino ou do sopro caprichoso da sorte) se erguesse, colhesse e comesse o fruto de qualquer das árvores às margens do outro rio, dali distante apenas uma centena de metros, via-se, logo após a sensação de satisfação, invadido por uma súbita euforia e um intenso revigoramento.

Não importa quão avançada fosse a idade desse viajante e quão precária sua saúde, um processo de rejuvenescimento nele se instaurava, conferindo-lhe até a real oportunidade de reviver proezas, aventuras e prazeres já esquecidos ou, pelo contrário, regularmente acalentados pela memória.

O ancião enfermiço então se enchia de alegria contemplando uma espécie de renovação de sua existência através de uma inversão do ciclo vital... – antes da morte acontecia a volta à juventude, com o domínio absoluto da vida.

Esta é a historia de um desses anciãos.

Repleto de discernimento e sabedoria, ele tinha agora a perspectiva de voltar a ser jovem, mas com o saber e a experiência de um velho: quantos erros seriam corrigidos, quantas chances perdidas resgatadas, quantos sofrimentos causados pela impulsividade e a ignorância eliminados...

Mas... havia algo de preocupante naquele *rejuvenescimento*, que era, no entanto, genuíno e real... algo de sobre-humano, as energias dentro daquele homem envelhecido brotando transbordantes, como se desmedidas.

Ele ansiava por abocanhar o mundo, sacudido por uma sede de viver que agitava suas entranhas e seu ser.

E por que afinal não aproveitar? Além disso, aquilo parecia irreversível... e mesmo que não o fosse, talvez seria uma afronta aos deuses ignorar aqueles frutos... que, extraordinariamente abundantes, vergavam centenas e centenas de árvores às margens daquele rio abençoado!

Logo um pensamento inquietante assaltou nosso viajante: e se outros viajantes ou peregrinos se apoderassem dos frutos? Mas era uma região remota e, afinal as árvores eram tantas e tão jovens e robustas que – pensou consigo, ele que inclusive aprendera a virtude da generosidade – haveria frutos para todos... e quem sabe devesse até divulgar a boa nova?

Muniu-se de uma boa provisão dos frutos. De fato, pôde encher seu saco de viagem até as bordas, já que não lhe restava quase mais

*Os Dois Rios*

nenhum alimento, e o novo vigor de que era senhor lhe proporcionaria energia e capacidade mais que suficientes para erguer e transportar o fardo pelos duzentos quilômetros que o separavam de casa.

Assim, nosso eufórico e ainda pasmo viajante antes do meio-dia começou sua jornada alegremente e embalado por mil esperanças e projetos! Caminhava a passos largos e velozes.

Após ter vencido um quarto do caminho, parou às margens de um regato e se mirou nas águas límpidas onde viu refletida a figura madura (da qual bem se recordava!) de um homem de ombros largos e faces bronzeadas.

O entusiasmo avassalador certamente eclipsou seu raciocínio e ele se apressou em banhar aquele corpo vigoroso, apalpando-se e beliscando-se como que para certificar-se que não sonhava. Não... era tão real quanto sua sede e, dirigindo-se a uma outra parte do rio, ele sorveu a água fresca.

Seu bem-estar era tal que mal sentia cansaço ou sono. Prosseguiu viagem, porém decorridas mais algumas horas sentiu fome. Deteve-se pouco antes do anoitecer num bosque e saboreou dois daqueles polpudos e preciosos frutos... que, aliás, pareciam não perder o frescor.

Era início do outono e, apesar da estação dos frutos, o céu da Tessália, chegada a noite, não se mostrava tão salpicado de estrelas como nas noites frias do inverno. Ele se deitou sobre um manto de relva e não tardou a adormecer.

Como não ocorria há muito tempo (incomodado regularmente pelas mazelas da velhice), gozou de um sono tranquilo e reparador, mas sem sonhos. Ao despertar, como era seu costume, espreguiçou-se e levou as mãos ao rosto.

Não detectou mais a barba curta sobre o queixo e seus membros pareciam estranhamente leves.

Levantou-se agilmente e novamente tateou o próprio corpo. Seu espírito, embora aturdido, após esse autoexame, o informou, em meio à onda de alegria que o tomava, que retornara ao viço de seus vinte anos!

Mas... *de súbito como que se libertando daquela torrente de emoção que tiranizava sua alma,* um pensamento terrível (que por alguns segundos pareceu congelar seu sangue) veio à tona: *a velocidade de seu*

15

*Sabedoria da Mitologia para o seu dia a dia*

*rejuvenescimento era vertiginosa... bastaria mais a metade de um dia para que voltasse a ser um menino e em seguida...*

A imensa alegria que o havia embriagado um minuto atrás foi substituída pelo mais sombrio e cruel dos desesperos. O que fazer? Um novo pensamento (já que agora conseguia pensar com clareza) lhe ocorreu na esteira de um fio de esperança.

Se parasse de comer aqueles frutos era de se imaginar que aquele processo fosse interrompido. Afinal, *era precisamente o momento de interrompê-lo*, mesmo porque se encontrava na flor da juventude.

Deixou atrás de si o saco quase repleto daquele alimento mortal e retomou sua viagem, anda mais lépido e veloz.

Horas depois era fustigado pela fome e, como se não bastasse, por um desejo singularmente intenso por "aqueles frutos". Livrara-se do pouco alimento normal que lhe restara e sua única alternativa agora era examinar os arredores em busca de um alimento silvestre, ou de alguém que partilhasse de sua comida.

Mas não encontrou nem uma coisa nem outra.

Procurou infundir-se coragem e seguiu seu caminho ainda mais rápido, buscando crer a todo custo na esperança de uma poção médica ou mágica que revertesse o efeito daqueles frutos da morte...

Mas, há poucos quilômetros de casa nosso estranho viajante *não passava de um menino*.

Engatinhou aos soluços tateando a porta de sua casa.

Uma senhora idosa (sua amada esposa), percebendo mais o choro do que os débeis golpes na porta, abriu-a e, enternecida, tomou um bebê inquieto e agitado nos braços, o qual meia hora depois expirava sobre um leito modesto...

● ● ●

*Vivamos com o máximo contentamento e responsabilidade possíveis, pois somos mortais – é essa nossa condição inalterável! A morte é a indicadora suprema do grande valor da vida e a estrada que nos conduz a ela pode ser mais reta para uns, mais sinuosa para outros, mas chegamos todos necessariamente ao seu fim...*

# O TOQUE DE MIDAS

O deus Dionísio numa ocasião quis recompensar o rei Midas pela acolhedora estadia que oferecera ao sátiro Sileno, respeitado e amado pelo jovial deus do vinho.

Indagado sobre a recompensa que desejava, Midas, sem hesitar, e sem pedir algum tempo para pensar, apressou-se em dizer que desejaria que tudo aquilo em que tocasse se convertesse em ouro.

Desejo concedido, Midas foi caminhar entre seus famosos jardins repletos de roseiras, que então exalavam o adorável perfume de belíssimas e delicadas rosas, saturando todo o ambiente de encanto e suavíssimo aroma.

Dizem que esse horto formidável representava o orgulho maior de Midas e durante todas as primaveras ele o frequentava diariamente, extraindo imensa alegria, serenidade e equilíbrio da proximidade e convívio de suas 'amigas' roseiras.

Nesse entardecer, porém, algo inusitado aconteceu. Ao avistar um buquê natural de botões recém desabrochados, ele se aproximou sorridente e abraçou-o afetuosa e suavemente, como a dar boas vindas a um novo rebento de suas 'amigas' roseiras.

Instantaneamente sob suas mãos os botões vermelhos se enrijeceram e douraram...

Por alguns instantes Midas experimentou sentimentos desencontrados e contraditórios. Sentia indizível prazer por ver seu ambicioso desejo realizado... e ao mesmo tempo um certo amargor por não expe-

*Sabedoria da Mitologia para o seu dia a dia*

rimentar a carícia macia sedosa e orvalhada das flores... Até a costumeira fragrância inebriante evaporara, tudo substituído pelo contato frio dos botões áureos, pesados e duros.

Perturbado, o rei deu meia volta e subiu pela escadaria do palácio, se dirigindo, sob a vênia dos serviçais e escravos, à mesa real, onde o aguardavam a linda esposa e seus filhos amados.

Sem comentar o incidente, ergueu sua taça de ouro com o vinho já preparado e fez a devida libação a Baco (que é outro nome de Dionísio). Mas qual não foi sua surpresa... odiosa surpresa... ao tocar com os lábios o líquido, que imediatamente se solidificou no mais puro ouro.

Sob o toque sucessivo do transtornado rei, o mesmo aconteceu com o assado, o pão e as frutas variadas.

O rei levantou-se atônito diante do pasmo de seus familiares e dos escravos presentes, que o observavam horrorizados. Na sua agitação desesperada, Midas amparou-se da mão da esposa, que de imediato petrificou-se em ouro...

Seus filhos levantaram e fugiram. E até mesmo os criados e escravos os imitaram.

Midas, em pé, deteve-se, incapaz de emitir ordens ou sequer balbuciar qualquer coisa. Assim permaneceu por minutos, a fisionomia transfigurada e o olhar lançado no vazio.

Finalmente, recobrou as forças, a voz e a lucidez:

"Ó Dionísio, deus generoso e prazenteiro! Quiseste favorecer-me e eu, na minha cupidez, atraí para mim a pior das maldições! Ajuda-me!"

Dionísio, que é igualmente o deus da leveza e dos folguedos, que se diverte com a loucura humana, mas que também ama os seres humanos, sorriu diante da perigosa liberdade humana e suspendeu o efeito da concessão do desejo que Midas expressara.

Tudo voltou ao normal.

• • •

*Cuidado com o desejo pelo dinheiro. Não há dúvida que o dinheiro é necessário para uma vida confortável e segura... mas ele é apenas um meio, que por mais importante que seja não é a finalidade de nossas existências.*

# Os Apuros de Pigmalião

Conta-se entre os cipriotas antigos que há muito tempo atrás um jovem chamado Pigmalião apaixonou-se pela deusa cípria Afrodite, célebre por sua magnífica beleza e extraordinário poder de sedução sobre deuses e homens.

Não correspondido e rejeitado, o jovem, tomado pela dor, prometeu a si mesmo que jamais permitiria que seu coração novamente pulsasse por uma mulher ou deusa.

Assim decidido, recolheu-se à sua oficina de artesão e passou a dedicar-se exclusivamente ao seu trabalho, procurando arduamente encontrar consolo na escultura, a arte para a qual desde menino tinha indiscutível pendor e para a qual fora direcionado por seus zelosos pais.

Passou a fazer muito raras incursões e passeios ao centro da cidade, a fim de evitar o confronto com as belas moças que por ali circulavam. Limitava-se a sair para prestar seu culto no templo, além de realizar o regular culto à deusa Héstia, incluindo sua obrigação como primogênito de avivar o fogo doméstico.

Os dias transcorriam e Pigmalião, de fato, conseguiu certo alívio devotando-se de corpo e alma ao seu cinzel, que ia criando formas delicadas e atraentes, sob o impulso do talento do artista, aos blocos de madeira e de outros materiais que os escravos assistentes lhe preparavam.

As encomendas eram muitas e, num dia claro de verão, o ilustre artista foi procurado por uma senhora.

*Sabedoria da Mitologia para o seu dia a dia*

Como se impusera, ele não recebia mulheres em sua oficina, tendo incumbido seu leal e competente escravo Tísias dessa tarefa. Tísias ouvia a cliente, registrava seu pedido, anotava especificações e combinava data de entrega e pagamento. Na verdade, Pigmalião – o que minorava seus problemas – era geralmente visitado por clientes homens e não por mulheres.

Dessa vez, entretanto, aquela senhora insistiu muito para ver o próprio escultor e este, depois de se informar com Tísias que se tratava de uma anciã em busca de uma encomenda incomum, ainda que a contragosto, concordou em abrir uma exceção, atendendo-a pessoalmente.

Ao passar ao aposento ao lado, o jovem realmente viu uma senhora idosa, vestida elegantemente e manifestando maneiras nobres. Apesar da avançada idade, seu corpo era apenas ligeiramente curvado e os cabelos branquíssimos emolduravam um rosto formoso, no qual chamavam especialmente a atenção os grandes olhos *glaucos*, isto é, de um verde-ardósia que lembrava a cor das águas do Mediterrâneo.

Após saudá-la polida e respeitosamente e indicar-lhe um assento, Pigmalião, ainda intimidado com a presença feminina (ultimamente a única mulher com quem se avistava regularmente era sua mãe, esquivando-se à presença até da irmã), perguntou-lhe objetivamente o que desejava de sua arte.

"Algo relativamente difícil, tanto pelo tema delicadíssimo quanto pelo incomum do material" – ela disse, e sua voz, embora denunciasse algum tremor natural a uma mulher muito velha, era, contudo, clara e firme, dotada de um timbre que chegou a perturbar nosso recluso artista.

Ele instintivamente fugia ao olhar daquela mulher e pretendia encurtar o máximo aquela entrevista. Apesar de moço, já lera em Homero que os deuses costumavam visitar os seres humanos sob formas diferentes e ocorreu-lhe que podia se tratar de uma insidiosa armadilha da própria Afrodite.

Entretanto, a segura mulher diante dele, impassível ante seu desconforto, prosseguiu no seu tom firme.

"Meu caro mestre artesão, tenho viajado por toda a Grécia nos últimos anos e não consegui até hoje um artista capaz de realizar essa tarefa a contento. São inábeis ao lidar com esse material e, principalmente,

*Os Apuros de Pigmalião*

não conseguem, por conta da falta de suficiente talento, reproduzir com realismo e persuasão a obra de arte que tanto desejo."

"Como já deves saber, senhora", – observou o escultor, esforçando-se para sustentar seu olhar, "trabalho com a madeira, o bronze e o mármore. Vejo, porém, que teu diligente escravo tem nos braços um material não tão comum, mas que sei que é *marfim*. Devo informar-te que não é meu hábito trabalhar com marfim."

Uma súbita suavidade, quase ternura, apossou-se daquela senhora aristocrata.

"Caro mestre Pigmalião, rogo-te que não rejeites meu pedido. Sei que não é usual trabalhares com marfim, mas és minha última esperança. Estou muito velha e não demorará para minha alma ser chamada ao Hades. É meu derradeiro desejo, do fundo do coração, ver confeccionada e pronta essa imagem de marfim de nossa deusa Afrodite e legá-la aos meus filhos."

O mero nome pronunciado da deusa abalou o artista. Quanto à ideia de reproduzi-la na sua oficina de trabalho, precisamente o lugar em que se empenhava para esquecê-la, desalojá-la de seu coração juntamente com todas as criaturas de seu sexo, era *impensável!*

"Impossível, senhora." – ele disse com voz trêmula, que por falta da firmeza que deveria ter soou um tanto hostil. "Decididamente, não gosto de trabalhar com marfim. Prefiro outros materiais. E certamente não atingiria a excelência e perfeição que exigirás moldando um material avesso ao meu cinzel como o marfim, com o qual, a propósito, tenho pouquíssima experiência."

"Jovem mestre!" – ela insistiu veementemente. "Em nome de tua honrada casa e de teus dignos pais, não negues atender ao pedido de uma velha devota, próxima do túmulo! Trata-se de uma escultura que, sei, só tu estás à altura de criar com perfeição... Além do que, pagar-te-ei regiamente."

A um sinal da ilustre senhora, um segundo escravo, particularmente musculoso, apresentou-se à entrada do aposento com dois sacos onde moedas de ouro tilintavam.

"Senhora, não é questão de pagamento e dinheiro." – resistiu Pigmalião, determinado a não atendê-la. "Simplesmente não trabalho

*Sabedoria da Mitologia para o seu dia a dia*

com marfim e, além disso, já tenho encomendas demais. Decerto tens pressa!"

"Sim, tenho." – ela confirmou com seu usual tom resoluto. "Mas mesmo que demores, se a morte for mais rápida, meus filhos receberão a imagem. Quanto ao teu justo pagamento, seria realizado agora."

Pigmalião começava a esmorecer. Corria o olhar o pousando ora no marfim, ora nos sacos intumescidos de ouro, para finalmente pousá-lo no rosto convulsionado daquela velha suplicante. Como negar satisfazer o pedido de uma anciã? Além disso, apesar da manutenção da nobreza de sua casa, a situação financeira de sua família não era das melhores. Aquele ouro seria bastante bem-vindo naquele momento marcado por dificuldades e dívidas, após a perda de propriedades sofrida por seu pai.

O olhar enfim se detendo nos olhos verdes da velha senhora, o medo de encará-la como se afugentado, o escultor se decidiu.

"Muito bem, senhora, aceitarei a encomenda. Mas depois não reclamarás, nem teus filhos, se meu trabalho não se mostrar à altura de vossas expectativas."

"Ó meu filho, agradeço-te, e estou convicta que realizarás um trabalho admirável." – aqueles olhos umedecidos de emoção emitiram um brilho intenso, realmente surpreendente para olhos tão cansados.

Após fazer seus cálculos da necessidade de material e trocar ainda algumas informações com a sorridente e felicíssima senhora, Pigmalião recebeu tanto o marfim quanto o generoso pagamento, despedindo-se em seguida da anciã, que respondia, a propósito, pelo simples nome de Helena.

Ao fitar o marfim em sua oficina e, sobretudo, enfrentar a tão ainda querida e idolatrada "imagem mental" de Afrodite, tão precisa em seu espírito, e dolorosamente tão presente em seu coração, o jovem hesitou, novamente dividido em sua alma. Mas não podia mais recuar. Recebera o pagamento adiantado e dera sua palavra que executaria o trabalho!

"Talvez pudesse adiar seu início para mais tarde..." – pensou, numa tentativa de evasão, mas o desafio de esculpir o marfim... e, acima de tudo, a oportunidade de criar uma escultura de... *vacilava em admitir...* sua *amada*, o assediaram e levaram a melhor.

*Os Apuros de Pigmalião*

Minutos depois lançava-se com entusiasmo à obra.

Dia a dia o marfim ia assumindo forma sob seu instrumento e ele trabalhava incessantemente – mal comia e dormia – apenas se servindo rapidamente do pão e vinho que Tísias lhe trazia todas as manhãs.

Apesar de sua responsabilidade, sequer se lembrava de suas outras obras em andamento. Parecia que um jorro concentrado de energia e criatividade fluía como nunca de sua alma amorosa de artista.

Finalmente o buril de Pigmalião aplicou os toques de acabamento à obra e o artista pôde contemplar, embevecido, sua criação.

A imagem materializada no marfim era tão real, tão vívida, tão convincente que o criador, ao contemplá-la, maravilhou-se com sua destreza e talento... mas isso, *pobre Pigmalião*, só serviu, por outro lado, para fazê-lo mergulhar na mais pungente das amarguras... *ao fitar sua amada que não o amava...*

Entretanto, a cativante e divina Afrodite, sedutora e fatal para deuses e homens, mas também promotora constante dos romances ardentes e dos enleios amorosos, do alto do Olimpo, observou Pigmalião – o artista consumado e o homem dilacerado – e infundiu vida à sua imagem... a que deu o nome de Galateia... que nasceu do cinzel de Pigmalião e se apaixonou por seu criador.

• • •

*Se a mulher necessita do homem... ahh... imaginem quanto o homem necessita da mulher! É verdade que muitas vezes produz o nosso inferno masculino, mas também com absoluta certeza ela é nosso indispensável céu de felicidade sem igual!*

# O POMO DE OURO

No Olimpo era já conhecida a rivalidade entre as deusas Hera, irmã e esposa de Zeus, Afrodite, a deusa cípria, e Atena, filha unigênita de Zeus. Essa rivalidade intensificava-se especialmente entre as duas primeiras. A conservadora e recatada Hera vivia irritada com as escapulidas do marido, amante insaciável que não se cansava de seduzir deusas, divindades menores e mortais. Quanto à sedutora e provocante Afrodite, esposa do filho coxo da própria Hera, ou seja, Hefaístos, o mestre-ferreiro, e amante de um seu outro filho, Ares, o impetuoso deus da guerra, representava exatamente o tipo feminino contrário ao da fiel e bem comportada Hera – Afrodite constituía um perfeito modelo de promiscuidade e libertinagem.

Com relação a Palas Atena, patrona da arte da guerra, da sabedoria e da culta cidade de Atenas, talvez a rivalidade, embora não tão ostensiva, tivesse raízes ainda mais profundas. Atena não só viera ao mundo sem o concurso da sexualidade, como também era uma virgem inveterada. Em resumo, a conduta desregrada e intrigante da bela Afrodite significava um motivo contínuo para indignação das duas grandes deusas.

Como era de se esperar, essa hostilidade acabou terminando num confronto que envolvia um aspecto importantíssimo da natureza feminina: a beleza física.

As três deusas cobiçaram o título de *a mais bela* e, após um compreensível tumulto no Olimpo, resolveram apresentar-se diante de Zeus,

*O Pomo de Ouro*

para que este, o deus dos deuses, conferisse oficialmente o título almejado a uma das três...

Acontece que Zeus, embora o mais poderoso dos deuses, não era propriamente um tirano *e*, *quer* por já estar contaminado pelo gérmen da democracia, *quer* – mais provavelmente – por temer atrair para si um sério problema atuando como juiz nessa venenosa discórdia – negou-se a conceder o título pleiteado pelas três beldades. Tendo assim agido com indiscutível habilidade política – afinal uma era sua esposa, outra sua filha e a terceira o pitéu dos deuses – omitiu-se da tarefa.

Mas diante dos protestos veementes das três, que aos altos brados armaram um bate-boca quase insuportável, só restou ao *senhor do raio* transferir essa "batata quente" para outro departamento.

"Mas..." – pensou Zeus, mais propriamente um deus de grande astúcia do que dotado de inteligência abstrata e profunda, "a quem vou passar esse enorme 'abacaxi'?"

Transferir o problema para Hefaístos? Mas ele era o esposo apaixonado, ainda que regularmente traído, de uma das concorrentes! A Ares? Ora, este era o amante dessa mesma concorrente! Às suas moralistas *e* sisudas irmãs mais velhas Héstia e Deméter? Nem pensar! Em suma: não convinha – matutou o sagaz filho rebelde de Cronos – transferir essa missão melindrosa a nenhum dos deuses olímpicos. E quanto aos titãs, gigantes e divindades menores? Ora os primeiros eram seus inimigos irredutíveis *e* as segundas... francamente seria o mesmo que fornecer o atestado da incompetência do Olimpo e, especialmente, dele mesmo, Zeus!!

"Bem, talvez Plutão..." ocorreu-lhe o irmão, ao cofiar, preocupado, a barba. Mas logo descartou a ideia. Plutão não era confiável. Afinal numa certa oportunidade, frente a uma postura politicamente correta semelhante a essa tomada agora por Zeus, Plutão não hesitara em sequestrar a própria sobrinha Core (futura Perséfone), causando uma enorme 'dor de cabeça' ao senhor do raio! Além disso, transferir esse problema espinhoso para o domínio de Hades (Plutão) – o mundo subterrâneo dos mortos – seria igualmente assinar um atestado de sua incompetência para administrar os problemas do Olimpo.

Tudo isso perpassara por sua mente em alguns minutos, num singular esforço de reflexão sob o vozerio ensurdecedor das três deusas.

25

*Sabedoria da Mitologia para o seu dia a dia*

"Ora!" – veio-lhe então a ideia, dele o maior frequentador divino do mundo humano – mais exatamente do mundo humano *feminino* sob os mais inventivos disfarces. "Delegarei essa tarefa delicada a um mortal." Lembrou-se em seguida de um esperto pastor que vivia junto ao monte Ida. Pareceu-lhe a *vítim...*, digo o *árbitro* ideal para solucionar aquela questão.

Depois de produzir um relâmpago nos céus que foi sucedido logo por um trovão que superou as vozes das três e as fez calarem-se, comunicou-lhes o que deveriam fazer. Como de costume, convocou seu filho Hermes para que conduzisse protocolarmente as três inquietas concorrentes à presença do tal pastor, cujo nome era Alexandre.

Enquanto isso, o belo e rústico Alexandre, que ficou conhecido também como Páris, repousava tranquilamente (quão curta tranquilidade!) ao entardecer à beira de um regato, após um duro dia de trabalho. Qual foi sua surpresa quando, os olhos prontos para se cerrarem para um cochilo, tiveram que se arregalar diante da presença de nada mais nada menos do que três poderosas deusas olímpicas, que se exibiam tais como eram. Viu também o deus Hermes, mas este, cumprida sua missão, logo desapareceu.

Esfregando os olhos e se erguendo, o rapaz permaneceu emudecido, incapaz de pronunciar uma única palavra.

Aproveitando os instantes em que Hera e Afrodite discutiam asperamente, Atena, *a dos olhos glaucos*, expôs-lhe a questão.

"Jovem, viemos a mando de meu pai, o senhor do mundo superior, trazer-te uma incumbência. Deverás decidir entre nós três qual *é a mais bela.*" – ao dizer isso a esbelta e esguia deusa, vestida com seu usual traje militar, entregou às mãos trêmulas do pálido Páris um pomo de ouro.

"Essa maçã de ouro", – ela prosseguiu, "deverá ser ritualmente entregue, como o seria uma coroa de flores a um atleta vitorioso em Olímpia, àquela entre nós que merecer de ti o título de a mais bela."

O tímido pastor só pôde continuar no seu mutismo, agora também completamente perplexo, para não dizer apalermado.

"Ora", – exclamou Afrodite, "afugenta de ti esse ar de pateta e faz o que te foi ordenado!"

26

*O Pomo de Ouro*

"M...Mas..." senhora..." – sua voz sumida parecia vir do fundo de um poço. "Não passo de um mísero mortal e modesto pastor... certamente incapaz de arcar com tal responsabilidade, muito mais pesada do que este já pesado pomo de ouro em minhas mãos!"

"Ainda *mais pesada* será a punição de meu marido se ousares desobedecê-lo." – disse Hera no seu tom firme e modulado.

"Contudo..." – retomou Atena, "serás, é claro, *muito bem recompensado* por esse serviço. A propósito, se elegeres a mim como a mais bela, tornar-te-ei general de um grande exército e colherás inúmeras vitórias como guerreiro, conquistando uma glória imortal para ti e teus descendentes."

"Isso..." – contrapôs Hera, lançando a Atena um olhar de visível desprezo, "é quase nada, se não esforço e suor e, com certeza, a possibilidade de muitas derrotas em lugar de vitórias, com a consequente vergonha para ti e os teus... isto se não baixares ao Hades em plena mocidade... Eu não te ofereço essa custosa, perigosa e duvidosa glória da guerra... mas o poder absoluto, tornando-te o grande soberano de um próspero Império, senhor das vidas de homens e mulheres, possuidor de uma vastidão de terras, de palácios, riquezas incontáveis em ouro, prata, escravos, vinhedos, manadas de bois, cavalos e..." – parecia que Hera, a protetora dos casamentos e da fidelidade conjugal, pretendia prosseguir ainda, mas foi interrompida pela sensual Afrodite, mestra dos ardis femininos, a deusa capaz de alternar em segundos o olhar enfeitiçador da sereia com o trejeito gracioso de uma ninfa.

"*Uhm...*" – balbuciou ao mesmo tempo que meneava a bela cabeça num misto de condescendência e suspeita, "parece que a fiel e insípida Hera tem um amontoado de coisas para dar-te, apetitoso pastor... Tenho bem menos... porém algo que por si só supera tudo isso, incluindo a glória guerreira que te oferece a assexuada e virginal Atena."

"E o que seria, concubina desavergonhada de imortais e mortais?" – perguntaram a uma só voz Hera e Atena.

"A mais bela mulher de toda a Grécia." – ela respondeu objetivamente e completamente segura de si. "Aliás, viva e real, não dependendo nem de trabalhosas e perigosas expedições guerreiras, nem da influência ou magia da *respeitabilíssima* consorte de Zeus."

*Sabedoria da Mitologia para o seu dia a dia*

Ante a pausa oferecida pela deusa, Páris fez a óbvia pergunta: "Mas... quem é ela?"

"Helena de Esparta." disse Afrodite, sem quaisquer rodeios.

Um sorriso de escárnio brotou nos lábios de Atena, enquanto Hera se limitou a balançar a cabeça, num claro gesto de repúdio ao torpe atrevimento da cípria. De fato, todos sabiam da extraordinária formosura de Helena de Esparta, mas também sabiam que era casada com o rei Menelau...

"Poderosa senhora..." – protestou humildemente Páris, "apesar de minha insignificante condição, isso me parece ultrajante, e mesmo que não o fosse, como poderia eu, ínfimo pastor rude, sequer chegar ao primeiro degrau do palácio de Esparta!... Ora, não teria jamais sequer a chance de algum dia contemplar a fascinante Helena."

"Para um pastor rude, até que mostras ter juízo, jovem Páris." – comentou Hera, ainda gesticulando a cabeça, enojada com a proposta de Afrodite.

"E também senso da realidade." – completou a direta Atena.

"Meu caro Páris", – continuou, imperturbável, a deusa das aventuras eróticas, "isso só tornará essa empreitada mais desafiadora e excitante... ou pensas em passar o resto de tua longa existência nessa pacata e tediosa vida de pastor? Além do que, é claro, estarei ao teu lado para vencermos as muitas dificuldades, que sei, teremos pelo caminho. Estou te oferecendo minha constante proteção."

"Bem, pastor", – Hera voltou a falar, "o que te ofereço dispensa argumentos e não inclui, decerto, as armadilhas mortais da cípria, que contam agora com a ira de um poderoso rei ultrajado."

"Quanto ao que *eu* te ofereço", – disse, por sua vez, Atena, "não só dispensa argumentos como dependerá só de ti, de tua determinação e bravura. Não atrairás nem a vingança implacável de um rei ultrajado nem precisarás depender da 'proteção' da estouvada, caprichosa e volúvel Afrodite."

Depois de uma ligeira pausa, ela ajuntou: "Só resta agora fazeres teu julgamento, depondo a maçã de ouro nas mãos de uma de nós."

Sem se ater à beleza das três deusas, mesmo porque eram todas lindas, embora de tipos distintos de formosura, o pobre Páris, sabendo

*O Pomo de Ouro*

ser impossível recuar, e sendo um tipo humano mais inclinado à aventura e ao romance do que ao poder e à riqueza, apesar de sua modesta vida de pastor, avançou resolutamente e colocou o pomo de ouro sobre as mãos de Afrodite, a divina mãe de Eros.

Miserável jovem... com isso selava necessariamente sua ruína e a destruição de Troia.

Realmente, ao aliar-se a Afrodite ganharia seu precioso auxílio e sua proteção, mas também o ódio impiedoso das duas furiosas deusas derrotadas naquele concurso.

Quis o destino que ele participasse de uma competição de luta em Troia, onde sua verdadeira identidade foi denunciada por sua irmã, a profetisa Cassandra, a qual, na infância, por ocasião do nascimento do irmão, previra a completa destruição de Troia se Páris não fosse, ele, *destruído*. Mas o bebê, ao invés de ser sacrificado, foi abandonado nas proximidades do monte Ida, descoberto e adotado por um pastor.

O rei Príamo, seu pai, e Hécuba, sua mãe, ao reverem o filho amado, repletos de felicidade, não tiveram forças para acatar a fatídica profecia de Cassandra e matar o filho querido.

Com a ajuda das manobras de Afrodite, o então príncipe Páris visitou a corte de Esparta. Conheceu Helena, se apaixonaram ardentemente e com ela ele partiu furtivamente para Troia. Menelau, traído e desonrado, buscando e obtendo a aliança de seu irmão mais velho, Agamenon, monarca de Micena, e de outros Estados gregos, partiu rumo a Troia com uma colossal esquadra (dizem de *três mil* belonaves, embora talvez trezentas já bastassem) comandada por Agamenon, para lavar a honra de um rei vilmente insultado.

Diante da recusa de Páris, apoiado pelo rei Príamo, de restituir a rainha de Esparta, já aclamada como Helena de Troia, a guerra entre gregos e troianos foi iniciada.

Essa guerra, como sabemos, durou mais de dez anos, custou a vida não só de milhares de guerreiros, como de milhares de inocentes e a aniquilação de uma cidade inteira, que com sua riqueza material e, principalmente, seus tesouros culturais e artísticos foi reduzida a ruínas.

Foi Páris o responsável?

*Sabedoria da Mitologia para o seu dia a dia*

Fica a critério de cada leitor oferecer sua resposta. Mas o que poderia ter feito aquele humilde pastor, ser humano limitado ao ser pressionado por três poderosas deusas e uma ordem expressa de Zeus?

Não teria sido Páris, inclusive após ter sido investido da dignidade de príncipe, um mero instrumento da frivolidade de três deusas?

● ● ●

*A beleza das mulheres não ocupa espaço no mundo – só o tornam mais encantador. E assim mais valeriam competições de grandeza intelectual, moral e espiritual do que competições de beleza física.*

# Um Herói Atraiçoado

Durante o longo cerco de Troia aconteceram vários incidentes no enorme acampamento grego: o que relatamos a seguir tem como principais personagens Odisseu (Ulisses) e Palamedes.

Numa tarde de um dos muitos invernos passados pelos guerreiros gregos às portas da cidadela de Troia, Agamenon, o comandante do exército, ordenou a um subordinado que comunicasse a Odisseu que comparecesse urgentemente à sua tenda.

Minutos depois o ágil e prestativo guerreiro apresentava-se à entrada da tenda de Agamenon.

"Salve, Agamenon! O que queres?"

Não esqueçamos que Odisseu, tal como Agamenon, era um rei, e que, assim mesmo estando ele se dirigindo a um comandante, dispensava um tratamento de inferior para superior. Não esqueçamos também que o irreverente e ousado rei de Ítaca, chegaria, na sua viagem de retorno à terra natal, a tratar de igual para igual o próprio deus Poseidon.

"Valoroso Odisseu, filho de Laertes, desejo incumbir-te de uma missão que, se não exigirá de ti ardor guerreiro, nem por isso é menos importante... por que dela dependerá nossa sobrevivência neste assédio que parece interminável!"

"Pois fala, digno primogênito de Atreu!"

*Sabedoria da Mitologia para o seu dia a dia*

"Nossas provisões escasseiam. Preciso que lideres um pequeno grupo de homens escolhidos por ti mesmo e velejes até a Trácia, onde negociarás e comprarás o máximo de trigo e vinho que conseguires. Não nos falta ouro para isso. Pega o que achares suficiente. É possível que topes com alguns batedores troianos ou aliados de Troia nas imediações da costa, mas serão poucos e não terás problemas. O que mais necessito de ti neste momento é, na verdade, de tua grande habilidade de navegante e capitão e de tua conhecida astúcia para um bom negócio."

Fazendo um ligeiro gesto de assentimento com a cabeça, Odisseu deixou a tenda e apressou os preparativos para a viagem. O mar estava calmo e os ventos sopravam favoravelmente. Escolheu vinte homens entre os mais adestrados para as ocupações a bordo de um navio e montou sua pequena tripulação. Horas depois partia para a Trácia.

Vinte dias se passaram e nada de seu retorno. As preocupações de Agamenon e dos chefes gregos se acumulavam.

No vigésimo primeiro dia finalmente a embarcação comandada por Odisseu assomou no horizonte do mar.

Ele voltava ileso, com seus tripulantes igualmente bem, mas sem um único grão de cereal a bordo ou um só tonel de vinho.

Diante de Agamenon explicou o ocorrido: "Demorei vasculhando toda a Trácia em busca de trigo, mas nada encontrei. Provavelmente porque já estamos no início do inverno. Quanto ao vinho, talvez por alguma influência dos troianos ou de deuses que não nos são propícios, não encontrei nenhum que prestasse..."

Com a sua costumeira tranquilidade e segurança, acrescentou: "...Acho que teremos que recorrer a outro expediente."

"Qual?" – indagou Palamedes, presente na tenda de Agamenon, juntamente com outros líderes gregos.

O Palamedes a que nos referimos é o mesmo inventor da balança, do disco, dos dados, do próprio alfabeto, bem como dos faróis e da técnica de postar sentinelas.

"Podemos..." – respondeu Odisseu, olhando para Palamedes com uma expressão pouco amigável, "nos suprir provisoriamente de alimento proveniente do mar."

*Um Herói Atraiçoado*

"Ardiloso Odisseu", retrucou o direto Palamedes, "não estamos habituados a comer peixe, como vós de Ítaca. Sabes, inclusive, que não é dieta apropriada para soldados, especialmente quando distantes do campo de batalha, quando toda a atividade que realizam se limita aos exercícios regulares."

"Então devemos pensar em outros expedientes!" – disse o fatigado e já irritado filho de Laerte.

"Quem sabe..." – continuou o franco Palamedes, "fazermos sacrifícios com os poucos animais que nos restam na esperança de que os deuses façam chover grãos de trigo... ou talvez enviar mensageiros aos troianos para que nos alimentem?!"

O sarcasmo de Palamedes era injurioso e o orgulhoso rei de Ítaca levou a mão direita à espada.

Antes que as coisas tomassem um rumo desastroso, Agamenon ergueu a mão direita e falou em tom respeitoso, mas autoritário.

"Nobre filho de Náuplio, acusas Odisseu de negligência em sua missão?"

"Não só de negligência, como também de indolência."

Odisseu desembainhou sua espada.

"Detém-te, filho de Laertes!" – Agamenon ordenou, ao mesmo tempo que se interpunha entre os dois guerreiros. "Acho justo, Palamedes, que se é esse teu parecer, partas com a mesma missão."

Palamedes fez uma ligeira vênia diante do atrida e horas mais tarde, acompanhado de quinze marinheiros de sua inteira confiança, içava velas e partia na mesma rota feita recentemente por Odisseu.

Cinco dias depois retornava com o navio repleto de grãos e tonéis de vinho.

O filho de Náuplio, que possivelmente tinha melhores contatos com os mercadores da Trácia, foi parabenizado pessoalmente por Agamenon, pelos outros chefes helênicos e aclamado por todo o exército.

Todos pareciam então aliviados e satisfeitos, tendo expulsado o espectro da fome, a qual teria podido exterminá-los antes dos troianos.

*Todos menos um homem*: Odisseu, que ficara com sua honra manchada com o que acontecera.

*Sabedoria da Mitologia para o seu dia a dia*

Deitado em sua tenda à noite, como sempre muito saudoso de sua terra e de sua amada Penélope, mas nem um pouco dado ao acabrunhamento, e muito menos ao conformismo, o altivo rei de Ítaca pôs sua mente sagaz a funcionar. Precisava conceber um plano para vingar-se de Palamedes.

Passou a noite inteira a imaginar projetos até que se decidiu por um, que imediatamente começou a pôr em ação.

Enviou uma mensagem a Agamenon dizendo-lhe que fora advertido em sonho pelos deuses protetores dos gregos de que havia um traidor no acampamento, e que era necessário transferir o acampamento de lugar durante um dia e uma noite.

Embora decepcionado com o recente fracasso de Odisseu, o comandante, lembrando de tantos sucessos e atos heróicos do rei de Ítaca, e da regular proteção que recebiam de alguns deuses olímpicos, particularmente da virgem guerreira Atena, não hesitou em dar ordens imediatamente para o deslocamento de todo o acampamento.

Enquanto isso, Odisseu, com sua imbatível agilidade e leveza dos pés, enterrou um saco de moedas de ouro sob a tenda de seu desafeto, ou seja, Palamedes. Como tinha livre acesso aos prisioneiros, e autoridade sobre eles, pouco depois endereçava a palavra enérgica a um frígio:

"Escreverás uma carta nos seguintes termos: 'Caro Palamedes, encontrarás enterrada em tua tenda a quantia que exigiste para trair os gregos'. Não terás dificuldade para imitar a assinatura do rei Príamo."

Sob o olhar imperioso de Odisseu, o pobre prisioneiro intimidado, mas um frígio alfabetizado, só pôde obedecer à risca e com competência a ordem do grego.

"Agora", prosseguiu o rei orgulhoso alimentado pelo sentimento de vingança, "levarás esta carta a Palamedes!"

O amedrontado prisioneiro se pôs a caminho imediatamente, mas alguns minutos depois Odisseu o seguiu rapidamente, alcançou-o e o matou, fora da nova posição do acampamento.

No dia seguinte, tendo o exército transferido o acampamento para o local onde se achava anteriormente, um dos soldados descobriu o cadáver do prisioneiro e suspeitando de algo, examinou as roupas do

*Um Herói Atraiçoado*

homem morto. Encontrou uma carta que se apressou para entregar a um dos chefes que, por sua vez, apresentou-se imediatamente à tenda de Agamenon, entregando-lhe a carta incriminadora.

Palamedes foi logo a seguir convocado à tenda do comandante, e após ouvir, sob os olhares de ódio e desprezo de todos os chefes, o conteúdo da carta lido pelo próprio Agamenon, foi interrogado por este:

"O que tens a dizer sobre isso, filho de Náuplio?"

"Ora... que é inteiramente falso!" – respondeu prontamente Palamedes. "Eu jamais cometeria um crime tão hediondo contra minha gente."

"Mas esta carta parece autêntica", – disse Agamenon, fitando Palamedes com uma expressão dura e desconfiada.

"Todos vós sabeis que sou um especialista nessas coisas", – disse o sábio inventor do alfabeto. "Se permitires que a examine, provarei que é falsa e que tudo não passa de uma armadilha de alguém que me odeia, provavelmente um dos chefes aqui presentes..." – ao dizê-lo, Palamedes olhou fixamente para Odisseu.

Agamenon hesitou por um momento.

"Não sei", – disse, "se devo permitir que o faças, precisamente devido ao teu indiscutível e notório conhecimento da arte da escrita, que nesse caso, que envolve teu próprio envolvimento como acusado, pode ser uma faca de dois gumes..."

O hábil Odisseu, que olhava para Palamedes agora disfarçando o próprio ódio, aproveitou a momentânea indecisão do comandante, e maliciosamente disse, com absoluta objetividade e determinação:

"Sugiro que a tenda do filho de Náuplio seja vistoriada, com o que teremos a verdade apurada."

"Que assim seja feito!" – assentiu Agamenon.

O cuidadoso exame da tenda de Palamedes indicou um ponto em que a terra fofa revelava que recentemente algo fora ali enterrado. Não custou para encontrarem a vultosa quantia.

Sumariamente julgado, Palamedes foi condenado à morte por alta traição.

Todos os integrantes do grande exército executaram a sentença apedrejando-o até a morte.

*Sabedoria da Mitologia para o seu dia a dia*

*É preciso vigiar nossos corações para não permitir a entrada dos sentimentos de ódio e de vingança... pois se eles aí fizerem morada e imperarem, ou seremos levados inevitavelmente a ferir frontalmente a pessoa odiada ou, muito pior, a feriremos de maneira indireta e traiçoeira, e como todos sabem, a traição é a mais covarde e sórdida das condutas humanas...*

# O REBELDE PROMETEU

Apesar da consolidação do poder olímpico de Zeus, que destronara seu pai, o titã Cronos, e delegara ao irmão Poseidon o domínio dos mares e oceanos e ao irmão Hades (Plutão) aquele do mundo subterrâneo dos mortos, Prometeu, irmão de Atlas (e um dos sete titãs) certa ocasião imiscuiu-se no Olimpo graças ao auxílio de Atena.

Ao passar próximo da biga de fogo do sol, serviu-se, como é costume, do fogo para acender uma tocha; porém, hábil e furtivamente dela subtraiu um fragmento de carvão incandescente, o qual introduziu numa grande haste de funcho. Bastou-lhe então apagar a tocha e safar-se com uma porção mínima, mas suficiente do mais expansivo dos elementos.

Zeus, inimigo dos mortais, preocupado com a propagação da raça humana e seu desenvolvimento e interessado em exterminá-la, além de arqui-inimigo daquele que a criara, ou seja, Prometeu, não demorou a ser informado do furto. Logo deduziu que o odioso e atrevido titã presentearia a humanidade com o fogo, tal como fizera com as matemáticas, a arquitetura e diversas artes proveitosas, entre elas a medicina, a náutica e a metalurgia.

O indignado e poderosíssimo senhor do raio dessa vez recorreu ao mesmo expediente do titã: a manha associada ao artifício.

Numa manhã esplendorosa, esfregando as mãos como que antegozando uma vitória sobre Prometeu, mandou chamar urgente o deus-artesão Hefaístos.

*Sabedoria da Mitologia para o seu dia a dia*

"Sim, potente senhor do raio, aqui estou para servir-te." – ouviu a voz rouca e desagradável do deus coxo a poucos metros de seu trono cor de âmbar.

"Ordeno-te, Hefaístos, que juntando a melhor argila, moldes com perfeição uma mulher."

"Eu o farei, senhor." – acatou Hefaístos, afastando-se coxeando para cumprir sua tarefa.

De posse, dias depois, da impecável escultura de barro criada pelo filho rejeitado por Hera, mas brilhante artista, Zeus infundiu-lhe a centelha da vida – tal como fizera o insolente Prometeu com o primeiro boneco de argila que fora o protótipo da humanidade – e a enviou às deusas do Olimpo para que a vestissem e a adornassem.

Isso feito, convocou Hermes para que conduzisse essa mulher não-prometeana – a quem chamou de Pandora e que era extraordinariamente bela – à morada de Epimeteu, irmão de Prometeu.

Epimeteu, contudo, embora não fosse tão inteligente, criativo e ousado quanto Prometeu, já fora por este advertido a jamais aceitar um presente ou encomenda, de qualquer natureza, proveniente de Zeus. Assim, a porta entreaberta, à vista da curiosa dupla (Hermes e Pandora), conseguiu suficiente coragem para dizer:

"Divino mensageiro, comunica ao senhor do raio que, muito respeitosamente, dispenso essa dádiva... por mais que me tente!"

Ao confirmar que o calado Hermes meneara a cabeça afirmativamente, o abalado titã solitário fechou imediatamente a porta.

"De que me vale querer superar meu antagonista no seu terreno, com suas artimanhas e ardis?!" – bradou o frustrado e colérico Zeus ao encarar o mensageiro que não conseguira entregar tão arrebatadora encomenda.

Hermes, como de hábito, ao menos na presença do pai, não fez nenhum comentário além de reproduzir literalmente o recado de Epimeteu... não deixemos de lembrar que embora deus da palavra, da comunicação, do comércio e dos ladrões, o deus mensageiro também era o deus da sabedoria e do bom senso. Naquelas circunstâncias, sabia ele que era mais *sábio* calar do que falar.

38

*O Rebelde Prometeu*

Dispensando o ocupadíssimo Hermes, o senhor do Olimpo voltou a ponderar (em voz alta):

"Chega de jogos de astúcia e de boas maneiras! Não usarei tampouco boa política ou cortes de justiça! Empregarei apenas meu imenso poder ordenando a captura e punição exemplar do rebelde."

Deixando de lado totalmente seu usual espírito democrático e agindo como o mais vulgar dos tiranos, Zeus, convocando todos os seus muitos aliados e agentes por toda a Terra, determinou que Prometeu fosse preso.

Não demorou para que o benevolente titã, no qual a prudência era superada pela ousadia, fosse cercado e dominado em meio a uma de suas regulares andanças pela Terra distribuindo benefícios e instruções às suas ignorantes, inconsequentes e inexperientes criaturas.

Zeus o condenou a um horrível suplício. O devotado titã foi acorrentado a uma coluna de pedra entre as montanhas do Cáucaso – durante todo o dia uma águia (ou abutre) perfurava seu corpo, dilacerando seu fígado... Durante a noite – na qual Prometeu padecia ainda o rigor do frio e da geada – seu fígado se reconstituía perfeitamente para no dia seguinte tudo recomeçar...

Mas esse tormento não seria eterno porque o herói e semideus Héracles, curiosamente filho do próprio Zeus, num supremo desafio ao próprio pai e senhor do Olimpo, *humanamente* resgatou o maior inimigo dos deuses – Prometeu, o pai da espécie humana.

• • •

*Por mais que sejamos ameaçados e castigados pelos poderosos por nosso atrevimento em defender os fracos, e por mais que sejamos privados das vantagens materiais por repartirmos o que temos... e por maiores que sejam nossos sacrifícios, no fim o universo de alguma forma virá em nosso socorro e aliviará o nosso fardo, demonstrando que havia sentido no que fazíamos.*

# O JARRO DE PANDORA

Antes que Prometeu fosse livrado por Héracles da horrenda punição à qual Zeus o condenara, pensou o tímido Epimeteu:

"Ai de mim se destino semelhante a de meu desventurado irmão cai sobre minha cabeça! Quem sabe se não posso voltar atrás e aceitar agora o presente de Zeus! Afinal, é um presente. E que presente!!"

Zeus, que cautelosa e previdentemente não se desfizera da belíssima Pandora, a quem havia transmitido, além da psique, um elenco deplorável de qualidades, entre as quais a futilidade, a preguiça e a malvadeza... gentilmente, após se cientificar do assentimento de Epimeteu, a reenviou ao incauto titã, que embriagado diante de tanta beleza e sedução, logo se apaixonou.

Epimeteu desposou Pandora, que passou, naturalmente, a morar com seu esposo.

Num certo dia, a desocupada e improdutiva Pandora, vasculhando a casa descobriu num recesso, aparentemente oculto, um cântaro de forma e aspecto peculiares, mas estranhamente leve, embora se pudesse supor que talvez não estivesse vazio.

Autêntica "fuçona" e ignorando o aviso de seu infeliz cunhado de manter tal jarro rigorosamente fechado, é de se imaginar que a jovem esposa, ao invés de consultar o marido, não conseguiu resistir à curiosidade e abriu o tal recipiente...

*O Jarro de Pandora*

O fato é que nosso benevolente e titânico criador encerrara, a duras penas, naquele jarro todos os males que poderiam atormentar a humanidade... arrancando-a da condição inefavelmente feliz em que vivia.

Sim, meus amigos, uma vez removida a tampa, do jarro escaparam como que esvoaçantes, o trabalho árduo, as doenças, a velhice, a insanidade, os vícios... etc., que passaram a ser nossa inevitável herança do primeiro irresponsável casal.

Dizem, entretanto, que alguém, presumivelmente Epimeteu, tendo percebido o que acontecera, correu e fechou o jarro... onde restara uma única coisa: a esperança, e é dela que nos valemos até hoje, obrigados a aceitar nossa condição.

● ● ●

*Nada absolutamente podemos fazer para alterar nossa condição humana no que se refere aos sofrimentos e misérias naturais. Porém, podemos com certeza, mediante nosso discurso e principalmente nossa ação, tanto atenuar o sofrimento humano inevitável quanto minimizar o sofrimento gerado por nós mesmos.*

# Hipnos e Tânatos

Numa noite alta e fresca, no princípio do inverno, perto da costa do Mediterrâneo, duas divindades gêmeas aladas, de aparência diáfana e masculina, entretinham-se numa curiosa conversação.

A abóbada celeste exibia-se repleta de estrelas e as constelações se delineavam com nitidez, ao menos para aqueles olhos divinos que as contemplavam naquela noite profunda e agradável decorada luminosamente pelo límpido céu da Grécia.

Deitado sobre o último trecho de relva, a apenas alguns quilômetros do terreno arenoso que delimitava a praia abrupta do verde-azulado e, então, calmo Mediterrâneo, um dos deuses de que falamos, comentava num tom solto, mas convicto:

"Caro mano, estou a pensar – nestas pouquíssimas horas de ócio que nos são possíveis – quão importante e vital é nossa função, embora sejamos divindades tão secundárias... quase anônimas."

"De fato." – concordou o outro, deitado do mesmo modo que o irmão, o olhar fixo e ensimesmado dirigido às fulgurantes estrelas que, na ausência da lua cheia, faziam reinar soberanamente sua luz suave.

"Com todo o respeito aos olímpicos", – disse o primeiro, menos lacônico que seu irmão, "especialmente ao paternal Zeus, nosso mestre e senhor, qualquer *dáimon* protetor de um indivíduo comum, qualquer ninfa de um regato inexpressivo, para não mencionar uma tropa de centauros bêbados, parecem gozar de mais reputação e apreço do que nós."

*Hipnos e Tânatos*

"Concordo." – assentiu o deus de olhos negros e profundos que, embora exatamente iguais aos do irmão, pareciam encerrar uma expressão nebulosa e inquietante. "Entretanto, tens que entender que a quantidade, importância e natureza de nosso trabalho não atraem fama, glória, e muito menos garantirão a presença de nossos nomes nos registros para a posteridade. Isso sem contar que nossa ascendência em nada ajuda."

"Admito." – disse o outro, distendendo os membros do corpo esguio, que não era nem atlético nem franzino. "Aliás, particularmente a *tua natureza* é absolutamente avessa a atrair qualquer simpatia e construir qualquer boa reputação."

"É verdade, irmão." – confirmou o outro com gravidade. "Se meu nome é pronunciado normal e serenamente por sacerdotes, sacerdotisas e sábios, até pelos profetas e as pitonisas, os devotos em geral evitam pronunciá-lo... Ora, como granjear fama nessas circunstâncias??"

"Impossível." – declarou taxativamente o primeiro.

"Mas afinal o que importa?" – retomou o deus de olhos de expressão profunda, fria e inquietante. "Eu, bem mais do que tu, embora creia numa boa reputação, sei quão vãs são a fama e a glória, ao menos as individuais para aquele que as conquistou, geralmente mediante imensos esforços."

"Sim..." – pareceu assentir o outro, dessa vez desviando o olhar das estrelas cintilantes para admirar aquele velho sorriso ligeiro de escárnio e desdém que o irmão esboçava toda vez que se referia à vaidade dos mortais.

E prosseguiu: "Mas, fala um pouco, meu sábio irmão, dessa boa reputação a que aludiste. Não precisas te alongar, pois sei que não és tagarela como eu, e nem tão superficial, porém o mais direto e profundo de todos os deuses... embora também, me permite o dizer, o mais solitário...".

"Tens razão!" – ele confirmou, mas dessa vez denunciando um tênue sinal de aborrecimento. "Mas sou o que sou e não tenho culpa. Os deuses imortais superiores fizeram de mim o agente da suspensão da vida e, *absurdamente*, sendo eu imortal como eles, produzo incessantemente a extinção, a separação, a dor, o desespero, a...".

"Basta, irmão, poupa-te. Sei que não somos criadores de nós mesmos e autores de nosso próprio ser. Por favor, não filosofemos! Apenas me fales dessa boa reputação."

*Sabedoria da Mitologia para o seu dia a dia*

"Ora", – o deus antes lacônico permitia-se agora colaborar mais para o diálogo, "nossa boa reputação – e nesse ponto discordo de ti – *minha* boa reputação existe precisamente entre os imortais. Quanto à tua – e não deves por isso mesmo queixar-te – pois nisso gozas de um privilégio não compartilhado comigo – existe também entre os mortais, que aliás te solicitam e louvam todos os dias, embora sejas tão sutil, invisível, discreto e silencioso com eles que não é possível conquistares essa reputação, ou melhor, essa fama ou prestígio que lamentas não ter entre eles. Ora, não sabes que só os ruidosos, os exibicionistas, os visíveis e os bufões conquistam glória e fama entre os seres humanos?"

"Agora sou eu que devo dizer, após o bafejo de tua sabedoria, que *sou o que sou.*"

"Mas vejamos o lado positivo. Não passamos de serviçais de Zeus, porém somos profissionais necessários e insubstituíveis... jamais seremos dispensados de nossas funções essenciais... a não ser que Zeus consiga, finalmente, exterminar toda a raça humana. Quanto a ti, tens menos com o que te preocupar do que eu... aparentemente até os deuses *adormecem...* Por outro lado, fiéis e obedientes servidores de Zeus, o poderosíssimo, jamais incorreremos em sua ira... como acontece com tantos... já paraste para pensar um só minuto no destino de criaturas como Sísifo, Tântalo, Licaonte e... sobretudo... Prometeu?"

"Sim, mas apenas muito de passagem, mano, o que para mim é o suficiente", – disse o outro, surpreendendo-se com a incomum loquacidade do irmão. Talvez a frescura do início da madrugada e a brisa suave que soprava do mar estivessem ajudando-o a desatar a língua.

"... a propósito", prosseguiu, "quanto aos privilégios, os tens bem mais do que eu, apesar de nosso estreitíssimo parentesco."

"Mas a que te referes?" – protestou o outro.

"Ora, quantos heróis já não fizeste descer ao mundo dos mortos?... isso, confesso, não propriamente com o assentimento deles... é claro, e muito menos com gratidão para contigo."

O deus mais tagarela e de modos indolentes não resistiu a esboçar um leve sorriso irônico e zombeteiro que, no entanto, não passou despercebido.

"Não deves zombar de mim", – o outro falou quase ríspido, "... és meu irmão querido e companheiro, mas respeita-me entendendo, inclu-

*Hipnos e Tânatos*

sive, que sou inteiramente incapaz dessa coisa a que mortais e imortais chamam de 'senso de humor'."

Percebendo o claro e súbito desagrado do irmão, o deus interlocutor apressou-se em desculpar-se.

"Peço que me perdoes, mano. O contato constante e assíduo com os humanos me fizeram adquirir algumas qualidades deles, e não certamente as mais consistentes e profundas."

"Compreendo." – disse o outro, voltando à sua grave serenidade anterior. "Decerto jamais serei contaminado por elas, ao que sou absolutamente imune."

"Mas voltemos, peço-te, ao foco de nossa conversação." – lembrou-lhe o irmão.

"Bem, quanto a esse privilégio que mencionaste, é fato, como também é fato que realmente parecem com frequência não estar prontos para acompanhar-me. É costume dizer que os genuínos heróis não temem a... morte, o que é verdade, mas isso não quer dizer que a desejam, à exceção de alguns casos, como o de Ajax durante o cerco de Troia, ou o de Alceste sinceramente disposta a imolar-se por amor ao marido, ou ainda o do desesperado Édipo. Mas são inúmeros os que abominam minha presença, julgando-a sempre prematura e/ou injusta. Só para citar alguns, recordo-me do atraiçoado Palamedes, do amaldiçoado Meleagro, do doce Pátroclo, do digno Heitor, do angustiado Príamo, do infeliz Hipólito. Mas, meu irmão", – ele prosseguiu e, nessa oportunidade, o timbre grave de sua voz perdeu momentaneamente o tom duro, ligeiramente áspero, para suavizar-se, "...lembro-me especialmente do dia em que Sarpedon, o guerreiro lício, tombou em campo de batalha."

"Também eu..." – completou o outro, "recordo-me desse dia com um misto de tristeza e orgulho."

"Lembro-me como se fosse ontem." – o outro retomou. "Fomos convocados por Zeus para algo que lhe dizia respeito pessoalmente, pois era um de seus filhos mais amados que fora atingido por mim – que me limitara a cumprir minha função. Quanta faina, quantas centenas de almas que tinha eu que constantemente desligar dos corpos, além de me empenhar em não perdê-las e orientá-las para seu caminho. Jamais trabalhei tanto quanto durante aquele cruento assédio e a carnificina que se seguiu à tomada de Troia!"

45

*Sabedoria da Mitologia para o seu dia a dia*

"De minha parte", – comentou delicadamente o irmão quando o outro fez uma pausa, "também jamais trabalhei tanto, tentando me fazer presente com tanta inquietação, tensão, temor e terror – os grandes inimigos do sono. Como aquietar as almas agitadas e febris de todos aqueles homens, especialmente dos chefes do exército grego? E quanto a Agamenon? E como infiltrar-me como sono reparador nos temerosos cidadãos de Troia? Como proporcionar repouso a Príamo e Hécuba, que eram ao mesmo tempo rei e rainha, pai e mãe?"

"Mas deves te recordar que o poderoso Zeus, que parecia curvado pelo peso de sua dor, incumbiu-nos naquela tarde de uma tarefa incomum, tal o seu amor pelo filho Sarpedon."

"É mesmo", – ajuntou o outro pensativo, como se visse no céu estrelado as imagens nítidas do quadro do horrendo campo de batalha depois de uma sanguinária refrega."

"Eu já tinha em meu poder", – disse o outro, "a alma heroica, mas combalida, de Sarpedon, mas Zeus determinara que tu e eu entrássemos em pleno teatro da luta para recolher o *corpo* do herói."

"Nós o fizemos e voamos até o Olimpo, estendendo o corpo inerme aos pés do senhor do raio que naqueles momentos mais parecia um mero pai mortal amoroso e invadido pela dor."

"É..." – confirmou o outro, "mas logo recobrou forças suficientes para ordenar o sepultamento solene do irmão de Minos."

"Por falar em Minos", – interrompeu o deus interlocutor, novamente fazendo um alongamento dos membros, "tens igualmente a honra e o privilégio de encaminhar e entregar os mortais aos juízes do mundo dos mortos."

"Não estás inteiramente certo, meu irmão." – ele disse. "Embora minha atividade seja intensa e singular, minha função habitual é apenas suspender a vida, fazendo escapar o sopro ou princípio vital do corpo, isto é, a psique, norteá-la quanto ao caminho a ser seguido. Ainda que muitas vezes encaminhe as almas até o Hades, são geralmente os *dáimons* que cumprem esse papel e as apresentam aos juízes, após cruzarem o tenebroso Estix no barco de Caronte."

"Então nunca viste ou estiveste com Minos, Eaco e Radamanto?"

*Hipnos e Tânatos*

"Não." – o outro disse incisivamente. "Sendo o interruptor da vida, atuo no mundo dos vivos e não no dos mortos. Na verdade, tal como tu. Mas embora os *dáimons* sejam muito reservados e pouco falantes, ouvi dizer que os juízes do mundo dos mortos são muito sábios e proferem sentenças justas."

"Mas, irmão!" – exclamou o outro. "Sinto dizer que meu tempo de folga terminou... tenho que voltar ao trabalho!"

"Também é o meu caso." – disse o outro.

Erguendo-se ambos e distendendo suas amplas asas prateadas, Hipnos e Tânatos agitaram-nas e alçaram voo...

• • •

*Há quem diga que ao dormirmos profundamente todas as noites nos familiarizamos com o sono derradeiro do qual não despertaremos: a morte. Dizem também que a morte mais serena e mais abençoada é a que ocorre durante o sono. Uma coisa é muito provável: a morte não é nem algo distante de nós, nem tão estranho e nem tão terrível. Morrer com certeza é sumamente mais fácil do que viver.*

# A FERIDA DE QUÍRON

Numa caverna bastante rústica, porém ampla, na base do monte Pélion, ouvimos o seguinte diálogo:

"O homem, principalmente contando com certos deuses – e não devemos esquecer do extremamente benevolente titã Prometeu, pai da raça humana – dispõe da arte da guerra, da arte do amor, da arte da cura e das demais artes úteis."

"A mim..." – disse um adolescente de corpo esbelto e que já começava a adquirir os contornos definitivos da compleição de um homem, "se me permite dizê-lo, mestre, atrai mais a arte da guerra, na qual pretendo, com tua indispensável ajuda, aperfeiçoar-me nestes últimos anos que passarei contigo."

"É essa realmente tua vocação mais intensa, impetuoso filho de Peleu..." – confirmou numa voz simultaneamente imperiosa e branda a criatura que conversava com Aquiles, o mesmo Aquiles que anos depois se destacaria como o mais bravo guerreiro do exército grego no cerco de Troia.

Produzindo um ruído característico no solo pedregoso da gruta, devido aos cascos de sua metade hípica inferior, Quíron – pois reconhecemos como tal o velho, mas saudável centauro – prosseguiu:

"...entretanto, não esqueças que necessitamos de todas as artes e que a da guerra, mesmo com o apoio de Ares e de Atena, deve ser praticada acompanhada sempre das virtudes de cada um de nós. Além disso,

*A Ferida de Quíron*

de nada vale um guerreiro sumamente preparado de corpo e de mente e, inclusive, corajoso, sem ser capaz de agir com meticulosa prudência nos confrontos, e se conduzir com honra diante de amigos e de inimigos, e plena lealdade com os companheiros de qualquer posto."

"Nesses anos..." – falou o jovem Aquiles, abaixando a cabeça num gesto respeitoso de assentimento, "foi o que mais me ensinaste, mestre, não só através de tuas persuasivas palavras, como também pelos marcantes exemplos de tua conduta no trato de teus semelhantes, dos homens e dos deuses que nos visitaram."

"És especial, Aquiles." – disse Quíron. "Eu sei, Tétis, tua mãe, o sabe e inclusive teu pai. E o mais importante, tu próprio o sabes, sem esquecermos, entretanto, que também os deuses o sabem. Mas acautela-te, pois embora nossos destinos e existências sejam objeto dos jogos e manobras dos deuses, não é verdade que somos meras marionetes... nem nós, centauros, embora a maioria não passe de debochados e beberrões, e muito menos a raça humana. Assim, faz o máximo uso dessa ao menos minúscula parcela de liberdade de que dispões para encaminhar-te dignamente. Os deuses são poderosos, mas não têm completo domínio sobre a raça de Prometeu."

"Mas e quanto à profecia?" – indagou o jovem, não esboçando nenhum sinal de temor nem de preocupação, mas de mera curiosidade pelo saber.

"Nem os deuses olímpicos podem alterar o que foi tecido pelo tear das deusas que regem o destino. Assim, Aquiles, nada pode deter o golpe inexorável da sorte selada. Contudo, caberá a ti, exercendo tua liberdade humana, escolher um caminho ou outro num certo momento de tua vida nos anos vindouros... e isso *não está* determinado pela profecia."

"Não temas, sábio e amável mestre." – disse Aquiles com um ligeiro sorriso despontando no rosto de barba ainda rala. "Procurarei com firmeza usar o muito que aprendi ao teu lado, e, além disso, não temo em absoluto a morte, mas sim a vida sem honra e sem glória."

"Sim, meu filho", – Quíron quase que balbuciou, como que colhido por uma súbita opressão no peito, "mas nem por isso jogues prematuramente tua vida fora. Embora não me canse de ensinar e amar os seres humanos, devo confessar que sois uma raça estranha e imprevisível. Não há dúvida que o deus Asclépio faz uso mais regular e consistente das lições que lhe ministrei do que Jasão das suas."

*Sabedoria da Mitologia para o seu dia a dia*

"Compreendo, mestre." – admitiu o semideus Aquiles, recostando a cabeça numa das pernas do centauro imortal. "Mas permitirias que eu fizesse uma pergunta que tenho guardado comigo por todos estes anos?"

"Já suponho qual seja..." – respondeu Quíron, sempre tão afável e compreensivo com a curiosidade dos homens e dos semideuses, "a julgar pela maneira insistente, embora furtiva, que olhas a ferida que carrego há tanto tempo logo acima do casco. Contarei a ti quando e como a contraí."

"Agradeço-te e peço que perdoes meu humano interesse de sabê-lo, mesmo porque percebo, apesar de tua imperturbável serenidade e resistência, que sofres imensamente com esse ferimento... aparentemente *incurável*, quando és o supremo mestre da medicina e da cura...".

"Sim, mas agora bebe moderadamente o vinho que foi a ti servido, acomoda-te e me escuta:

*Quando viajava com centauros no sul do Peloponeso, já na Arcádia, envolvido numa guerra entre tribos, topamos com o herói Héracles que, como sabes, embora não seja afeiçoado a centauros em geral, tem o hábito de advogar causas daqueles que julga indefesos ou em desvantagem. Nunca tive pessoalmente qualquer problema com esse devastador filho de Zeus, mas quando percebi, meus afoitos e destemperados companheiros já atacavam em bloco – e devo dizer covardemente – o centauro Fólo.*

*Héracles ocupava-se da caça ao Javali de Erimanto, mas ao presenciar a vil arremetida dos centauros contra Fólo – arremetida que não pude impedir – interrompeu o que fazia e, armado de seu porrete, suas setas mortíferas e com sua força prodigiosa, investiu contra os atacantes que, sejamos justos, embora meus semelhantes, acabaram pagando caro por seu ato vergonhoso...".*

Quíron mais uma vez roçou os cascos das patas traseiras no solo, produzindo aquele som metálico atípico, e prosseguiu, sob o olhar interessado de seu curioso ouvinte.

*"Tudo sucedeu muito depressa e sem minha participação a favor de um lado ou outro. Em questão de minutos a maça violentíssima do herói esmagou dezenas de cabeças. Outros foram mortos pelas flechas do musculoso arqueiro. Os restantes, em debandada, foram escorraçados pelo furioso campeão, já farto de tanto sangue."*

"Ainda não entendi, mestre." – Aquiles murmurou.

50

## A Ferida de Quíron

"Como disse", – retomou Quíron, "tudo aconteceu muito rápido e, na minha neutralidade unida à enorme excitação diante do que via, demorei mais alguns segundos para experimentar uma dor agudíssima numa das pernas, a direita. Não sei bem o que ocorrera – talvez o furibundo herói tivesse me confundido com outro centauro desferindo-me uma de suas setas envenenadas... ou simplesmente, na sua ágil movimentação durante a luta, deixara cair uma de suas setas sobre mim – afinal eu ficara no meio do palco da peleja...

'Mestre Quíron!!' – Héracles exclamou aproximando-se de mim minutos depois. 'O que fiz eu!?'

'Nada fizeste de mal, bravo filho de Zeus!' – eu disse enfaticamente, já premendo os lábios, fulminado pela dor excruciante. 'Foi um acidente!'

'Mas...' – lamentou o herói, desolado, levando as grandes mãos calosas ao rosto coberto por sua barba curta, mas densa, 'não há antídoto, nem unguento... ou poção mágica capaz de reverter o efeito fatídico dessas setas. Nem sequer Circe, ou Medeia, poderão ajudar-te.'

'Vai em paz, herói,' – eu disse, me contendo em não estampar no rosto o que sentia, para não preocupar aquele que um dia resgatou do suplício hediondo o titã Prometeu, 'volta à tua missão e não te inquietes, pois sou imortal.'

"Sim, Quíron... mas a dor!!' – bradou o inconsolável herói.

'Usarei meus recursos para aliviá-la.'

O herói afastou-se a contragosto, já tendo ao seu lado o digno Fólo que dobrava as pernas dianteiras para render-lhe gratidão por salvarlhe a vida."

E então, mestre?" – perguntou-lhe Aquiles.

"Durante anos apelei para tudo que sabia da medicina e da arte da cura, mas tudo que consegui foi obter um ligeiro alívio da dor. A ferida nunca fechou e cicatrizou e penso que isso jamais acontecerá. Eu simplesmente estive na hora errada no lugar errado com as criaturas erradas. Quem me dera fosse um mero mortal! Diferentemente de vós, humanos ou semi-humanos, é impossível para mim rogar a ajuda dos deuses, ou sequer rogar pela morte! (Só Asclépio se compadeceria de mim, mas tudo que sabe aprendeu comigo)."

"Ora..." – retrucou o jovem, "minha mãe Tétis...".

*Sabedoria da Mitologia para o seu dia a dia*

"Tua mãe, meu filho, é uma poderosa divindade marinha, mas lhe falta o poder olímpico. Quanto ao mais, não deves esquecer que sou filho do titã Cronos e estreitamente aparentado a Prometeu, o arquiinimigo de Zeus."

"E o que fazer, mestre?" – Aquiles indagou num gesto de impotência e indignação. "Tu que curaste *tantos*! Tantas feridas abertas, horríveis! Não faz sentido! É injusto!"

"Não, Aquiles. Talvez até faça sentido, mas um sentido que ignoramos. Isso além do simples fato de que, como já disse, eu não deveria estar com aqueles centauros naquela oportunidade, mesmo alimentando uma esperança de interceder pela paz entre as tribos."

"Mas..." – protestou o adolescente.

"Aquieta-se, promissor filho de Peleu e poupa tuas energias. Repousemos, pois amanhã bem cedo deverás estar descansado para exercícios do corpo e do espírito."

O gentil e sábio Quíron acomodou-se e cerrou seus olhos.

Não se sabe, é claro, com certeza o desfecho da tragédia de Quíron... ou se é que houve desfecho para ela. Mas dizem que o amoroso e generoso titã Prometeu finalmente o livrou de sua desesperadora imortalidade, e o velho centauro pôde, repleto de felicidade, *morrer...*

Mas uma coisa é certa: de algum modo ele se libertou de sua horrível ferida, pois o podemos contemplar no céu estrelado como a constelação do Centauro...

• • •

*Na nossa precária compreensão das coisas, é difícil aceitar o fato da morte, mas a imortalidade claramente não combina com nossa natureza, e seria para nós absolutamente insuportável vivendo nós neste mesmo mundo.*

*A outra lição de Quíron é que, embora capazes tantas vezes de solucionar problemas alheios, auxiliar necessitados, compensar frustrações de outras pessoas, minorar as misérias de um punhado de amigos... permanecemos totalmente incapazes de resolver nossos próprios problemas e encontrar remédio para nossos próprios dramas... Mas, com certeza, o universo está preparando nosso resgate!*

# O JAVALI DA CALEDÔNIA

A rainha Alteia, da Caledônia, logo após dar à luz um saudável rebento, que viria a receber o nome de Meleagro, foi visitada pelas divindades do destino que, como tais, podem se dispor a predizer o futuro dos seres humanos.

"Teu filho", – começou Cloto, observando o irrequieto recém-nascido agitar-se nos braços da aia, "que será um homem robusto e vigoroso, de destreza próxima a do próprio Héracles, se destacará também pelas virtudes da nobreza de alma e uma coragem exemplar."

O belo rosto da rainha resplandeceu com aquela expressão típica e exclusiva da felicidade materna.

"Quanto a mim", – disse Laquesis, "só tenho que acrescentar que bem cedo ele já iniciará suas façanhas."

"Mas..." – tomou a palavra, em tom sinistro, Atropos, "como a vida humana não passa de uma chama sujeita a ser apagada a qualquer instante pelo vento, mesmo a chama mais ardente, terei que ser mais direta e específica do que minhas companheiras."

"O que queres dizer exatamente, deusa dos vaticínios?" – perguntou a já preocupada mãe, pressentindo nuvens sombrias ameaçando sua felicidade.

"Estás vendo aquele tição maior que queima na lareira?" – indagou Atropos.

*Sabedoria da Mitologia para o seu dia a dia*

"Decerto que sim." – respondeu Alteia movendo-se no seu leito, ao mesmo tempo que pousava o olhar amoroso e protetor sobre o corpinho do filho.

"Bem, a duração da existência de teu filho será a mesma desse tição, isto é, no momento em que ele for *consumido*, a alma de teu filho baixará ao mundo dos mortos."

A rainha empalideceu subitamente e pareceu que ia mergulhar no desespero ou maldizer a crueldade implacável dos deuses. Mas era uma mulher de ação, augusta e sensata.

"Então serei tão direta quanto tu, deusa fatídica!"

Erguendo-se com certa dificuldade do leito, sob o olhar tímido de protesto da aia, a resoluta rainha caminhou até a lareira, apagou-a, tomou a pequena tora ainda incandescente e fumegante nas mãos nuas e, mesmo suportando o pungente ardor, rapidamente a imergiu no largo recipiente de água ao lado do leito. Aguardou o arrefecimento do tição para então colocá-lo, por ora, sob a manta de seu leito.

As deusas presentes, senhoras do destino humano, mas impotentes diante da liberdade humana, retiraram-se em silêncio.

Alteia levantou-se mais uma vez, e ainda sob o olhar preocupado da zelosa escrava, passou sozinha a outro aposento do palácio, onde escondeu cuidadosamente o tição semi-consumido.

Decorreram-se anos e Meleagro, cercado constantemente dos cuidados e do afeto intenso da mãe, do pai Eneu, da ama e de todos os serviçais do palácio, educado da maneira que cabia a um príncipe, tornou-se precisamente o jovem previsto por Cloto e Laquesis.

Logo depois de seu casamento com a princesa Cleópatra, que concebeu nove meses mais tarde uma saudável menina, o magnífico, amado e venturoso príncipe viu cair sobre o reino de seu pai uma terrível calamidade.

Tendo regressado uma tarde de uma bem sucedida caçada, Meleagro encontrou seu pai na sala imperial. Mas diferentemente de tantas tardes anteriores, Eneu exibia naquele dia uma expressão melancólica, o que não escapou ao seu amoroso filho.

54

*O Javali da Caledônia*

"O que sucede ao senhor meu pai e monarca da Caledônia?" – perguntou em tom a uma vez amável e cioso, após prestar os devidos respeitos a Eneu.

"Nunca" respondeu o rei, que caminhava ansiosamente em círculo pela ampla sala, "sejas negligente no culto regular aos deuses e muito menos ainda com a assiduidade e generosidade de teus sacrifícios!"

"Por que, amado pai, dizes tal coisa e o que tanto te atormenta?"

"Eu, sempre tão cauteloso com isso, há alguns anos, entretanto, adiei e esqueci de realizar um justo sacrifício a Ártemis, nossa propícia deusa da caça. Mas os deuses jamais esquecem desse tipo de ingratidão e não nos perdoam uma tal afronta."

"Mas até hoje, meu pai, a divina irmã de Apolo tem nos concedido farta e variada caça." – informou Meleagro.

"Sim, mas acaba de reverter completamente essa situação", – esclareceu o rei, "não exatamente fazendo escassear a caça ou a afastando da Caledônia, mas de uma maneira ainda mais impiedosa e terrível."

"Conta-me tudo, meu pai. Sou teu sangue e nada mais que uma extensão de ti e de minha amada mãe. Enfrentaremos juntos seja o que for e sairemos vitoriosos." – disse num só fôlego o valoroso jovem pousando as mãos alvas, mas já precocemente calejadas, sobre o colo do pai, que finalmente conseguira sentar-se no trono.

"Sei" – disse o monarca, e os olhares afetuosos de pai e filho se encontraram, fundindo-se ternamente, "quão valente, leal e amoroso és, meu filho... e que apesar de tua juventude, já te sagraste como verdadeiro herói ao lado de Jasão na formidável proeza da conquista do tosão de ouro. Mas agora nossa própria terra, segundo os últimos arautos, está sendo devastada por um monstro hediondo enviado pela ofendida Ártemis."

"Do que se trata precisamente, meu pai?"

"Um..." – Eneu hesitou por um momento, "javali gigantesco penetrou nosso reino e está destruindo, com incrível rapidez, nossas plantações, nosso gado... e, muito pior, matando às centenas nossos indefesos camponeses. Na verdade, essa criatura é tão poderosa e mortífera, que nem nossos destemidos guerreiros têm a menor chance com ela, sendo ceifados como pés de trigo por suas enormes presas dilacerantes..."

55

*Sabedoria da Mitologia para o seu dia a dia*

Lívido, o digno soberano mal conseguia continuar, levando as mãos trêmulas ao rosto.

Após a ligeira pausa, finalmente prosseguiu:

"Providenciei urgentemente copiosos sacrifícios a Ártemis, mas parece que a ira da deusa não foi aplacada."

"Disso eu soube, pai." – disse Meleagro. "Todos nós conhecemos os extremos da gêmea de Apolo... sua imensa liberalidade e também o tamanho de sua ira quando se sente desprezada ou atingida pela ingratidão dos homens."

"Já enviei" – informou o rei, "todo nosso contingente de guerreiros à caça desse javali colossal... mas quem acabam realmente caçados são nossos bravos. Convoquei, entretanto, há pouco, os mais valorosos guerreiros de outras cidades da Grécia para nos ajudarem, sob teu comando, a capturar essa criatura. Não posso, meu filho, me ausentar da capital e... francamente, não sei se, apesar de minha coregem, teria força, destreza e agilidade para enfrentar tal monstro. Anunciei, inclusive, o prêmio para aquele que exterminar a fera, ou seja, o próprio couro e presas dela como glorioso troféu."

"Ages sempre como responsável e sábio rei." – disse o jovem, sorrindo e abraçando Eneu. "Tão logo cheguem os heróis gregos" – acrescentou, "faremos os preparativos e partiremos no encalço da besta."

"Muito bem, meu querido filho." – assentiu o rei. "Inclusive teus tios maternos te acompanharão."

E os heróis gregos não tardaram a chegar. Entre eles estavam vários ex-companheiros de Meleagro da celebrada expedição do Argos à Cólquida em busca do tosão de ouro: Jasão de Iolco, Castor e Polideuces de Esparta, Anfiarau de Argos, Telamon de Salamina, Idas e Linceu de Messênia, Piritou de Larissa, Admeto de Feras, Ceneu de Magnésia, Teseu de Atenas, Nestor de Pilo, Ificles de Tebas, Peleu e Eurítion de Ftia.

Mas havia também Ancaeu e Cefeu da Arcádia e... pleiteando insistentemente ser admitida na expedição, uma *mulher*, também proveniente da Arcádia: Atalanta.

Essa jovem, filha única de Iaso e Climene, quando menina abandonada pelo pai, era, na verdade, uma protegida da própria Ártemis e já conquistara relativa reputação como extraordinária corredora.

*O Javali da Caledônia*

Sua beleza rústica e selvagem rivalizava com a prodigiosa velocidade de seus pés, e o príncipe da Caledônia, apesar da imensa comoção e alegria produzidas pela presença de seus bravos camaradas, não pôde deixar de notar a única figura feminina do grupo, que, na verdade, não lhe era desconhecida, pois por ocasião da organização da expedição dos argonautas, ela fizera idêntica reivindicação, mas não fora aceita pelo próprio Argos, construtor da célebre embarcação, e por Jasão. Argos alegara prudentemente que uma belíssima virgem, por mais indômita e esquiva que fosse, se tornaria evidentemente uma fonte de sérios problemas num navio com dezenas de homens.

O fato é que, agora, apenas os tios de Meleagro e dois ilustres guerreiros, justamente os compatriotas de Atalanta – Ancaeu e Cefeu – não se deixaram convencer quanto à admissão da jovem e mantiveram seu protesto.

Meleagro, porém, já investido de autoridade por seu pai e incapaz de refrear uma avassaladora paixão que subitamente passara a nutrir pela moça, chegou mesmo a ameaçar cancelar todo o projeto se os dois arcadianos e seus tios insistissem no seu repúdio à jovem caçadora.

Os preparativos para a expedição demoraram nove dias, período em que os hóspedes receberam gentil acolhida na corte de Eneu.

Finalmente partiram embrenhando-se na floresta, todos ansiosos para serem os possuidores do cobiçado troféu.

Apesar de seu indiscutível valor, Meleagro não teve muito sucesso como coordenador da caçada, quer pela dificuldade imensa de chefiar guerreiros tão consumados que, na verdade, não estavam habituados a qualquer subordinação, quer, principalmente, porque se tratava, a rigor, de uma competição acirrada e não propriamente de uma mera caçada. Que se acresça que o enamorado príncipe caledônio estava mais atento aos movimentos da encantadora Atalanta do que aos desdobramentos da caçada.

Não demorou para que os caçadores se dispersassem.

Atalanta estava inteiramente concentrada no objetivo da expedição, mas um incidente viria a precipitar o rumo dos acontecimentos.

Dois caçadores tardios, que haviam sido admitidos à competição, os centauros Raeco e Hilaeu, mais atraídos pela cativante caçadora do que pela glória, resolveram, em mútuo acordo, violentar Atalanta.

**57**

*Sabedoria da Mitologia para o seu dia a dia*

Conseguiram cercá-la e encurralá-la, mas a agilíssima protegida de Ártemis, abateu-os com relativa facilidade com suas flechas certeiras.

Contudo, receosa seja de perder sua virgindade, seja de desconcentrar-se e perder o valioso troféu, Atalanta, que decerto já percebera os lânguidos olhares apaixonados de Meleagro, preferiu prosseguir a caçada não mais tão afastada do grosso do grupo, mas próxima ao príncipe.

Horas transcorreram sem que sequer detectassem rastros do temível javali, mas repentinamente a fera, que certamente não se considerava uma caça, mas a caçadora, irrompeu numa rapidez notável proveniente de atrás de algumas arvores, trespassando com suas pontiagudas presas dois dos caçadores. O então jovem Nestor escapou por pouco escalando agilmente uma alta árvore.

Vindo imediatamente para o local, Jasão e outros, inclusive Ificles, arremessaram vigorosamente seus dardos contra a fera.

"Pelos deuses!" – exclamou Ificles ao ver os dardos dos companheiros errarem o alvo ou resvalarem no espesso couro do animal. "Verei se consigo mais." Realmente seu dardo penetrou razoavelmente no ombro da criatura, o que, porém, não arrefeceu em nada o furor do monstro.

"Esse teu dardo, tebano" – bradou Telamon, "nada mais pode do que fustigar essa criatura e aumentar seu ardor!" – e, enquanto o dizia, ergueu sua pesada e longa lança. Mas antes que pudesse arremessá-la, tropeçou numa raiz de árvore, caindo em seguida. Peleu, o ftiano, próximo a ele, esquecendo por um momento o cobiçadíssimo prêmio da competição, e movido pela solidariedade entre heróis gregos, deteve-se para amparar o companheiro.

Foi quando o javali os avistou e se dirigiu feito um projétil contra eles. Segundos depois uma seta silvava no ar alojando-se atrás de uma das orelhas do monstro. Viera do arco de Atalanta.

A medonha criatura, contudo, parecia imune àquelas armas.

"Eu o abaterei frente a frente!" – gritou, bem perto de Atalanta, o seu robusto conterrâneo Alcaeu, colocando-se praticamente na rota de investida da besta e dando impulso ao seu grande machado a fim de assestá-lo em plena cabeça do animal. Entretanto, seu movimento não foi suficientemente ágil, ainda que certeiro, e a fera horrenda colheu-o no baixo ventre, matando-o instantaneamente.

*O Javali da Caledônia*

A perda humana seguinte foi a do ftiano Eurítion, atingido por engano por um dardo de seu próprio amigo Peleu, que fora endereçado ao monstruoso javali, que se mostrara até então invencível.

Finalmente, Anfiarau conseguiu perfurar um olho da fera com uma seta desfechada vigorosamente de seu arco.

O javali arremeteu-se, então, enlouquecido contra Teseu, mas embora sua velocidade se revelasse muito pouco prejudicada, a precisão de seu movimento não existia mais pois o animal estava meio-cego. Além disso, o dardo de Teseu partira do braço musculoso do herói ateniense segundos antes e cravou-se no flanco esquerdo do corpo da criatura.

A besta se deteve por um momento, quando foi trespassada no seu flanco direito pelo poderoso dardo arremessado com extraordinária força por Meleagro.

O animal cambaleou, cessando de vez seu ataque, e o príncipe da Caledônia, tomando sua pesada lança de caça, mergulhou-a no peito do javali, matando-o.

A caçada terminara.

Meleagro, não se importando com o próprio cansaço, pôs-se a esfolar o animal à vista de todos os caçadores sobreviventes.

Finda essa tarefa, dirigiu-se a Atalanta e entregou-lhe o couro, dizendo-lhe:

"Foste a primeira pessoa a atingir o animal causando-lhe sangramento. É provável que acabaria perecendo desse ferimento. Assim, considero justo que recebas o troféu."

Plexipo, o tio mais velho de Meleagro, avançou na direção do sobrinho protestando veementemente:

"Tu julgas mal, meu sobrinho, aliás sob a péssima orientação do desejo incontrolável por essa mulher. Todos sabem que és o legítimo merecedor dessa pele!"

"Isso eu posso até admitir, meu tio." – assentiu o príncipe, o rosto afogueado, atestando a extrema excitação e esforço. "Mas segundo nossas leis, posso abrir mão do troféu a favor de uma segunda pessoa."

*Sabedoria da Mitologia para o seu dia a dia*

"Sem dúvida", – foi a vez de Plexipo assentir, "mas nesse caso, essa segunda pessoa teria que ser o nobre mais ilustre e mais velho presente, ou seja, eu próprio, cunhado do rei da Caledônia."

"Além do que", – falou o tio mais novo de Meleagro, "tenho comigo que foi Ificles, o tebano, o primeiro a tirar sangue do animal, e não Atalanta."

"Disponho" – resistiu Meleagro, "de autoridade absoluta concedida por meu pai no comando desta expedição, e darei o troféu a quem julgar que devo dá-lo!"

"É inadmissível!" – exclamou Plexipo, ao mesmo tempo que ele e o irmão avançaram resolutamente alguns passos e arrancaram o troféu das mãos da virgem caçadora.

No momento seguinte um golpe fulminante da faca de caça de Meleagro fazia o irmão mais velho e querido de Alteia tombar ao solo, morto.

Antes que os circunstantes, estupefatos, pudessem reagir diante do ato surpreendente e criminoso do jovem, o descontrolado príncipe, desferindo mais dos golpes certeiros e mortais, tirou a vida do seu outro tio.

De volta ao palácio, quando Alteia soube do ocorrido e, logo depois, contemplou os corpos ensanguentados de seus dois irmãos sendo transportados pelos escravos, um repentino ódio promovido pela ira e a dor substituiu em seu coração o profundo amor que tinha por seu filho.

Nem o consolo imediato de Eneu, nem sua solene e supremamente dolorosa promessa de punir com a morte o próprio filho amado impediram a rainha de recolher-se aos seus aposentos e ali trancafiar-se.

Uma batalha terrível aconteceu no peito opresso e atormentado da altiva rainha, mas durou pouco.

Descendo a escadaria, Alteia dirigiu-se ao rei.

"Não precisarás, meu esposo, punir teu filho assassino."

Dando meia volta e deixando o desesperado Eneu ainda mais aturdido e preocupado, Alteia subiu os degraus da escadaria, caminhou até a porta do aposento contíguo ao seu quarto e ali entrou.

*O Javali da Caledônia*

Minutos depois adentrou o dormitório real, empunhando na mão direita, ligeiramente trêmula, uma pequena tora, já parcialmente consumida pelo fogo.

Era o velho tição extinto há mais de vinte anos.

Avivando o fogo da lareira, a perturbada mulher lançou às chamas o tição frio... que logo se aqueceu e incandesceu.

*O ódio vencera o amor.*

Só em seu aposento, pois todos o evitavam e Atalanta se fora, Meleagro começou a sentir um abrasamento em seu estômago que se difundia rapidamente por todo seu corpo.

O arruinado príncipe, sem atinar no que acontecia, só pôde deitar-se no leito, uma dor horrível se apoderando de seu corpo, como se competindo com a dor impiedosa e brutal que já dilacerava sua alma.

Um crescente e pungente ardor se apossava de suas entranhas e, minutos depois, o pobre jovem experimentava uma agonia indizível, sentindo-se queimar de dentro para fora.

Pouco depois, sua alma, ainda mais torturada do que o fora seu corpo, descia ao Hades.

Mas um remorso implacável não tardaria a se apossar do coração de Alteia – coração muito mais monstruoso do que a fera descomunal enviada por Ártemis: *o coração de uma mãe que odeia um filho!*

Alteia se suicidou. A jovem esposa de Meleagro, Cleópatra, tomada pelo desgosto, também deu cabo da vida.

Não demoraria para que outras adversidades atingissem o que restara da família de Eneu... mas essa, caro leitor, é uma outra história...

• • •

*Qualquer paixão... seja a sexual, seja o ódio, é desastrosa conselheira, e a inimizade entre aqueles que nasceram com a vocação natural e sublime de se amarem profundamente é a mais destrutível e perversa de todas as inimizades.*

# O RECEIO DE CRONOS

Nos tempos imemoriais, quando sequer existiam o Olimpo e a raça humana, reinava, soberano e absoluto, sobre o céu, a Terra e todos os elementos líquidos um único ser: o titã Cronos. Casado com Reia, sua irmã, Cronos prezava acima de tudo seu poder ilimitado, e quando no leito com a esposa, a despeito de seu ardor, evitava ter relações com Reia, pois a perspectiva de um filho que o sucedesse não o agradava.

Como era de se esperar, entretanto, a beleza e sedução da titanesa finalmente o venceram. Nasceram então sucessivamente três filhas: Héstia, Deméter e Hera. A ausência de um filho trouxe esperança ao velho titã, mas quando soube de uma profecia aparentemente comunicada pelos seus próprios pais, ou seja, Urano e Gaia, Cronos encheu-se de inquietude: Fora profetizado que Cronos seria destituído do poder por um de seus filhos. Mas que filho?

A vinda ao mundo de Hades, que seria também conhecido por Plutão, levou Cronos a tomar uma decisão: destruiria seus filhos! Resolveu engoli-los todos, inclusive as filhas, que poderiam no futuro vir a dar apoio a um irmão ou aos irmãos.

Depois de Hades, a vítima seguinte foi Poseidon.

A angustiada e frustrada mãe dos futuros *deuses* irrompeu em protestos acalorados:

"Pai desnaturado e impiedoso! Não vês o tamanho de minha dor? E não entendes que se nós nos unimos – irmão e irmã – filhos do Céu e

*O Receio de Cronos*

da Terra – da fonte da vida – é para procriarmos e enchermos o vazio do céu, povoarmos a superfície da Terra, os oceanos e mares, enfim multiplicarmos a vida por todo o universo?"

"Nada vejo e nada entendo..." – disse o autoritário e inflexível titã de olhos de chumbo, "... exceto que não admitirei nenhuma ameaça ao *meu* poder."

"Mas meu insensato marido..." – retrucou Reia, "... mesmo sendo imortais, algum dia teremos naturalmente que ceder espaço aos que virão, até porque estaremos cansados e velhos."

"Cala-te, mulher! É melhor não me aborreceres!"

A aflita e desesperada Reia calou-se e recuou. Afinal, a palavra de Cronos não podia ser questionada, nem sequer por seus pais. Ele era simplesmente o senhor absoluto de tudo e de todos.

Contudo, ao recolher-se, Reia pensou consigo, inconformada, que se era impossível dissuadir o marido de tal atrocidade, era possível usar de astúcia e enganá-lo. Concebeu um plano.

Assim, recatada e submissa, a doce amante aguardou o nascimento do próximo filho.

Quando Zeus nasceu, sua mãe o ocultou do pai e secretamente o entregou à própria mãe Gaia, a mãe-Terra, que deixou o neto nas mãos da ninfa Adrasteia, sua irmã Io e da cabra Amalteia, na grande ilha de Creta, para que ali fosse criado com amor e zelo, distante da ira mortal de seu pai. Todavia, Reia não conseguiu esconder de Cronos o fato de ter sido pai novamente e quando ele lhe exigiu que entregasse a criança, a determinada e corajosa mãe apresentou-lhe uma pedra de forma e peso semelhantes aos de um bebê, envolta em fraldas e panos.

Cronos, ansioso por livrar-se do possível usurpador de seu trono, sem deter-se no exame do pequeno volume, tomou-o imediatamente das mãos firmes da esposa e o engoliu.

(...)

Os anos passaram e Zeus cresceu entre os pastores, tornando-se adulto. Um dia conheceu a titanesa Métis, que lhe teria revelado sua identidade e lhe dito para procurar sua mãe Reia.

*Sabedoria da Mitologia para o seu dia a dia*

Reia, é claro, acolheu o filho com imensa alegria, mas sabia que este ainda corria perigo. Zeus, contudo, tranquilizou a mãe falando-lhe de um artifício sugerido por Métis. Apresentou-se ao pai oferecendo-se como copeiro. Tendo sido aceito, misturou um vomitório ao leite com mel que serviu a Cronos, que após beber tal mistura não tardou a vomitar tanto a pedra quanto todas as irmãs e irmãos de Zeus.

Com a ajuda de seus irmãos, Zeus destronou Cronos, cumprindo-se a profecia.

• • •

*O poder excessivo afeta marcantemente nosso espírito e nosso comportamento, tornando-nos ao mesmo tempo cruéis no intuito de perpetuá-lo e ingênuos a ponto de crermos que é perpétuo...*

# A MALDIÇÃO DE CASSANDRA

Quando Hécuba, a rainha de Troia, deu à luz uma menina que recebeu o nome de Cassandra, comentou-se em todo o reino que essa criança seria especialmente favorecida pela proteção de Apolo. De fato, notou-se que ainda menina, Cassandra manifestou agudamente o dom das sacerdotisas do deus-arqueiro: a profecia.

Por ocasião do nascimento de Alexandre (Páris), a pequena Cassandra, assaltada por uma agitação incontrolável, declarou firme e repetidamente: "Ele tem que morrer!! Se não for morto, Troia será destruída e todos nós exterminados ou escravizados!"

Apesar da resistência e protestos da agoniada Hécuba, por ordem do rei Príamo, o menino foi arrancado dos braços da mãe e retirado do palácio para ser entregue a um executor. Entretanto, o incumbido de executá-lo, compadecendo-se do indefeso recém-nascido, limitou-se a abandoná-lo perto do monte Ida.

Cassandra tornou-se mulher, permanecendo sempre um veículo eficaz de Apolo. *Mas cometeu um erro*: descuidou quanto a prestar os devidos sacrifícios de gratidão ao deus por ser por ele agraciada com o dom supremo de profetisa. Há uma outra versão, demasiado profana, de que Apolo, seduzindo-se por seus encantos femininos, a desejou, o que o levaria a destituí-la de seu dom, reduzindo-a a uma simples mulher. Como os deuses tudo podem em relação aos seres humanos exceto privá-los de sua liberdade, e tendo Cassandra insistido em conservar sua vir-

*Sabedoria da Mitologia para o seu dia a dia*

gindade, Apolo decidiu-se a castigá-la e o fez com suma eficiência, o que equivale a dizer nesse caso, com suma crueldade. Não lhe subtraiu o poder de profetizar, que continuou intacto e atuante... apenas decretou que todos os que doravante escutassem suas profecias jamais lhe dariam crédito!

Assim, quando Páris, seu irmão, também já adulto, dirigiu-se ao centro de Troia e inscreveu-se para uma competição de luta, ela, horrorizada, o reconheceu imediatamente e correu ao outro irmão, Heitor, repetindo a profecia emitida há muitos anos atrás e implorando que Heitor o matasse durante as provas.

Foi quando o efeito terrível da maldição do poderoso deus negligenciado (ou rejeitado) se materializou. Ninguém se importou mais com os vaticínios de Cassandra, preferindo ignorá-los. Páris não só participou das lutas com sucesso, mas também foi identificado pelo pastor que o criara como príncipe de Troia e acolhido dignamente por seus felicíssimos pais.

Outro episódio importante que revela o peso da maldição que recaíra sobre Cassandra se relaciona com o fim da Guerra de Troia.

Os gregos que sitiavam a cidade simularam uma retirada e a desistência do assédio, deixando por trás das muralhas um gigantesco cavalo de madeira.

Nessa ocasião, Cassandra, agitando as vestes, vociferou:

"Este cavalo oculta homens armados em seu interior!"

Maravilhados com a imponente escultura de madeira e tomados de alegria com a tão ansiada ausência dos gregos em sua costa, os troianos boquiabertos hesitaram por um momento, divididos, como se fosse possível que daquela vez a absurda maldição do deus fosse suspensa. As interpretações religiosas divergiam.

"Oh!" – exclamou Timoetes. "Deve ser um presente que nos deixaram para oferecermos a Atena!"

"Ora" – protestou Cápis. "Isso não faz sentido. Está certo que é alusivo à grande deusa, mas ela amparou os gregos durante todos estes anos – só devemos prestar honras ao divino Apolo e à divina Afrodite! Deveríamos sim parti-lo para apurar se é oco ou se contém algo... ou simplesmente queimá-lo e transformá-lo em cinzas!"

66

*A Maldição de Cassandra*

"Não!" – disse o austero e temente rei Príamo. "Mesmo assim, se for realmente uma dádiva para Atena, se o fizermos estaremos maculando algo a ela consagrado. Levemos esta estrutura para dentro da cidade."

Atrás de seu pai, e a única mulher entre tantos homens, insistiu Cassandra, o rosto afogueado e os olhos muito brilhantes:

"Pai, este cavalo tem no seu ventre gregos armados!!" Sua clarividência correspondia à verdade, como o sabemos, mas nem com o apoio de Laocoonte, o digno sacerdote de Apolo, Cassandra foi escutada e inútil foi sua insistência, mesmo levada ao paroxismo.

"Sois tolos ou loucos..." – bradou o sacerdote, "se confiais nos gregos, mesmo que tragam presentes!"

Como veremos numa outra história *(O Cavalo de Madeira e o Destino de Laocoonte)*, ele pagaria com sua vida e a de seus filhos por dar suporte a Cassandra, tal a fúria de Apolo contra a ingratidão (ou rejeição) desta última.

• • •

*Que lições, entre tantas, podemos extrair dessa narrativa mítica? Uma é positiva:*

*A cada momento devemos expressar gratidão por tudo que recebemos (que não é pouco!), por tudo que temos e tudo que somos. A felicidade e o sucesso que experimentamos certamente não são algo que criamos individualmente.*

*Uma outra, igualmente sábia, é negativa:*

*Evitemos gerar débitos e dependências com os outros, especialmente com os ricos e os poderosos, pois isso pode nos conduzir a situações desesperadoras ou mesmo a becos sem saída.*

# ÉDIPO E A TRAGÉDIA

Tebas estava em festa.

Súditos e escravos, ricos e pobres, homens, mulheres, crianças e até estrangeiros comemoravam alegremente o tão esperado nascimento do primogênito e herdeiro do rei Laius e da rainha Jocasta.

Taças e copos toscos de vinho eram servidos e sorvidos em todas as casas, e se a primeira rodada constituía uma oferenda aos deuses, a segunda era saboreada em favor da saúde, longa vida e glória de um menino que viera ao mundo naquela tarde: aquele que longe do palácio real receberia no futuro o nome de Édipo.

Nas ruas apinhadas da cidade, as pessoas entoavam belas canções cujos versos celebravam a felicidade, a esperança, o amor e a prosperidade.

Os jovens encontravam espaço ainda para irmanar as odes repletas de poesia a uma dança ágil e saltitante, que no transbordamento de suas copiosas energias juvenis, beiravam a dança frenética e delirante das sacerdotisas de Baco.

Mesmo flautistas, harpistas e outros acompanhantes da música, além de cumprir sua tarefa, pareciam particularmente empolgados e tomados por um júbilo contagiante.

Havia, contudo, alguém em Tebas que não compartilhava, em absoluto, dessa alegria intensa e incontida, dessa onda avassaladora de prazer: o próprio rei Laius.

*Édipo e a Tragédia*

"Mas como??" – perguntará o leitor. "Como poderia o pai do herdeiro há tanto esperado não partilhar de tal regozijo?"

Entretanto, a alma do atormentado Laius era naqueles momentos invadida por um sentimento desencontrado e dilacerante. Jocasta dormia ainda ao seu lado, recuperando as forças após um parto difícil, isto embora um ligeiro sorriso esboçado por seus carnudos lábios entreabertos denunciasse a irrefreável felicidade materna.

O rei ouvia, a pouca distância, os ruídos e o burburinho produzidos pela multidão que festejava. Distinguia até as risadas pouco frequentes dos guerreiros de sua guarda e os cochichos e gritinhos furtivos das escravas.

Por um instante experimentou o desejo de levantar-se, abrir a porta e ordenar que silenciassem por completo. Mas pensou que seria injusto subtrair-lhes o direito de expressarem seu contentamento pelo nascimento de seu filho... mesmo que ele, o pai, não o pudesse fazer.

*O conteúdo da profecia era claro como os raios do sol, duro como o diamante e incisivo como a ponta de um punhal:* "Se Jocasta te der um filho, ele te matará!"

"Só me resta dar sumiço a ele." – decidiu-se.

O bebê se achava àquela hora sob os zelosos cuidados da aia e Laius prometeu a si mesmo que tomaria as providências logo na manhã seguinte.

Em contraste com a serena, doce e feliz Jocasta que permanecia dormindo ao seu lado, o monarca passou a noite insone e visitado pelos pensamentos mais sinistros.

Ao romper da aurora, levantou-se e tomando cuidado para não despertar a esposa, abriu a porta do quarto e acenou para uma das escravas, que logo se dirigiu a ele:

"Diz à aia para trazer meu filho aos meus aposentos."

A jovem serva apressou-se em dar o recado e não demorou para que a aia se apresentasse à porta com um sorriso terno no rosto e um saudável rebento nos braços. A criança fora devidamente alimentada e dormia profundamente.

"Deixa-o sobre o leito." – ordenou o rei.

69

*Sabedoria da Mitologia para o seu dia a dia*

"Sim, meu senhor." – ela obedeceu, pousando o delicado fardo sobre a ampla cama, bem próximo da mãe. Em seguida curvou-se diante do rei e saiu.

Sem permitir-se hesitar e comandado por sua férrea decisão, Laius tomou o bebê em seus braços, como se fosse um volume qualquer e, esquivando-se a contemplar seu rosto, saiu do dormitório real. Sob o olhar submisso dos serviçais do palácio dirigiu-se à cavalariça mais próxima do palácio. Ali apanhou um cravo, e como se realizasse um ritual, perfurou os dois pezinhos da criança que, naturalmente despertou, desatando num pranto convulsivo. Demorou algum tempo para o rei reduzir a intensidade do choro do infeliz pequenino, mas à vista dos majestosos corcéis da cavalariça real, o pobrezinho esqueceu-se temporariamente dos pés feridos...

Em seguida Laius determinou que trouxessem à sua presença um casal de pastores das redondezas, incumbência que foi fácil e rapidamente cumprida, pois as festividades haviam atraído muitos camponeses e pastores à cidade.

Menos de meia hora depois um casal a um tempo amedrontado, mudo e perplexo, recebia do rei uma ordem imperiosa e inusitada:

"Levai esta criança e a abandonai no monte Cíteron. Conduzi-vos com máxima discrição e nem uma palavra a respeito deste acontecimento se quiserdes conservar vossas vidas. Sereis recompensados por isso."

A jovem aldeã, na sua calada estupefação, aconchegou o menino nos braços, já envolvida por uma ternura igualmente silenciosa. Curvou-se em saudação ao monarca, e a um leve meneio da cabeça dele, virou-se e, amparada pelo marido, que a imitou, deixaram a sala principal do palácio.

Apesar do alarido provocado pelo prosseguimento das festividades, Laius não demorou a ouvir um grito angustiante proveniente de um aposento contíguo à sala.

Jocasta teria que compreender...

Devemos esclarecer o leitor que o jovem casal de pastores cumpriu *apenas em parte* a ordem de Laius. Saíram muito discretamente da cidade e retornaram à sua modesta morada. Mas depois de confabularem, decidiram-se rumar para Corinto e oferecer o choroso menino a Merope, esposa do rei Políbio.

70

*Édipo e a Tragédia*

A aceitação da amorosa Merope e do rei foi imediata e nossos bons pastores foram mais uma vez merecidamente recompensados.

O choroso pimpolho foi chamado apropriadamente de *Édipo*, que significa *o de pés inchados*.

Decorreram cerca de vinte anos.

Não se sabe se devido ou não aos seus pés inchados, que assim ficaram por causa do ferimento neles infligido por seu pai, Édipo se tornara um rapaz de temperamento tempestuoso, muito perceptivo e suscetível às menores provocações.

Numa ocasião em que bebia com os amigos, um deles, já atingido pelo efeito do excesso de vinho, fez a seguinte insinuação maldosa:

"Caro Édipo, se eu fosse tu, teria dúvida quanto a ser filho verdadeiro do rei Políbio."

Contendo-se a custo, Édipo não revidou ante tal insulto, preferindo levantar-se bruscamente, dar as costas e ir embora.

Mas o príncipe coríntio não teve mais sossego enquanto não visitou o Templo de Apolo em Delfos para ouvir a pítia.

Não foi ali de modo algum, contudo, que obteve o esclarecimento que esperava, e muito menos o remédio para o fim de seu desassossego. Pelo contrário, a pitonisa bradou: "Sai deste santuário, pois irás matar teu pai e desposar tua mãe!"

Estarrecido com a horrenda previsão, o perturbadíssimo jovem, mal conseguindo raciocinar, entendeu, ao menos, que se retornasse ao lar acabaria se convertendo no assassino de Políbio e no marido incestuoso de Merope.

Tomou uma pronta decisão: despediu-se para sempre de seus pais amados e de sua pátria e partiu na direção oposta à de Corinto.

Depois de caminhar por algum tempo, o jovem transtornado e sem rumo atingiu um ponto em que a estrada para Dáulis se bifurcava, nascendo uma senda que conduzia à Beócia.

Prosseguindo sua marcha, minutos depois avistou uma biga que vinha à alta velocidade na sua direção.

*Sabedoria da Mitologia para o seu dia a dia*

Ao se aproximar, o auriga reduziu a velocidade, quase imobilizando o veículo, e gritou ao caminhante que liberasse o caminho pondo-se à beira da estrada.

O angustiado e perturbado príncipe de Corinto irritou-se com a ordem ríspida e conservou seu passo avançando na mesma direção.

O condutor do lustroso veículo, que estava acompanhado de um homem de porte nobre e olhar de expressão melancólica, porém resoluta, e de um escravo, não vacilou e instigou os dois corcéis negros.

A biga disparou.

Ao perceber o movimento e o perigo iminente que o ameaçava, Édipo instintivamente saltou para o lado, porém não pôde impedir que uma das rodas atingisse um de seus pés, esfolando-o e lhe causando uma dor aguda.

O príncipe sentira, obviamente, também o seu orgulho seriamente ferido. Como se não bastasse, quando a biga passou ao seu lado, seu condutor ou o próprio nobre desferiu um golpe na cabeça do jovem. O golpe fora, todavia, de raspão, de modo que o treinado e ágil príncipe, embora cambaleante, não foi por terra e recuperando o equilíbrio, tomado de indignação, procurou alcançar a biga.

Sua tentativa não foi em vão, pois o auriga imprudente, quem sabe para apreciar a humilhação que impusera ao andarilho, por um momento parara a biga.

Essa atitude e seu excesso de autoconfiança lhe custariam a vida, já que em questão de segundos o irado e fustigado príncipe já se atracava com os três homens, e o primeiro a receber uma violenta punhalada no peito foi o auriga, que tombou ao solo.

O senhor nobre tentou reagir, mas não teve chance de empunhar sua arma ou o chicote, também tombando sob as punhaladas certeiras e letais do estrangeiro furioso.

Quanto ao escravo, tomado de pavor, porém esguio e lépido, teve suficiente sangue frio e determinação para tomar as rédeas e incitar os animais, que arrancaram, o salvando da sanha assassina do atacante.

Sem atinar exatamente no que acabara de fazer, mas sentindo-se justiçado pela afronta, Édipo seguiu seu caminho, sem sequer remover os cadáveres da estrada.

*Édipo e a Tragédia*

No final do dia, alcançou as imediações de Tebas, onde presenciou a fuga de centenas de pessoas de todas as classes, idades e sexos. Corriam aterrorizadas sem trazer consigo quaisquer pertences.

Com muita dificuldade, o fatigado príncipe, cujas vestes estavam sujas e salpicadas de sangue, conseguiu conter um humilde escravo que o esclareceu com poucas palavras, uma voz trêmula e o rosto lívido:

"Um monstro medonho está nos devorando um a um!"

Em meio ao tumulto, Édipo finalmente colheu a informação de que a Esfinge, uma criatura apavorante e de força descomunal, se instalara sobre os muros da cidadela de Tebas e, com uma fome insaciável, se pusera a devorar os habitantes da cidade.

Até o nobre Hemon, filho do atual regente do reino, Creonte (este irmão de Jocasta), já se transformara em pasto da hedionda besta.

Entretanto, alguns tebanos excepcionalmente corajosos e ousados, haviam descoberto que antes de abocanhar suas vítimas, a infame criatura lhes propunha um *enigma*.

O Oráculo de Delfos fora consultado e respondera que os tebanos só se livrariam desse horror quando alguém tivesse coragem suficiente para se aproximar do monstro e solucionar o enigma, algo que até então não ocorrera.

Creonte fora tornado regente de Tebas no mesmo dia da chegada de Édipo, pois recebera um mensageiro vindo às pressas de Plateia com a informação de que os corpos do rei Laius e de seu auriga haviam sido encontrados sem vida.

Essa notícia abalou e enlutou toda a cidade, mas a preocupação imediata de Creonte e da rainha viúva não era investigar o assassinato do rei, mas salvar os tebanos do monstro formidável que os dizimava!

O regente anunciou que qualquer homem que salvasse os tebanos de sua destruição nas garras da Esfinge, ganharia a mão da viúva Jocasta e parte de todo o reino.

Poucas horas depois dessa publicação, Creonte recebeu, não sem alguma surpresa, um estrangeiro de Corinto que se prontificou a tentar a salvação dos súditos do reino.

Firmado o acordo entre os dois, o estrangeiro, ou seja, Édipo, dirigiu-se bravamente ao ponto dos muros em que o monstro colossal se

*Sabedoria da Mitologia para o seu dia a dia*

ocupava em comer, às centenas, aqueles que se mostravam incapazes de responder pronta e corretamente à sua questão enigmática.

Quando se encontrava a uns dez metros da gigantesca criatura alada, constituída por um corpo de leão e cabeça de mulher, a boca retorcida da besta bradou com voz tonitruante e rouca: "Detém-te mísero mortal e resolve, sem titubear, meu enigma: O que é que se move com quatro pernas de manhã, com duas ao meio-dia e três à tarde?"

"Ora", – respondeu convictamente Édipo, "é o ser humano, que engatinha quando bebê, caminha sobre duas pernas quando adulto e anda apoiando-se num bastão na velhice."

A criatura prodigiosa, para a qual o desvendamento de seu enigma significava sua condenação à morte, arremessou-se muralha abaixo, perecendo.

Édipo, aclamado como herói e salvador de Tebas, tornou-se esposo de Jocasta e o novo rei.

O escravo sobrevivente do fatídico encontro na estrada rumo a Tebas, ao reconhecer no nosso monarca o assassino de Laius e do auriga, temendo decerto por sua própria vida, depôs que haviam sido atacados por assaltantes de estrada, com o que o assunto foi encerrado.

Édipo reinou por quase vinte anos e gerou quatro filhos com Jocasta: Polineices, Eteocles, Antígona e Ismene. Durante esse período toda a família viveu feliz e a cidade prosperou, sem maiores problemas.

Contudo, quando menos se esperava, uma praga devastadora irrompeu na cidade. Édipo, desnorteado com a súbita calamidade, enviou Creonte a Delfos com o objetivo de saber do deus Apolo qual era a causa do infortúnio e o que fazer para eliminá-lo.

"O assassino de Laius permanece impune e vive em Tebas." – foram as palavras proferidas pela pítia.

Édipo não participara do interrogatório do escravo sobrevivente, embora depois fosse informado do teor de seu depoimento, o qual o convencera, como convencera a Creonte e aos demais. Há muito os assaltantes de estradas infestavam aquela região. Nunca atinara, durante todos aqueles anos, numa conexão entre o ato sangrento que realizara

*Édipo e a Tragédia*

naquele dia pungente e o que ocorrera ao rei Laius e seus acompanhantes. Lembrava-se de haver morto um homem nobre, mas não um rei. Nunca lhe ocorrera tampouco que reis nem sempre viajam coroados. O fato é que Édipo sepultara toda recordação daquele dia negro de sua existência. Quanto ao escravo que se evadira conduzindo a biga reluzente, sabia, como todo monarca poderoso, que jamais ousaria denunciá-lo por amor à própria pele. Embora o testemunho de um escravo fosse válido para uma investigação de homicídio, uma acusação contra um homem livre e nobre, *e ainda mais um rei*, na prática dificilmente era considerada. Por outro lado, embora hoje lamentasse o que acontecera, se seu ato viesse a público – hipótese remotíssima – Édipo alegaria defesa própria.

O atual monarca de Tebas estava possivelmente certo, porém ignorava que se tratava do *mesmo escravo!*

Assim, Édipo ordenou uma busca meticulosa pela cidade e com a ajuda do vidente Tirésias foram localizados tanto o escravo sobrevivente quanto os agora velhos pastores que tinham desobedecido a ordem de Laius e entregue o bebê aos soberanos de Corinto.

O casal de pastores revelou a verdade e o escravo, pressionado, substituiu a versão do ataque dos ladrões de estrada pelo que realmente sucedera, envolvendo o atual monarca de Tebas.

Édipo matara seu pai e desposara sua mãe, com a qual mantivera relações e tivera filhos.

Jocasta enforcou-se e Édipo perfurou os próprios olhos.

● ● ●

*O leitor nos acompanhará aqui, se o desejar, numa breve análise.*

*Como poderia Édipo saber com certeza que era o filho legítimo de Laius e Jocasta?*

*Motivado pela insinuação de um amigo embriagado fez o que qualquer grego religioso faria, ou seja, consultou o Oráculo de Delfos em busca de esclarecimento. Dificilmente alguém em seu lugar, preferi-*

*Sabedoria da Mitologia para o seu dia a dia*

*ria realizar, de maneira pragmática, mas árdua, uma investigação visando a verdade.*

*Ao enxotá-lo do templo de Apolo com a invectiva atroz da previsão dos crimes ignominiosos do parricídio e do incesto, a pitonisa não o esclareceu. Pelo contrário, o confundiu e o transtornou amargamente. Sua atitude de não voltar ao convívio de seus pais (que ignorava serem adotivos) foi lógica e sensata, pois tudo que podia humanamente entender era que seus pais eram Políbio e Merope.*

*Ele era um jovem de temperamento agressivo, mas que culpa temos nós do temperamento com o qual nascemos? É verdade que agiu de forma impolida e imprudente ao negar-se a se afastar para o lado na estrada para liberar o caminho. Mas afinal, embora a pé, vestia-se como um príncipe e era, de fato, um príncipe, não educado e nem habituado para ser tratado com menoscabo e rispidez como se fosse um camponês ou um escravo.*

*"Mas..." – dirá o leitor, "...certamente se excedeu ao deixar-se tomar pela cólera e cometer brutalmente dois assassinatos!"*

*Temos que admitir que sim. Entretanto, ele foi ferido triplamente: no seu pé intumescido, já há muito seu ponto frágil e sumamente sensível, na sua cabeça pelo aguilhão do chicote do auriga... e na sua dignidade de homem e de príncipe!* Vivia-se em tempos e numa sociedade em que valores morais constituíam tudo: todo aquele que ultrajasse *um nobre (mesmo também sendo ele um nobre)* sabia de imediato *que punha em risco a própria vida. Não havia distritos policiais para registrar queixas de agressão física ou moral e cortes de justiça para estabelecer responsabilidades ou culpas e determinar punições no caso de conflitos.*

*Não esqueçamos, por outro lado, que o pobre Édipo permanecia,* como todos nós, *nas garras da ignorância. Não fora esclarecido pelo deus Apolo. Desconhecia que Laius era seu verdadeiro pai, bem como Laius ignorava ser ele seu filho, além de não ter havido chance, nas circunstâncias bruscas e infelizes do encontro, de ele se apresentar como rei de Tebas a um príncipe de Corinto. É claro que se Édipo já contasse com a luz do conhecimento de que se tratava de seu verdadeiro pai, muito provavelmente refrearia sua arma mortífera contra aquele homem, se limitando a punir o auriga, ou meramente castigá-lo.*

*Édipo e a Tragédia*

*"Mas..." – me contestará o leitor, "...ele sequer retirou os corpos da estrada,* sabendo *tratar-se de um nobre que merecia reconhecimento e sepultamento condigno."*

*O leitor está certo, porém não deve esquecer que Édipo tinha o pé muito dolorido, o cérebro extremamente confuso e a alma angustiada.*

*Ora, a partir de sua chegada a Tebas, Édipo sequer continuou cometendo erros humanos. Tudo que fez correspondeu a acertos humanos, respaldado por suas virtudes. Corajoso, afrontou a Esfinge; com firmeza e sabedoria decifrou o enigma e salvou os tebanos. Recebeu o justo prêmio de sua façanha e reinou sabiamente durante quase duas décadas provendo segurança e prosperidade a Tebas.*

*Quando a verdade veio à tona (e esta acaba sempre vindo à tona!), ante o látego impiedoso e crudelíssimo da culpa pelos crimes nefandos... a se somarem agora ao suicídio de Jocasta,* mãe e esposa, *indiretamente causado por ele... o miserável Édipo, coberto de infâmia e consumido pela dor e o desespero, dilacera as próprias órbitas, como se não suportasse mais contemplar a vida e se sentisse indigno da própria morte!*

*Fora ele o consciente e premeditado autor de tais crimes? Fora ele o articulador e mantenedor tenaz de uma farsa ou de uma mentira?*

*Não! Édipo, como todos nós de uma maneira ou outra, numa maior ou menor medida, fora simplesmente uma vítima da ignorância e da natural e inevitável limitação de nossa inexorável condição humana.*

*Será então que não passamos de joguetes ou marionetes de um poder supremo, transcendente ou imanente, que podemos chamar, dependendo da cultura, de Jeová, Deus, Alá, Manitu,* Ain-Soph, *Brama, o Grande Arquiteto, Ato Puro, Demiurgo e de tantos outros nomes e que os antigos gregos chamavam de* deuses *na sua religião politeísta?*

*E será que depois de a humanidade ser objeto de uma manipulação e de um jogo, estará ainda condenada de antemão a um destino inalterável, a uma fatalidade inescapável, àquilo que os gregos chamavam de* Anankê? *Será que, inclusive, todas as possíveis ações seguidas a possíveis escolhas de cada indivíduo humano não foram já previstas e computadas por esse Poder Supremo, sendo efetivamente*

77

*Sabedoria da Mitologia para o seu dia a dia*

*todo ser humano meramente um fantoche desse Poder cósmico, não passando a liberdade e vontade humanas de mecanismos ilusórios e inúteis?*

*Não sei, caro leitor. Não tenho respostas satisfatórias e definitivas para essas perguntas cruciais... e desconfio que ninguém tem! Afinal sou apenas um ser humano, como você, ignorante da grandeza desses mistérios universais, e me limito a tatear na penumbra à procura de um fio de luz.*

*Entretanto, se conseguirmos alcançar esse fio de luz, nos restará uma ideia razoável, ou seja, mesmo na hipótese de um Deus poderoso, ou deuses poderosos nos manipularem no labirinto de nossas existências, não são* absolutamente *onipotentes, pois* não podem *ou* não se dispõem *a nos impedir diretamente de utilizarmos a pequena parcela de liberdade que podemos aplicar às nossas ações, por ínfima e dúbia que seja.*

*Como são nossas ações presentes que geram os efeitos imediatos ou futuros, seria duvidoso que um Poder supremo (na hipótese de não ser* absoluto*) determinasse necessariamente nosso futuro à nossa completa revelia e inteiramente sem nossa participação ou contribuição.*

*A tragédia edipiana, que pode ser interpretada como a tragédia da condição humana, foi essencialmente construída pelas ações de Édipo em meio à sua ignorância. Há aqui uma lógica interna de causa e efeito.*

*Talvez haja exagero em pensarmos que somos marionetes dos deuses. O que é provável é eles certamente jogarem conosco não como se fôssemos as peças de um tabuleiro, que movidas exclusivamente por eles, nos reduzisse meramente a objetos de suas vontades e caprichos, mas como* se fôssemos seus parceiros *no jogo e não apenas as peças. É claro que tendo eles conhecimento e sendo nós ignorantes, somos adversários fracos e inexperientes, mas por mais que levem a melhor, nos pressionem e nos influenciem, não podem determinar irreversivelmente nossas escolhas, que mesmo feitas na dúvida e, muitas vezes, até na mera ignorância, sem nenhum fundamento, são nossas.*

*Mas como poderia Édipo (que é cada um de nós) ter agido diferentemente, frustrando o "destino" que lhe fora reservado?*

*Édipo e a Tragédia*

Essa pergunta nunca cala e sua resposta é dificílima, bem mais difícil do que a resposta dada por Édipo à Esfinge.

Não sei de uma resposta plenamente satisfatória e objetiva para essa pergunta.

Só diria que nos estreitos limites de nossa humanidade, cabe-nos vigiar e conter essa própria humanidade... entendendo que os deuses são impotentes para nos armar ciladas e nos condenar sem contarem com nossas escolhas e ações.

Mas a impressão que se tem é que quaisquer que fossem as escolhas e ações de Édipo, seu futuro sinistro estava selado.

Talvez.

A única via de fuga desse dédalo parece ser de caráter ético e, é claro, não nos coloca em paridade com os deuses, pois nossa condição de criaturas limitadas, mortais e francamente deficientes e imperfeitas é imutável. Apenas reduz nossa dor e resgata nossa dignidade. Odisseu evidentemente jamais derrotou o deus Poseidon, mas o desafiou, sobreviveu ao conflito indireto com ele e preservou sua dignidade humana, enaltecendo-a.

Se Édipo, numa postura incomum de não importar-se com a sugestão maliciosa e insultuosa do amigo bêbado, tendo consigo que era um príncipe amado por seus pais (verdadeiros ou não), feliz e querido pelos súditos de Corinto, futuro herdeiro legítimo do trono, não houvesse se dirigido a Delfos, não teria tampouco empreendido o caminho de Tebas, matado Laius, afrontado a Esfinge, decifrado seu enigma e casado com Jocasta.

Se ponderarmos, veremos talvez que a escolha a ser tomada por Laius, o desencadeador de todo o processo desastroso, foi a única realmente dilacerante, pois ocorreu na esfera do pensamento e da consciência, e não no âmbito da paixão, como a de Édipo. Foi cruel, covarde e Laius optou pelo egoísmo e o desafeto por seu filho: ele condenou o próprio filho indefeso à morte. Foi precisamente a escolha e ação humanas imediatas e subsequentes do casal de pastores que invalidaram a decisão de Laius e determinaram (veja só: a determinação como algo humano e não divino!) a vida e o futuro de Édipo. Laius, que era para ser o assassino do filho, graças à deliberação e ação dos pastores acabou se tornando sua vítima.

*Sabedoria da Mitologia para o seu dia a dia*

*É difícil deixar de admitir que os deuses imortais (ou um Deus imortal) se comprazem com o tortuoso encadeamento das ações dos vários protagonistas da aventura e drama humanos, impulsionados, em meio à ignorância e à imperfeição, de um lado por sua sublime faculdade de escolher as ações, de outro por seu perigoso pendor natural para os vícios e as paixões.*

*Tudo que nos resta é o atenuamento disso por força de uma grandeza moral e espiritual que supere nossa regular mediocridade. Trata-se de um esforço hercúleo (e Héracles era* meio humano*) rumo não ao inumano ou ao sobre-humano, mas rumo ao demasiado humano, a emprestar a vigorosa expressão e conceito de Nietzsche, mesmo porque, a rigor, o ético, o moral é invenção humana e não divina.*

● ● ●

*Na extrema pequenez de nossa condição humana diante do Universo e nossa ignorância de seus profundos mistérios, só nos resta usar prudente e ponderadamente a nossa relativa liberdade nas escolhas de nossas ações... pois se assim não agirmos, e permitirmos que nossas paixões determinem nossas palavras e atos, seremos os arquitetos de nossa ruína.*

# Hermes e o Gado de Apolo

Hermes e Apolo eram irmãos por parte do pai, Zeus, e ambos foram extremamente precoces.

Tendo nascido de madrugada da ninfa Maia, Hermes, ansioso por descobrir o mundo, ao meio-dia retirou-se do berço e saiu furtivamente da caverna que servia de morada à sua mãe.

Achou o mundo muito interessante e principalmente útil. Os primeiros animais que conheceu foram uma tartaruga e um carneiro.

Com uma ideia já se formando em sua mente e as mãozinhas aparentemente inofensivas, depois de atrair facilmente os dois animais para perto de si, matou-os. Com incomum habilidade manual e engenhosidade, teria criado a primeira lira de que se tem notícia, empregando o casco da tartaruga como caixa acústica e as tripas do carneiro como cordas do instrumento.

Ocultando-se a uma boa distância da caverna, começou a experimentar o instrumento, analisando na prática seu mecanismo e explorando seus recursos. Não demorou a dedilhá-lo e ouvir os primeiros acordes.

Algumas horas depois ele já compunha e interpretava algumas melodias simples.

Entretanto, ao entardecer cansou-se da lira e a colocou de lado, porém tendo o cuidado de escondê-la seguramente.

*Sabedoria da Mitologia para o seu dia a dia*

Sua sede de conhecer o mundo o incitava a ir em busca de outras coisas.

Movendo-se sempre com rapidez e cautela, não tardou a alcançar Piéria, região de pastagem do gado olímpico.

"Esses grandes e belos animais com certeza valem muito." – pensou.

Escolheu cinquenta deles e os guiou na direção do rio Alfeio, usando mais de um artifício inventivo e sutil para confundir os rastros das reses, além de outros tantos para apagar suas próprias pegadas.

O caminho que trilhava, porém, não era totalmente deserto e o pequenino ladrão foi flagrado por um perplexo ancião que se pôs a observá-lo com olhos arregalados!

"Mas como!?" – balbuciou boquiaberto. "Esse gado é dos deuses e tu não passas de um bebê andante!!"

Esboçando um sorriso maroto, o prático Hermes, renunciando a possíveis explicações, desculpas ou engodos, preferiu suborná-lo.

Esse expediente tendo surtido efeito, o ladrãozinho seguiu caminho.

Chegando bem próximo ao rio Alfeio, o pequeno notável fez uma fogueira, abateu duas vacas e as sacrificou em honra dos *doze* (já incluindo a si mesmo) deuses olímpicos, mas apesar de sua intensa fome – tão precoce quanto ele – não provou um só bocado dessa carne.

Para não deixar atrás de si nenhuma evidência do que fizera, Hermes queimou até as cinzas tanto as cabeças quanto os cascos dos animais.

Era noite alta quando o "danadinho" retornou à caverna, pezinhos ligeiros e lépidos, e atento para não ser notado nem por sua mãe nem por sua ama-seca, a ninfa Cilene.

Rápido e silencioso, vestiu novamente seus cueiros e reingressou no berço.

A essa altura, Apolo, o dono do rebanho, já percebera a ausência deste no pasto, e tentava, com a ajuda do sátiro Sileno e seus companheiros (ávidos por uma recompensa), localizá-lo, bem como o autor do atrevidíssimo roubo. Devido às medidas tomadas pelo ardiloso ladrão (das quais já sabemos), as primeiras buscas se revelaram totalmente frustradas.

*Hermes e o Gado de Apolo*

Boa parte da Arcádia foi visitada, até que alguns sátiros toparam com Bato, o ancião que fora subornado por Hermes. Pressionado pelos sátiros e ameaçado pela ira do deus Apolo, o velho acabou por não contar exatamente o que sucedera, mas disse, numa atitude pretensamente prestativa, que "vira um *menininho* conduzindo o rebanho".

Embora Apolo houvesse pensado talvez numa forma assumida por algum deus, o fato é que interpretando um presságio com base no comportamento de uma ave da região, descobriu a pista para a descoberta do paradeiro do tal *menininho*.

Os restos incomuns do carneiro e da tartaruga mortos, aos quais Hermes esquecera de dar sumiço, encontrados relativamente próximos da caverna das ninfas também contribuíram para a identificação do pequeno ladrão de gado.

Pouco tempo depois, sátiros e o próprio Apolo adentravam a caverna de Maia, a qual muito se surpreendeu com uma visita tão inesperada e honrosa.

"A que vens, divino arqueiro?" – indagou respeitosamente, mas com uma ponta de ironia, a recatada Maia. "Talvez para desejar-me boa sorte pelo nascimento de meu divino filho e teu meio-irmão?"

"Não é o caso" – respondeu Apolo, "mas sim para acusar teu filho do roubo do meu rebanho!"

A expressão que assomou no belo rosto da ninfa foi de um misto de assombro e indignação.

"Mas essa acusação, além de injusta, é ridícula e descabida!" – ela disse, levantando-se e exibindo o "inocente" Hermes acomodado no berço.

"Há testemunhas e evidências que depõem indiscutivelmente contra ele." – Apolo insistiu. "Se ele não o confessar, só nos restará levá-lo à presença de Zeus, meu pai."

"Que também é pai dele!" – retrucou a habitualmente tímida ninfa, mas que como mãe amorosa, ousava enfrentar o próprio Apolo. "Que seja feito, ao menos isso é justo."

Interrogado e ameaçado por Apolo, o recém-nascido falante, causando pasmo à sua própria mãe, sem intimidar-se em absoluto negou tudo terminantemente, chegando inclusive a jurar.

*Sabedoria da Mitologia para o seu dia a dia*

"Não só jamais vi teu rebanho, como coisa alguma aí fora, como nem sei qual é teu rebanho." Sua desfaçatez era impressionante e seus olhinhos espertos desafiavam o olhar furioso de Apolo. "Mas já ouvi falar aqui na caverna que és dono de um...".

"Mas... que pequerrucho tagarela e petulante!! – exclamou o deus da profecia, tomando o meio-irmão nos braços, embora com cuidado ante o olhar vigilante e preocupado da mãe.

Logo Apolo e Hermes se encontravam na presença de Zeus.

Mas mesmo diante do deus maior do Olimpo e seu pai e a despeito das evidências, Hermes prosseguiu negando taxativamente a autoria do roubo.

Zeus, mais uma vez, via-se num sério embaraço. Hermes era mais um dos inúmeros frutos de sua infidelidade conjugal, tal como o próprio Apolo. Relutava em admitir que seu filho *recém-nascido* já fosse um exímio ladrão de gado, mas as evidências claramente o inculpavam.

Finalmente, com um olhar mais de indulgência do que de censura para a audaciosa criança, limitou-se em dizer-lhe:

"Restitui o gado a Apolo!"

Assim findou o julgamento, sem qualquer punição para o bebê-ladrão.

O seguro e insolentíssimo rebento, ciente, entretanto, de que não podia desacatar seu próprio pai e senhor do Olimpo, cedeu enfim.

"Está certo." – disse, sempre cheio de autoconfiança, dirigindo-se a Apolo. "Vem comigo que te guio ao teu rebanho."

Depois de fazer uma vênia ao seu pai, Apolo o seguiu, não inteiramente satisfeito com o encaminhamento das coisas. Mas também ele não podia desacatar seu pai.

Todavia, o astuto garotinho não o conduziu diretamente aos seus bois e vacas, mas ao local onde ocultara a lira por ele inventada.

Durante o percurso Hermes comentou com voz melíflua:

"Na verdade, abati somente duas vacas... e não para mim em absoluto: dividi-as em doze partes que sacrifiquei aos doze deuses olímpicos."

"*Doze* deuses olímpicos?!" – exclamou Apolo em tom de dúvida.

*Hermes e o Gado de Apolo*

"Afinal", – respondeu Hermes, "sou o mais novo filho de Zeus, e bastante prodigioso, não é mesmo?"

"Tenho que reconhecer que sim." – confirmou Apolo, certamente a contragosto.

Enquanto o circunspecto deus-arqueiro examinava o local tentando avistar seu valioso rebanho, Hermes, como se por acaso, apanhou a lira e a exibiu a Apolo, que não pôde evitar desviar o olhar pousando-o sobre o curioso instrumento, com o que deteve sua inspeção do local em busca das reses.

Hermes passou a dedilhar as cordas e logo sua voz acompanhada pelo instrumento entoava uma canção composta por ele mesmo que exaltava as virtudes apolíneas, especialmente a nobreza de caráter, a generosidade e a inteligência.

Embevecido com o som, a melodia e a poesia, Apolo esqueceu subitamente de seu rebanho e sentiu sua raiva por aquele bebê-prodígio derreter-se como neve às proximidades do verão.

Entretanto, ao mesmo tempo que continuava a interpretar a suave e elogiosa ode a Apolo, Hermes caminhava à frente.

Finalmente alcançou uma daquelas grandes grutas que existem na Arcádia.

Lá se achava o rebanho de Apolo.

O deus-arqueiro mostrou-se, contudo, àquela altura, mais interessado na lira do que no seu próprio rebanho.

"Tenho uma proposta para ti." – disse, entre emocionado e ansioso.

"Ora, e qual é?" – perguntou o seguro e imperturbável menininho, interrompendo o poema, mas enchendo o ar do som maravilhoso extraído daquelas cordas.

"O meu rebanho por teu instrumento!"

Evitando contemplar o rebanho e deixando transcorrer alguns segundos sem responder, à guisa de suspense, Hermes finalmente respondeu:

"Feito."

Ato contínuo, enquanto os animais saíam da caverna e se punham a pastar, o tranquilo e ativo garotinho pareceu inspecionar a vegetação

*Sabedoria da Mitologia para o seu dia a dia*

próxima. Apanhou alguns caniços, selecionou um deles, limpou-o, aplicou-lhe alguns cortes e furos precisos com seus dentinhos afiados – que imitavam sua própria precocidade extrema – levou-o à boca e tocou uma nova canção que parecia traduzir em som toda a pura beleza campestre.

"O que é isso?" – indagou Apolo, mais uma vez pasmo com os dotes criativos e inventivos de seu meio-irmão.

"Digamos que é uma *flauta pastoral*." – disse o extraordinário pimpolho com um sorriso nos pequenos lábios vermelhos.

"Bem..." – balbuciou o encantado Apolo. "Faço outra proposta."

"Qual desta vez?"

"O meu cajado dourado de pastor por tua flauta de bambu!"

O frio e seguro Hermes não demonstrou interesse, olhando com certo desprezo para o famoso bastão de Apolo.

"Ora, o que me dizes?" – insistiu Apolo.

"O fato..." – começou Hermes, "... é que minha flauta é bem mais valiosa do que teu cajado. Mas se tu me ensinares a arte da interpretação dos presságios, faço a troca."

Dessa vez Apolo refreou seu entusiasmo.

"Não posso." – disse, "tenho, no entanto, uma contraoferta. Minhas velhas aias que vivem no monte Parnasso poderão ensinar-te a divinação a partir de seixos."

"Aceito." – confirmou Hermes.

Assim mais uma negociação foi realizada e os semi-irmãos se confraternizaram.

● ● ●

*Hermes é, acima de tudo, o mestre da comunicação, principalmente através da palavra, instrumento precioso que permite o discurso, o diálogo, a retórica, a persuasão, a eloquência e a magia, que tem como base a palavra mágica; a ele estão vinculadas todas as transações efetuadas por meio da palavra falada e escrita: tratados, contratos, acordos e todas as formas de comércio humano, do comér-*

*Hermes e o Gado de Apolo*

*cio de mercadorias ao comércio sexual. É o veículo da mensagem, da linguagem sagrada e da profana.*

*Entretanto, o conteúdo dos atributos e funções de Hermes é moralmente neutro, o que quer dizer que ele pode ser tanto o deus dos comerciantes honestos e dos oradores e políticos sérios e dignos, quanto o deus dos ladrões e dos oradores (políticos, advogados, etc.) que empregam a eloquência verbal para enganar e auferir exclusivamente vantagens pessoais ilícitas e indignas; tanto o deus das palavras de uma prece sublime quanto o deus das palavras que encomendam a um assassino profissional a execução de uma criatura humana. É tanto o inspirador do discurso verdadeiro quanto o articulador da mentira. Ele pode tanto esclarecer quanto confundir, ou mesmo ludibriar.*

*A história de Hermes que contamos mostra também um ser auto-confiante, prático, pragmático, ativo, criativo, engenhoso, eloquente e cativante, mas igualmente inescrupuloso, utilitarista, oportunista, desonesto, embusteiro e mentiroso.*

● ● ●

*Precisamos estar cientes e vigilantes com o poder e dom magníficos e privilegiados que temos da palavra pois esta deve ser empregada em nossas vidas com consciência e responsabilidade, visto que o discurso falado ou escrito pode tanto auxiliar, construir e educar quanto prejudicar, destruir e confundir.*

# TESEU E O MINOTAURO

"Sim... sete moços e sete moças virgens enviados a cada nove a-nos para esse detestável sacrifício pleno de impiedade! Só me resta sub-meter-me a essa imposição." – essas foram as palavras do desolado rei Egeu de Atenas ao embaixador de Creta.

"Assim deverá ser feito, senhor, caso contrário nosso reino vitorio-so sobre Atenas fará outras exigências." – ratificou o emissário cretense, num tom simultaneamente respeitoso, frio e enfático.

Eram tempos tenebrosos e angustiosos para Atenas. Mal acabara de ser atingida por uma praga devastadora, que ceifara centenas de vidas humanas, comprometera o pastoreio e a agricultura, reduzindo o reino à penúria e quase ao caos, e se vira atacada de maneira oportunista por Creta, que pouca dificuldade tivera para derrotar uma nação impotente, cujas escassas fileiras de soldados, embora destemidos, haviam lutado em condição sumamente desfavorável e, ainda mais, com o amargor a pesar em suas almas desalentadas por conta de perdas materiais e o luto.

"Mas por que não minha morte, a de minha família e a escraviza-ção de meu povo? Por que não simplesmente o domínio cretense da Áti-ca? Ou tributos sob forma de riqueza, apesar da dura crise que enfrenta-mos? Por que essa exigência estranha, cruel e sacrílega?" – o aflito rei per-guntou insistentemente. "Estás, embaixador, autorizado a explicar-me?"

"Decerto, majestade." – respondeu o representante de Cnossos. "Reconheço ser esse um bizarro tributo. Mas é tudo que meu rei, Minos,

*Teseu e o Minotauro*

impõe a este país vencido. E explico: há em nossa ilha uma fera cruel e voraz, o Minotauro, que embora aprisionada no labirinto construído por mestre Dédalo, deve ser nutrida com carne humana. Daí não exigirmos tributos em ouro ou prata, mas tão-só vítimas virgens para a imolação."

O Minotauro, como o caro leitor deve lembrar-se, havia sido um fruto monstruoso do ventre de Pasifae, esposa do rei Minos.

O próprio Oráculo de Delfos orientara Egeu a não se insurgir contra essa imposição, mesmo porque Atenas estava de joelhos.

Por duas vezes, ou seja, no período de dezoito anos, catorze rapazes e catorze moças, no total vinte e oito jovens repletos de vigor e com toda uma vida pela frente, foram escolhidos por sorteio entre a população amedrontada e angustiada, e despachados a Creta para se converterem em pasto da criatura bestial.

Mas voltando no tempo, pouco depois daquela derrota de Atenas e da celebração desse acordo macabro, finalmente um acontecimento venturoso veio aliviar a tristeza do rei Egeu e dos súditos: o nascimento de Teseu. Mas as circunstâncias que conduziram ao nascimento de Teseu devem ser aqui relatadas.

Tendo viajado a Delfos com a finalidade de consultar Apolo sobre a razão de permanecer sem filhos, Egeu, incapaz de interpretar a resposta da pítia, no seu regresso deteve-se na casa de um amigo. Esse amigo, Piteu, embora compreendendo o significado do oráculo, preferiu não o revelar a Egeu e, em lugar disso, serviu muito vinho ao fatigado viajante que, embriagado, recolheu-se ao leito. Movido por seus próprios propósitos, Piteu introduziu no aposento do rei e no leito deste sua filha Etra. O resultado foi que o não tão embriagado Egeu manteve relações com Etra. Coincidentemente, naquela mesma noite, o deus Poseidon, que cobiçava Etra, infiltrou-se no aposento e também a possuiu. A filha de Piteu engravidou e concebeu um belo e saudável menino, que recebeu o nome de Teseu.

Não se soube qual a verdadeira paternidade de Teseu. De qualquer forma, criado pela mãe e o avô, quando já rapaz, conforme instrução dada pela próprio Egeu na manhã que sucedeu à noite de amor com Etra, se nascesse um menino daquele encontro amoroso, caso se tornasse um homem suficientemente forte para erguer uma certa pedra indicada por Egeu, deveria ser enviado a Atenas.

*Sabedoria da Mitologia para o seu dia a dia*

Assim foi feito e tanto Egeu quanto o próprio Teseu souberam da dúbia paternidade deste último, o que não impediu que ambos desenvolvessem um profundo e intenso afeto mútuo, e que Teseu por muitíssimos anos encarasse e tratasse Egeu como pai, e este a ele como legítimo filho e futuro herdeiro do trono de Atenas.

Ao mesmo tempo, ambos prestavam ao deus dos oceanos os sacrifícios e honras que lhe eram devidos, não suscitando a ira do deus que, de sua parte – como ocorre geralmente com os deuses – não estava interessado em apurar a paternidade do rapaz, ou disputá-la com este ou aquele mortal.

Digamos que com a não apuração da paternidade de Teseu, era como que se ele tivesse concretamente *dois* pais (um mortal e outro divino), pois gozava do amor e direito sucessório de Egeu e da proteção de Poseidon.

Mas novamente os semblantes dos atenienses se anuviavam, pois se avizinhava a data do terceiro envio das catorze vítimas.

Numa agradável tarde, sob o céu azulado da Ática, que rivalizava em beleza com o cinza azulado e brilhante do Mediterrâneo, pai e filho, isto é, Egeu e Teseu, confabulavam:

"A data nefasta se aproxima, meu filho", – dizia o rei pesaroso, cofiando a barba grisalha. "Mais uma vez teremos que arrebatar da flor viçosa de nossa juventude catorze vidas que sequer desabrocharam e enlutar famílias atenienses."

"É preciso dar um fim a isso, meu amado pai." – comentou Teseu com ênfase e olhando fixamente para o velho rei num misto de reverência e desejo de compartilhar do problema."

"É impossível, Teseu. – balbuciou o rei, meneando levemente a cabeça. "Atenas deve honrar o acordo celebrado há tempos sob a orientação do próprio Oráculo; por outro lado, agora que o reino consolidou uma nova via de prosperidade, após tantos anos de crise, não nos interessa uma nova guerra com Creta e seus aliados."

"Pai, és rei e homem sábio. Algum dia estiveste pessoalmente com Minos?"

"Sim. Ao menos duas vezes antes da guerra que iniciou contra nós há mais de duas décadas. Por que perguntas?"

90

*Teseu e o Minotauro*

"Qual foi tua impressão dele? Com que tipo de criatura te deparaste? Sei, meu pai, quanto és observador atento e arguto da natureza de homens e semideuses."

Por um momento a nuvem inauspiciosa que pairava sobre a fronte do augusto monarca pareceu desvanecer e um tênue sorriso aflorou em seus lábios delgados, porém ainda avermelhados.

"Teseu, filho amado e digno herdeiro, às vezes me vejo em dúvida quanto a que tipo de homem serás: se rei sedentário e responsável, guerreiro valoroso e patriota, herói aventureiro e vagabundo, ou sábio inquiridor dos mistérios da alma...

"Talvez..." – disse aquele rapaz de tez, braços e pernas bronzeados, "... salvo pela franca oposição entre rei sedentário e herói nômade, tudo o mais caiba num só homem, meu pai."

"Dificilmente, meu filho. Mas não é impossível, embora tenha sido raro. Queiram os deuses que venhas a ser esse tipo raro de homem."

Fazendo penetrar os dedos entre os cabelos, numa postura pensativa, continuou:

"Quanto a tuas perguntas, digo que Minos me pareceu na época uma criatura justa e sábia, além de íntegro monarca, dedicado tanto ao bem-estar de seus súditos quanto à prosperidade de Creta. Dou-te ainda mais duas informações: como respeitado e bem acolhido estrangeiro na terra dos mais fogosos touros da Grécia, pude observar que Minos é cumpridor assíduo e devoto de sua obrigações religiosas no Templo de Zeus, e que é amado por seu povo."

"Com todo o respeito, meu pai", – disse o jovem em tom não exatamente crítico, mas de reserva, "não se podia esperar algo diferente. Zeus, o Salvador e fomentador da amizade, não só é o senhor sumamente poderoso do Olimpo, como pai de Minos, além do que..."

"Tua observação é procedente, meu filho", – o rei o interrompeu com firmeza, "mas não faltam ímpios mesmo entre os filhos de deuses."

"Tens razão." – o jovem assentiu. "Mas permite-me, pai e senhor, ainda perguntar por que o tão sábio, justo, bom e devoto Minos resolveu atacar nossa pátria enfraquecida e recém-assolada por uma praga letal há mais de um decênio atrás? Sou jovem e ignorante. Nunca entendi – ou meus mestres não souberam ensinar-me – porque fomos súbita e

*Sabedoria da Mitologia para o seu dia a dia*

violentamente agredidos? Houve da parte de Atenas e de ti alguma provocação para tanto? Houve um motivo grave para essa expedição guerreira que rompeu bruscamente laços de amizade ou, ao menos, tratados de não-agressão?"

"Essa matéria", – Egeu começou e a pele vincada de seu rosto nobre contribuiu para uma expressão sombria, "é muito complicada, meu filho, pois envolveu delicados posicionamentos políticos de mais de um Estado grego naquela época, além de Creta e Atenas. Talvez algum dia eu mesmo tenha a oportunidade de explicar-te detalhadamente tudo que aconteceu então. Agora, infelizmente, não dispomos de tempo para isso. Temos que nos concentrar nessa árdua questão que nos atormenta como um bando ameaçador de harpias, ou um grupo folgazão e tumultuador de centauros embriagados."

"Mas precisamos compreender o problema, pai... Talvez haja alguma possibilidade de reverter essa situação e devolver a felicidade e a paz ao nosso povo."

"Não sei, meu filho..." – o rei acomodou-se melhor no trono e assumiu um ar ensimesmado. "... às vezes penso que, independentemente da conturbada conjuntura política da Grécia naqueles tempos, algo *muito pessoal* levou o rei Minos a tomar medidas políticas excessivas, que não se coadunaram com sua sabedoria e senso de justiça."

"O que queres dizer exatamente?"

"Decerto sabes dos acontecimentos lastimáveis e desastrosos envolvendo a esposa de Minos, a rainha Pasifae?"

"Sim. – respondeu prontamente o rapaz. "Esses fatos horrendos são hoje notórios em toda a Grécia, e principalmente nós atenienses somos assombrados por eles noite e dia. Estão na origem da tragédia que inclui nossos jovens a cada nove anos."

"Pois bem", – prosseguiu o rei, que se amparava de seu interlocutor para avançar em sua reflexão. "Minos, tão piedoso e cuidadoso com os sacrifícios regulares feitos a Zeus, falhou gravemente no tocante às honras devidas a Poseidon..."

"Sim." – confirmou o vigoroso e incansável jovem, que se mantinha em pé, ereto diante do rei, limitando-se a lançar rápidos olhares aos membros da guarda real que se postavam à certa distância, incapazes de ouvir a conversação que pai e filho entretinham. Também os escravos se

*Teseu e o Minotauro*

conservavam distantes, à exceção de dois deles, de total confiança do rei, que tinham vindo há pouco preparar o vinho, um carregando o cráter e o outro duas taças de prata polida e o vinho.

"Meu digno pai se refere certamente ao episódio infame da geração do Minotauro." – Teseu completou.

"Tenho a impressão, Teseu, que depois desse drama pessoal, Minos enlouqueceu ou, ao menos, perdeu o bom senso e a sabedoria que sempre lhe foram característicos, e que eu próprio testemunhei mais de uma vez quando estive em Creta."

"O que não entendo", – ponderou o rapaz, "é porque Minos não tenta aplacar a ira de Poseidon, ou exterminar o Minotauro! Será que algo o impede, ou simplesmente se acomodou na aceitação covarde dessa situação, pois são muito menos jovens cretenses os devorados, já que nós e outros povos o suprimos regularmente de carne humana jovem?"

"Quanto à ira de Poseidon – apesar de *nossas* particularmente excelentes relações com ele – sei que não é nada fácil de ser aplacada, como bem o descobriu Odisseu, o rei de Ítaca, ao retornar de Troia. Os deuses, como o sabemos, não só Poseidon, não toleram, e muito menos *perdoam* negligência e insultos. Quanto a matar o Minotauro, como este não é filho de nenhum deus – como Polifemo, por exemplo, o era de Poseidon, – não sendo especialmente protegido por nenhum deles, poderia perfeitamente ser destruído. Mas..." – um ligeiro riso contido brotou nos lábios de Egeu.

"Mas o que, meu pai?" – indagou o atento e curioso Teseu.

"...Creta não conta com nenhum herói suficientemente valente, ousado e forte para enfrentar *esse* monstro devorador. Héracles não está entre nós e... com todo o respeito devido ao rei de Ítaca e a Atena, nossa venerada patrona e protetora do ilustre Odisseu, não estou convicto de que a astúcia e engenhosidade deste último bastariam para provocar a morte daquela criatura. Quase todos os grandes heróis da Grécia já se foram deste mundo: Aquiles, Ajax, Palamedes e outros. Além disso, diferentemente da Esfinge, que se colocava ostensivamente à entrada de Tebas, o Minotauro se oculta nos meandros sombrios do labirinto, o qual ele deve conhecer muito bem pois ali habita há muitos anos... Na verdade, não se trata de *uma*, mas de *três* proezas formidáveis..."

*Sabedoria da Mitologia para o seu dia a dia*

"Receio não estar conseguindo acompanhar teu raciocínio, meu pai. A quais proezas te referes?"

"*Uma* é ingressar no labirinto e se manter vivo sem cair nas garras do monstro nos primeiros movimentos; a *segunda* é localizar o Minotauro e matá-lo, enquanto a *terceira* é conseguir sair do labirinto."

Quando seu pai se calou, desviando o olhar da figura do filho, foi como se Teseu mergulhasse em pensamentos que o afastavam dali. Por uma ampla janela da sala do palácio ele entreviu o caminho descendente que levava ao porto de Atenas na cidade baixa.

Não tardou para que pai e filho, que tinham ficado por alguns segundos absortos em pensamentos aparentemente distintos, se fitassem.

"É necessário que ajudemos Minos, meu pai!" – o rapaz falou acentuando cada uma das palavras.

"Não, não, meu filho, não tu!! Embora já valoroso, és muito jovem e meu único filho! Serás meu sucessor! Hoje sou um velho incapaz de gerar mais filhos. Eu e nosso povo não podemos arriscar perder-te!"

"Pai, não há outro meio e bem sabes. A salvação de nossos jovens depende da solução do problema de Minos, que criou nosso problema. Se ele está incapacitado de solucionar esse problema, cabe a nós fazê-lo. Se tivermos êxito nisso, não só eliminaremos esse nosso cruento drama, como prestaremos um serviço à Grécia e faremos com que Creta passe a ter conosco um imenso débito!"

"Mas filho!..."

"Pensa, pai amado, em quantos pais como tu estarão daqui há pouco em pranto pela perda de seus filhos e filhas na flor da idade, sem sequer ter seu corpos para contemplar e realizar um sepultamento digno que os envie piedosamente ao Hades!"

Desconhecemos que outros argumentos foram empregados por Teseu para persuadir seu amoroso e angustiado pai. O fato é que dias depois o sorteio dos *treze* jovens atenienses foi realizado e o navio partiu do Pireu a singrar as águas do Mediterrâneo rumo a Creta.

Os moços e moças atenienses, a despeito de seu destino ignóbil, foram recebidos condignamente em Cnossos, especialmente o garboso príncipe Teseu, que se incluíra no rol dos condenados.

94

*Teseu e o Minotauro*

"Ilustre príncipe", – o rei Minos não pôde evitar o comentário, "...embora nada me autorize a não aceitá-lo no elenco das vítimas, muito me surpreende que o rei Egeu não se haja poupado do sacrifício de seu único herdeiro!"

"Por Zeus, teu divino pai, majestade", – explicou Teseu, "como jovem virgem, embora príncipe, participei do sorteio fatal e quiseram os deuses que fosse eu uma das vítimas desse holocausto. Só restou ao rei Egeu e a mim acatar a vontade divina."

Evidentemente Minos deveria permanecer completamente ignorante de que Teseu se oferecera voluntariamente para integrar os catorze e do plano concebido para aniquilar o Minotauro. Embora isso, se concretizado com sucesso, iria favorecer grandemente, em primeiro lugar, aos próprios cretenses e ao seu rei, os livrando daquela besta devoradora, Egeu e Teseu alimentavam dúvidas a respeito da reação do perturbado Minos. Todo o plano e sua execução ocorreriam sem o conhecimento e a participação de Minos e dos cretenses.

Admirando o sangue-frio e a grandeza moral do príncipe ateniense, cuja notoriedade já começava a circular pela Grécia, o monarca prosseguiu:

"Denodado príncipe, quisera, se meu pai Zeus assim o tivesse permitido, ter gerado um filho-homem de tua têmpera e estatura. Infelizmente só tive filhos medíocres e filhas de uma mãe inominável..."

A menção implícita de Pasifae trouxe algum constrangimento aos presentes, mas o rei se apressou em apresentar um de seus filhos, Deucalião, e duas belíssimas filhas, que ainda que dotadas de encantos femininos distintos, se destacavam cada uma ao seu jeito.

Fedra se adiantou e saudou reverentemente o príncipe. Embora vestida com impecável elegância, tal como a irmã, para aquela ocasião, Fedra não disfarçava a beleza selvagem nos contornos do corpo esbelto e, sobretudo, na expressão passional de seus grandes olhos negros.

Ariadne avançou alguns passos, um tanto tímida. Era pequena, frágil e delicada, de uma formosura que mais lembrava uma ninfa do que propriamente uma mulher. Mais uma vez os olhos, janelas da alma, não ocultaram o marcante contraste daquelas duas criaturas: Ariadne possuía olhos claros, de um cinza azulado brilhante, ou seja, olhos que

*Sabedoria da Mitologia para o seu dia a dia*

evocavam os olhos glaucos da deusa Atena. Se nos olhos da irmã via-se o ímpeto do desejo e mesmo a impudência, nos de Ariadne distinguia-se a candura e a submissão.

Era uma situação insólita, se não absurda: duas princesas em idade de casamento sendo apresentadas a um exuberante príncipe condenado à morte!

Tal situação tornou-se ainda mais disparatada quando, ao saber que Creta realizava jogos antes do odioso holocausto, Teseu manifestou o desejo de participar. Não desconfiando, aparentemente, em absoluto da intenção do príncipe estrangeiro de matar o Minotauro, Minos só pôde redobrar sua admiração por ele.

"Pelo pai divino Zeus!" – exclamou. "Parece que encaras a descida ao sombrio reino de Plutão como uma aventura heróica!"

"Não é o caso, majestade." – retorquiu o príncipe. "Apenas quero tentar assegurar, se possível, o meu lugar nos Campos Elíseos, ou nas Ilhas dos Abençoados." O tom empregado nessas palavras por Teseu foi, calculadamente, o de seriedade e resignação, de modo algum de tristeza. Se estava bem longe das metas do atlético e cheio de vida Teseu ir *tão cedo* para o Hades, era inteiramente necessário que Minos cresse, de preferência, que o príncipe de Atenas, na sua suma dignidade, simplesmente se resignava ao seu destino funesto.

Hóspede de honra do palácio de Cnossos, Teseu se sagrou vencedor na maioria das competições e teve a oportunidade de conviver diariamente com os membros da família real.

O vigoroso jovem, no desabrochar de sua energia viril, não demorou a notar os olhares cheios de ternura de Ariadne e, embora se sentisse mais atraído por Fedra, decerto não o demonstrava em absoluto, pois como poderia alguém condenado irreversivelmente à morte há poucos dias do sacrifício cortejar uma princesa cretense?

Ariadne, apesar de mais reservada do que a irmã, devido ao sentimento que nutria pelo rapaz, não conseguiu conservar-se indiferente a ele, mostrando-se acessível não a uma possível corte certamente inútil e incompreensível, mas ao menos a conversas regulares, supervisionadas à certa distância pelas escravas que a serviam. Num desses diálogos a doce Ariadne se abriu em mais de um sentido a Teseu:

*Teseu e o Minotauro*

"Caro príncipe", – começou, desviando o olhar e sem poder evitar o rubor a lhe tomar as faces levemente pálidas, "sei que deveria comportar-me com o completo recato que cabe a uma princesa e donzela do palácio de Cnossos, mas..."

"Noto teus frequentes olhares enternecidos, gentil e doce princesa", – Teseu a interrompeu delicadamente, "porém, não passo de um condenado prestes a ser devorado, com meus companheiros e companheiras, por um monstro aviltante!"

A jovem, visivelmente emocionada, quase deu vazão ao pranto, mas conteve-se e disse:

"Príncipe, acompanhei tuas magníficas vitórias em nossos jogos: luta, corrida, arremesso de dardos e lanças, levantamento de pesos e tantas outras provas! Venceste com facilidade todos os demais atletas, os melhores da Grécia: cretenses, espartanos, rodeanos... todos! Dizem que especialmente a força de teus braços e punhos é formidável, que até preferes dispensar armas, embora as manejes com invulgar destreza. Já te comparam com o próprio Héracles quanto à força descomunal."

"Aonde queres chegar, suave e inteligente Ariadne?" – indagou Teseu, entre desconfiado e receoso, a observar as imediações, e como se adivinhando a resposta da moça.

Ela se aproximou mais do jovem e o fitou diretamente, menos como uma mocinha sonhadora que o amava do que como uma perceptiva mulher realista que desejava salvar sua vida.

"Não sei se sou correspondida, príncipe, naquilo que sinto por ti, mas sei que és capaz de destruir o Minotauro, salvar-te e aos outros e, ademais, dar fim, de uma vez por todas, a este drama horrendo que envergonha e enluta Creta, Atenas e outros países gregos há anos. Esta é nossa chance, nobre e bravo Teseu, de desfazer os efeitos da calamidade que meu mesquinho pai, o enganado e ultrajado Poseidon e minha desgraçada mãe criaram. O fato de seres filho ou protegido de Poseidon provavelmente seja, também, nesta adversidade, uma clara vantagem."

"Achas realmente possível matá-lo, princesa?" – arriscou o ateniense, como se testando a moça.

"Acho." – respodeu Ariadne pronta e convictamente. "E embora possa estar pondo em risco minha própria vida, ao dizer o que direi ago-

*Sabedoria da Mitologia para o seu dia a dia*

ra, ainda assim o farei. Penso que tu também achas, e mais: que já vieste de Atenas com o intuito de matá-lo! A impressionante e imperturbável segurança e autoconfiança que demonstras a cada minuto não revelam apenas a extrema nobreza de teu caráter e intocável senso do dever perante teu pai e teu povo... O fato é que jamais te entregarias passiva e covardemente à morte infame sem luta ou qualquer reação."

Teseu, por um momento, pareceu sondar profundamente os olhos glaucos da moça. Depois falou, com voz mais baixa:

"Teu digno pai não parece ter feito esse raciocínio."

"Meu pobre pai, embora ainda justo e sábio, perdeu a coragem e não é mais capaz de distingui-la em ninguém. A extrema vergonha a que foi exposto por causa de minha mãe e o remorso por ter sido a causa deste horror o tornaram um velho atormentado e conformado. Ao menos continua fiel e zeloso devoto de meu divino avô, Zeus, de quem talvez um dia consiga sua reabilitação."

"Intrépida princesa", – disse Teseu, "o que sabes do Minotauro?"

"Decerto estamos todos terminantemente proibidos, particularmente eu e minha irmã Fedra, de nos aproximarmos das imediações do labirinto. Mas o que dizem os poucos que viram ou entreviram a tal aberração (que, na verdade, é meu meio-irmão), antes de ser aprisionada no labirinto (já que depois todos que a viram, pereceram), é que se trata de um monstro aterrador de corpo musculoso de homem encimado por uma sólida cabeça taurina. Não se sabe de mais nada. Presume-se que se lança sobre suas vítimas que tateiam confusas e apavoradas pelos escuros meandros, mata-as, dilacera-as e as devora. Não se ouve sequer os gritos certamente horripilantes das pobres vítimas, pois são abafados pelas espessas paredes da construção de Dédalo."

"Dédalo, Dédalo..." – Teseu assumiu um ar pensativo.

"O mesmo Dédalo que há muitos anos, com certeza antes de nasceres, foi desterrado pelos atenienses – do que desconheço as razões – e aqui passou a viver."

"Sim..." – confirmou Teseu, "conta-se isso em Atenas... um exímio inventou e construtor."

"Exato."

*Teseu e o Minotauro*

"E o que pensas tu, formosa e sagaz donzela, de tudo isso?"

"Penso..." – e Ariadne se calou por um momento à aproximação respeitosa de uma escrava, que depôs ao lado deles uma ampla bandeja contendo figos, cachos de uvas e duas taças de vinho já preparado.

"...que o Minotauro não deve ser tão forte e, menos ainda, astucioso e determinado. Tudo é demasiado cômodo para ele e, aliás, a bravura, a sabedoria e a astúcia são qualidades de homens, deuses e semideuses... não de monstros. Suas vantagens são estar em seu ambiente, estar habituado às sombras e meandros intricados da construção e o fator-surpresa do ataque fulminante a jovens virgens que, já aterrorizados diante de uma morte hedionda antes de ingressarem no antro do monstro, se veem como petrificados de horror ao entrarem e começarem a tatear nas sombras e sem rumo, mesmo porque de nada adiantaria se imobilizarem. Antes de se nutrir da carne tenra dos indefesos jovens, o Minotauro se nutre do medo avassalador que se apossa de suas almas e torna seus corpos presa fácil."

"O fato", – concluiu Teseu, "é que nenhum jovem nunca escapou com vida do labirinto."

"Nunca. É impossível. A propósito, nem o próprio monstro é capaz de sair do labirinto. Eis o gênio de Dédalo. Meu pai lhe ordenou que edificasse uma prisão da qual a fuga fosse simplesmente impossível."

Servindo-se de um figo maduro e fresco, Teseu arriscou mais uma conclusão:

"Então, pelo que dizes, permito-me concluir que o grande problema não é o Minotauro, mas o labirinto."

"Decerto a deusa virgem Atena dotou seus protegidos da capacidade para raciocínios ligeiros e acertados."

"Estou certo que sim, princesa. Mas responde-me: supondo... vê bem... apenas supondo que eu fosse capaz de matar o Minotauro, como sairmos ilesos – eu e mais treze atenienses – do labirinto, se afirmas ser isso impossível?"

"Respondo..." – disse Ariadne, ajeitando os longos cabelos, depois do que lavou cuidadosamente as pequenas e delicadas mãos na bacia junto a si, servindo-se, por sua vez, de um cacho de uvas.

*Sabedoria da Mitologia para o seu dia a dia*

"...pedindo-te que suponhas – aqui se trata também de mera conjetura – que eu me dirija a Dédalo – pois tenho acesso a ele – e lhe peça que me esclareça sobre essa sua construção."

"*Suponho* que te arriscarias demais, digna princesa, e inutilmente, pois Dédalo nunca daria a ti qualquer informação sobre o labirinto, mesmo... – o que *jamais* farias – que a ele oferecesses teus favores. O segredo dos meandros do labirinto e de sua saída, se é que possui uma, ele certamente o levará para o Hades, pois não enfrentaria a fúria de Minos, que tem o poder incontestável para mandar executá-lo ou devolvê-lo a Atenas, que o condenaria a algo igual ou pior. Nos poucos dias de minha estada em Cnossos, ouvi dizer que Dédalo vive aqui como um aristocrata com seu filho Ícaro, diretamente sob a proteção e *supervisão* de teu pai."

"É verdade", – confirmou Ariadne, "e é rigorosamente certo que Dédalo também não concordaria em ingressar no próprio labirinto com o objetivo de ensinar a alguém como dele escapar."

"Nem para ganhar com isso a cornucópia ou o próprio tosão de ouro, cara princesa."

"Entretanto..." – Ariadne moveu a cabecinha, parecendo refletir, ou melhor, intuir alguma coisa, "mestre Dédalo – eu o sei por boas fontes – sente intensas saudades de sua pátria, algo muito comum entre os exilados... quem sabe não esteja interessado (e aqui continuamos na suposição) em que intercedas por ele junto a teu pai, o rei Egeu, para que suspenda seu exílio, em troca de certas informações..."

"Paremos com nossas suposições, princesa." – protestou Teseu, "Pelas leis de Atenas exílios são irrecorríveis e irreversíveis, e mesmo que não fossem, não sei se convenceria meu pai."

"Nem pela vida de seu único filho e herdeiro, a vida de treze atenienses e a glória imorredoura de salvar Creta e Atenas desse horror!"

"Isso eu não sei, insistente donzela de coração valente", – Teseu meneou a cabeça coberta de louros caracóis.

"Pois bem!" – disse Ariadne esboçando um ligeiro sorriso, que realçou a beleza suave de seu rosto delicado. "De qualquer forma irei visitar mestre Dédalo ainda hoje."

*Teseu e o Minotauro*

"Não tenho autoridade para impedir-te, princesa. Só não lhe faças promessas que não posso cumprir."

Eles se separaram.

No dia seguinte, já encerrados os jogos e faltando apenas dois dias para a introdução das vítimas no labirinto, Ariadne procurou o príncipe de Atenas em toda Cnossos, encontrando-o finalmente a contemplar o Mediterrâneo no ponto mais alto da cidade.

Dispensando o escravo que a acompanhava, a moça aproximou-se de Teseu, ao mesmo tempo que fez sinal aos dois oficiais que vigiavam o príncipe para que se distanciassem.

"Tenho excelentes notícias", – disse, ansiosa, refreando uma euforia que avivava e tingia de vermelho suas faces de normal ligeiramente pálidas.

Teseu a contemplou entre agradavelmente surpreso e curioso.

"Estive, como disse ontem que estaria, com mestre Dédalo."

"E?"

"Como era de se esperar, minhas súplicas e mesmo a insinuação de um possível indulto do rei Egeu, graças a tua intercessão, não o demoveram em absoluto. Disse-me respeitosamente que se trata de um segredo de Estado e que sua lealdade e dívida de gratidão com meu pai são sagradas, inclusive porque ele poupou-lhe a vida ao saber que construíra um artefato a pedido de minha mãe Pasifae para o seu abominável ato..."

"Foi o que prevíamos." – comentou, no seu usual tom seguro e direto, o príncipe.

"Entretanto..." – os olhos de Ariadne brilharam como as ondas do Mediterrâneo no verão ao serem acariciadas pelos raios do sol.

"Entretanto?"

Antes de eu deixá-lo, o enigmático Dédalo me entregou um novelo."

"Um *novelo*??" – indagou Teseu, não contendo uma ponta de riso. "Será que quer que teças mortalhas em honra das vítimas? Afinal certamente não poderão usá-las no estômago do Minotauro."

*Sabedoria da Mitologia para o seu dia a dia*

"Príncipe de Atenas", – ela retrucou, agora séria e em claro tom de censura, "poupa-me de tua ironia. Prefiro que me ajudes a pensar."

"Peço que me desculpes, Ariadne. Tens sido a mais amorosa e zelosa das mulheres comigo e me comporto assim. Qual seria a razão de tal gesto tão estranho, dando-te um novelo comum... a ti, uma princesa?"

"Não tão comum..." – ela o mostrou a ele. Na verdade, a única coisa que o tornava incomum era ser maior do que os tantos novelos que existiam em Creta.

"Mas para que nos serviria isso, bela menina, nesta nossa atribulação?"

"Vós homens sois demasiado racionais e profundos para perceber o evidente que está na superfície."

"O que queres dizer?"

"O que indica a intuição feminina: se prenderes firmemente uma extremidade da linha deste novelo em algum ponto da entrada do labirinto, sem que os soldados de meu pai o notem, e a outra no teu cinto – as vítimas não são ali introduzidas nuas – poderás, após matar o monstro, voltar a enrolar o novelo, o que te trará, e a teus companheiros – espero que todos vivos – à entrada, a qual será vossa *saída...*"

"Doce e extraordinária Ariadne! Se esta empreitada tiver êxito, te levarei para Atenas e farei de ti minha esposa!"

"É o que mais desejo, querido Teseu. Mas controles o tom de tuas palavras. Os oficiais do palácio de Cnossos têm ouvidos sensíveis e, principalmente, olhos muito atentos."

"Sim, tens razão." – ele moderou o tom de voz. "Mas por que Dédalo teria feito isso?"

"Não sei exatamente." – ela disse, enquanto ele ocultava cuidadosamente o grosso novelo sob a túnica. "É um homem muito estranho. Mas sou mulher e vejo as coisas com simplicidade. Acho que, sendo ateniense, não deseja que seus conterrâneos morram tão miseravelmente naquele antro tortuoso criado por ele próprio."

Refreando o desejo de se abraçarem, mais uma vez se separaram, combinando que só se veriam novamente após o desfecho daquela perigosa aventura.

*Teseu e o Minotauro*

Os dois dias que antecederam o horrendo, porém famoso sacrifício, foram cheios de tensão e ansiedade para todos, especialmente para os jovens atenienses, Teseu e Ariadne.

Teseu, encontrando-se pela última vez com seus companheiros e companheiras, comunicou-lhes finalmente, para seu imenso alívio e alegria contida, sua intenção de exterminar o Minotauro. Contou-lhes também sobre o expediente do "fio de Ariadne", como passaram a se referir ao novelo fornecido por Dédalo, e os instruiu a entrarem de mãos dadas e silenciosos no labirinto, seguindo-se a ele, que entraria primeiro, prerrogativa que exigira do rei Minos.

No dia fatídico, próximo ao crepúsculo, uma imensa multidão de cretenses aglomerava-se nas imediações do labirinto, contida e disciplinada, com muita dificuldade, por dezenas de soldados armados.

Logo um cortejo de sete moços e sete moças, trajados à moda ateniense, tendo à frente o imponente príncipe, assomou na senda principal. Caminhavam ladeados por soldados.

A passo lento, como se cumprissem um ritual, alcançaram a entrada da construção geométrica e baixa, erigida com grandes pedras escuras, que se mostravam lisas, úmidas e exalavam um cheiro desagradável.

Quando a pesada porta foi movida por um grupo de soldados, oferecendo uma estreita abertura para o ingresso das vítimas, todos... inclusive o rei Minos, único membro da corte cretense na macabra solenidade, levaram instantaneamente os dedos ao nariz, atingidos por um fedor quase insuportável.

A um sinal do rei, os soldados, abandonando completamente a lentidão em ritmo ritualístico, se apressaram a incitar as vítimas, a maioria, principalmente as jovens, que choravam contidamente no seu exemplar recato de mulheres de Atenas, sem gritos e histeria, a entrar na prisão tenebrosa e nauseabunda.

Antes mesmo do capitão dos soldados fitá-lo e muito menos apontar-lhe a entrada com a ameaçadora ponta da lança, Teseu, o único, entre os condenados que mantinha o porte altaneiro, atraindo os olhares para sua compleição atlética, apesar da pouca idade, adentrou a construção, sua mão esquerda presa à mão do segundo jovem que, embora

103

*Sabedoria da Mitologia para o seu dia a dia*

cabisbaixo, parecia ocultar uma expressão discreta de confiança nos olhos azuis.

Em minutos todos os catorze unidos pelas mãos mergulharam naquele cárcere singular.

Ao penetrar no labirinto, a primeira sensação experimentada por Teseu e seus companheiros, além do odor horrível, foi a de estarem sendo sepultados vivos. Mas transmitindo coragem e confiança aos companheiros, através do aperto da mão daquele que o seguia, ação que foi repetida até o décimo terceiro jovem do grupo ao último membro, Teseu tateou a muralha de pedra em busca de uma pedra saliente, ou de um nicho, em que pudesse prender a ponta do fio do novelo, o qual já retirara do cinto.

A escuridão era total e só após minutos de tensão, acompanhados dos gemidos mal contidos das moças, o perseverante ateniense sentiu, às custas de um leve ferimento na mão direita, uma aresta pronunciada e uma reentrância. Liberando por alguns momentos a outra mão, Teseu amarrou o melhor que pôde a extremidade do fio, recolocando cuidadosamente o novelo sob o cinto.

Avançaram devagar e silenciosamente por uns cinco minutos, durante os quais Teseu apurou os ouvidos, procurando discernir quaisquer ruídos, especialmente produzidos por passos.

O silencio, contudo, era sepulcral e os corações dos atenienses palpitavam.

Mais uns cinco minutos em linha mais ou menos reta e começaram a tropeçar em ossadas humanas, algumas bastante frescas, a exalar o intenso cheiro desagradável a que tentavam se acostumar. Não devemos esquecer que o Minotauro não era alimentado *apenas* de nove em nove anos de vítimas atenienses, mas ao menos todas as semanas, de vítimas provenientes de Creta, Rodes e de muitos outros reinos gregos.

Um dos jovens não suportou e vomitou.

O contínuo avanço levou-os a uma bifurcação, primeiramente percebida pelo tato de Teseu. Os olhos, habituados àquela escuridão, era como se a reduzissem. Teseu e os outros começaram a vislumbrar formas na penumbra.

104

*Teseu e o Minotauro*

"Será que essa criatura enxerga como um touro comum, como nós ou possui uma visão extraordinária?" – tal pergunta acudiu à mente de Teseu, acompanhada de uma outra: "Será tão estúpida ou prepotente a ponto de usar um archote para localizar suas vítimas, ou simplesmente espera imóvel até elas caírem em suas garras?"

Ao entrar à esquerda na bifurcação, Teseu deteve-se por alguns instantes e procurou tirar o máximo proveito de sua audição. Pôde captar a uma certa distância não passos, mas algo semelhante a um ronco.

"Pois bem", – pensou consigo, "já que estamos num labirinto e possivelmente por interferência da divina Atena, fomos favorecidos com esse sinal, orientemo-nos por ele."

A partir de então, Teseu conduziu o grupo coeso de atenienses, tocando as paredes rugosas e úmidas e entrevendo formas imprecisas de pedras, esqueletos e montes de excrementos fétidos, norteando-se por aquele som, que não era incessante, pois às vezes revelava-se entrecortado, fazendo com que o bravo ateniense interrompesse a marcha, até ouvir novamente o som.

Esse processo deve ter durado uma hora ou mais, com o grupo singrando aquele mar morto e escabroso de meandros. Não se deixando vencer pelo cansaço e animando os companheiros pelos apertos regulares da mão, verificando constantemente o novelo no seu cinto e percebendo que se aproximavam da origem do som, pois este se tornava gradualmente mais alto, Teseu e aquela bizarra procissão finalmente chegaram a uma nova bifurcação, onde o cauteloso jovem deteve-se e refreou o grupo ao detectar uma súbita interrupção do som...

Tudo que se ouvia agora era o ruído peculiar produzido por tímidos respingos. O labirinto não era uma construção sobre um terreno rigorosamente plano e o grau de umidade aumentara bastante, como se tivessem se aproximado do nível do mar. As paredes, porém, eram tão espessas e sólidas, e tal o isolamento acústico obtido pelo gênio do construtor, que era impossível ouvir o som das ondas.

Mais alguns minutos de aguda tensão e puderam discernir nitidamente o ruído de um pesado ronco.

Deviam estar a uns vinte metros de uma espécie de sala, e Teseu aplicou dois apertos sucessivos na mão de seu seguidor imediato, que foi

**105**

*Sabedoria da Mitologia para o seu dia a dia*

reproduzido até a última moça da fila. Era o sinal combinado para que se detivessem, ficando imóveis, mudos e confiantes, enviando com fervor suas preces à deusa dos olhos glaucos. Era para eles também o sinal de que seu líder, protetor e senhor, iria agir...

Caminhando furtivamente como um gato, porém não mais lentamente, Teseu venceu rapidamente a curta distância que o separava do lugar de onde provinha o ronco.

Na penumbra seus olhos claros entreviram um vulto alto, que acabava de erguer-se. O ronco foi substituído por um urro pavoroso, emitido simultaneamente a um golpe violentíssimo assestado contra o ombro esquerdo de Teseu.

O instinto e, sobretudo, os rápidos reflexos e a agilidade provavelmente haviam salvado sua vida, pois ele desviara a cabeça no último segundo.

O jovem caiu imediatamente sobre o chão imundo ao mesmo tempo que ouvia os gritos, até então refreados, de seus companheiros aterrados. Sentia uma dor pungente no ombro, como se a omoplata ou a clavícula houvessem sido esmagadas.

Levantando-se, percebeu vagamente três sombras que penetravam o recinto, decerto três corajosos jovens que corriam em seu auxílio e contra suas instruções.

Por um momento, o vulto monstruoso pesado e maciço hesitou entre os três novos contendores e Teseu, que se encontrava no lado oposto.

Superando a dor atroz no ombro, Teseu dirigiu-se para o monstro e desfechou-lhe um violento direto na cabeça. Teseu tentara atingir o ponto mais vulnerável de qualquer touro, ou seja, acima do focinho. Mas ele lutava com um mero vulto, não com um adversário claramente visível e precisamente um *touro*. O golpe atingira apenas a boca da besta.

Por alguns instante, o Minotauro cambaleou e com a boca ensanguentada duplicou seus urros apavorantes, esquecendo dos três lutadores adicionais e voltando-se, ensandecido, para Teseu, que evitava ser colhido por outro golpe demolidor ou ser enlaçado por um amplexo mortal.

*Teseu e o Minotauro*

Saltando para o centro da sala na direção do monstro e preparando novamente o punho da mão direita, concentrando toda sua enorme força naquele braço musculoso e ileso, e pedindo à deusa Atena que guiasse seu punho, o príncipe desfechou um golpe fulminante, digno do porrete esmagador de Héracles...

Desta vez a fera cessou com seus urros apavorantes, substituindo-os por um urro de dor; não demorou a tombar ao solo.

Teseu avançou incontinenti sobre o vulto estirado, com seu punho novamente preparado.

O Minotauro, contudo, já expirava: o golpe fora certeiro e devastador. Exausto, o ombro esquerdo deslocado, Teseu caiu ao lado do monstro.

Segundos depois os treze disputavam a honra de ajudar seu líder e companheiro a levantar-se.

Todos riam, falavam, agradeciam emocionados ao seu príncipe no auge da alegria, mas ele, ao apalpar sua cintura, deu por falta do novelo...

"Companheiros, detende ainda vossa alegria, pois nossa salvação não está ainda assegurada. Ajudai-me a encontrar o "fio de Ariadne".

A busca foi imediatamente empreendida e quando o desalento já os ameaçava na suposição da perda irreparável do preciosíssimo novelo, uma das moças o localizou num dos cantos escuros da sala.

Seguindo cuidadosamente o fio novamente enrolado ao novelo, não tardou para todo o grupo, são e salvo, a não ser pelo ferimento sério, mas não letal, de seu líder, retornar à entrada do labirinto, onde aos gritos fizeram as sentinelas assustadas descerrarem a pesada porta.

Sob os olhares estupefatos e a ameaça das lanças, Teseu apressou-se em comunicar que o Minotauro estava morto, dando fim àquele horror de tantos anos.

Naquela mesma noite sob a luz de centenas de tochas, Teseu era aclamado como herói por toda Creta e homenageado pelo próprio rei Minos, que encerrava agora a exigência daquele sanguinário e infame tributo.

Durante a festividade Ariadne encontrou-se com Teseu.

*Sabedoria da Mitologia para o seu dia a dia*

"Não me importei, meu príncipe, por não haveres contado ao rei e aos outros sobre minha participação indireta nessa peripécia."

"E de fato, Ariadne, sem tua participação nada teria sido realizado. A verdadeira salvadora foste tu, auxiliada por Dédalo. Eu e meus companheiros não passamos de executores do plano."

"Entretanto, sem tua coragem, determinação, astúcia e força, o plano também jamais teria sido concretizado. De qualquer modo, podes ficar com toda a glória da façanha. A mim basta ser tua esposa em Atenas."

"Infelizmente, cara Ariadne..." – objetou Teseu, "acaba de chegar um arauto de Atenas. Meu pai anseia por saber o desfecho de tudo isso e informa o rei Minos, teu pai, de uma nova ameaça que paira sobre Atenas, a das mulheres-guerreiras, as amazonas."

"Queres dizer que... tu me prometeste..." – a expressão de sumo contentamento da moça foi bruscamente substituída por amargo acabrunhamento.

"Sim, prometi, mas não é o momento propício, minha cara, para levar-te de Creta e celebrar um casamento, com todas as suas formalidades e devida festividade, numa Atenas ameaçada. Como único filho do rei Egeu, tenho uma urgente expedição guerreira para organizar e conduzir. Não posso decepcionar nem meu amado e necessitado pai, nem meu povo."

"Eu entendo." – ela disse, não contendo as lágrimas, e finalmente os dois se abraçaram. "Vai, ampara teu pai, defende Atenas e teu povo, e retorna a Creta quando puderes. Estarei te esperando."

Mas, caro leitor, Teseu jamais cumpriria a promessa feita à doce, amorosa e determinada Ariadne. Pior: ele a trocaria por sua irmã Fedra... mas esta é uma outra história, que contaremos a seguir, pois essas duas histórias unidas nos ensinam, entre outras coisas, como nós, *homens*, movidos pela paixão, esta péssima conselheira, somos geralmente incapazes de eleger a mulher que nos fará felizes.

Mas voltemo-nos agora para o comentário ao mito que acabamos de relatar.

A simbologia do Minotauro, do labirinto e do fio de Ariadne é riquíssima e comporta muitas interpretações e tantas quantas lições. Aqui basta-nos uma interpretação e uma lição.

*Teseu e o Minotauro*

*O* Minotauro *pode ser entendido como a soma de nossos "demônios interiores" e de nossos medos. Cabe-nos enfrentá-lo e vencê-lo, luta essencialmente individual e solitária, a despeito da eventual ajuda que possamos receber.*

*O* labirinto *é nosso própria existência, repleta de dúvidas, caminhos alternativos, encruzilhadas e um sem-número de escolhas* que temos que *fazer, a rigor sem qualquer esclarecimento seguro ou uma base sólida.*

*Como executar a primeira tarefa desafiadora e sumamente difícil?*

*Além de procurarmos acatar a célebre inscrição no Oráculo de Delfos,* Conhece-te a ti mesmo, *deveremos nos armar principalmente de duas virtudes antigas e indispensáveis: coragem e sabedoria. Foram elas que, acima de tudo, Teseu utilizou para aniquilar o Minotauro. É claro que ele utilizou também sua força prodigiosa, mas esta sem a coragem e a sabedoria que a precederam no percurso no interior do labirinto, não teria servido de nada.*

*Mas resta ainda uma segunda tarefa, ainda mais difícil e a fundamental, ou seja,* viver bem e dar sentido à vida. *Como se mover acertadamente dentro do labirinto (a existência) para algum dia dele sair (a morte) íntegro, com a plena consciência de uma vida bem vivida e digna?*

*O* fio de Ariadne *é nossa bússola. Necessitamos do outro. Precisamos encontrar alguém que nos ame verdadeiramente e se importe totalmente conosco. Sem esse guia amoroso (*ou seja, não me refiro ao conhecimento teórico, religiões convencionais ou mesmo filosofias, que são úteis, mas não bastam*) não viveremos bem e felizes e nem conseguiremos conferir sentido à existência.*

● ● ●

*Em resumo, a lição converge para tentar conhecer a nós mesmos, sem desculpas, pretextos, fugas e concessões (isto é, encarando o monstro que há dentro de nós), fazermos o possível para apaziguar nosso interior e, sobretudo, reconhecer que individualmente somos quase nada, sendo indispensável contarmos com o amor, o apoio e a compreensão de nossos semelhantes, que, enquanto indivíduos humanos, esperam o mesmo de nós...*

# FEDRA, TESEU E HIPÓLITO

Quando Teseu, vindo de Creta e coberto de glória, voltou a Atenas acompanhado dos treze jovens salvos e informando sobre o fim do Minotauro e do deplorável tributo de Minos, o que abria caminho agora para novas relações amistosas e alvissareiras com os cretenses, o velho rei encontrou em tudo isso, certamente, fartos motivos para o regozijo. Atenas em peso, por alguns dias, comemorou efusivamente. Entretanto, logo foi decretado o encerramento das festividades, pois um novo problema ameaçava o reino. Um povo singular que vivia na costa sul do Ponto Euxino, ou seja, do mar Negro, trazia inquietação ao rei Egeu.

"Na verdade, não representam", – dizia ele ao seu filho, "um perigo imediato e direto para Atenas, mas o aumento crescente de seu poder militar me preocupa."

"Não achas, meu rei, que devemos agir em relação a esse povo?" – perguntou Teseu, embora fosse mais uma sugestão do que uma pergunta. "Quero dizer, neutralizá-lo, enviar-lhe embaixadores, encetar negociações em busca de acordos, empreender relações comerciais. Ou, achas, ao contrário, que devemos atacá-lo antes que se torne muito poderoso, e submetê-lo?"

"Infelizmente, meu filho, as amazonas não estão interessadas em paz, acordos ou relações comerciais. Odeiam os homens e querem derrubar o poder patriarcal em toda a Grécia."

*Fedra, Teseu e Hipólito*

"Ora", – concluiu Teseu, "então tem que ser submetidas."

E finalmente o foram.

A história detalhada dessa guerra não nos interessa nesta oportunidade. É suficiente dizermos, de momento, que tal guerra foi composta de combates muito sangrentos, inicialmente com muitas baixas para ambos os lados (ateniense e amazona), para depois os atenienses levarem a melhor. Teseu raptou a rainha amazona Antíope, trazendo-a à Atenas, e a irmã dela, Orítia, marchou contra Atenas com as mulheres-guerreiras para resgatar Antíope.

Dizem que por quatro meses houve batalhas encarniçadas ao lado dos muros da cidade. De qualquer modo, o exército amazona, quando Orítia já se inclinava para um armistício, acabou derrotado. Nesse ínterim, Antíope se apaixonou por Teseu e, menos civilizada e reservada do que Ariadne, deu-lhe um filho, Hipólito. O irresistível Teseu, contudo, mais uma vez rejeitou uma mulher apaixonada.

Nessa época, tanto Egeu quanto Minos já estavam mortos e Teseu, tornando-se rei de Atenas, por razões mais políticas do que sentimentais, firmando uma aliança com Deucalião, então rei de Creta, casou-se com Fedra, tornando-a rainha de Atenas.

Com Fedra, isto é, irmã de Ariadne, Teseu teve dois filhos: Acamas e Demofonte.

O episódio que narramos na sequência, envolvendo Teseu e seu filho bastardo, indica a generosidade e a incrementada sabedoria que anos depois dos acontecimentos em Creta relacionados ao Minotauro, haviam se somado na personalidade de Teseu à sua já renomada bravura.

Na sala do palácio de Atenas o rei Teseu dirige a palavra a um oficial do exército:

"Capitão, tens como missão conduzir meu filho Hipólito ao rei Piteu de Troezen. Entrega ao rei a mensagem que passo agora às tuas mãos."

O teor da mensagem era o seguinte:

*"Saudações ao rei Piteu de Troezen, nosso aliado! Que os deuses te favoreçam e à minha mãe Etra. Hipólito, embora não seja meu filho legítimo, é por mim amado e, pelo sangue, vosso bisneto e neto de minha mãe. Como não tendes sucessores, e já tenho meu trono e meus sucessores, cabe a ele ser teu sucessor. Adota-o em meu nome.*

111

*Sabedoria da Mitologia para o seu dia a dia*

*Teseu, monarca de Atenas"*

Mas quão débeis são as ações humanas, por mais sábias e construtivas, diante das vontades caprichosas dos deuses!

Hipólito cresceu em Troezen e quando já adolescente, fiel ao culto de sua mãe amazona, ou seja, o da deusa caçadora Ártemis, erigiu um templo a esta deusa.

Ora, a deusa Afrodite interpretou isso como um insulto e, promotora incansável da paixão sexual, quando Fedra visitou Troezen na ausência de Teseu em Atenas, incitou a já fogosa rainha a apaixonar-se perdidamente pelo casto e devoto Hipólito, o qual era paralelamente na ocasião iniciado nos mistérios de Elêusis.

Já em Atenas, consumida por uma paixão quase mórbida, a rainha, aconselhada por sua própria criada particular, que temia pela saúde, sanidade e a própria vida de sua senhora, escreveu e enviou a Hipólito, em sua estada em Atenas e hospedado no palácio, uma longa carta, confessando-lhe seu amor desvairado, e destilando todo um caudal de desatinos. Referia-se ao destino cruel da mulheres da linhagem real de Cnossos, sempre traídas nas suas paixões, sua avó Europa, sua mãe Pasifae e sua pobre irmã Ariadne, abandonada pelo pai de Hipólito... Só faltava ele, Hipólito, agora, *depois de perdoar seu pai pelo assassinato de sua mãe Antíope, repudiar a ela, Fedra*!!

Na sua aguda perturbação, Fedra sugeria a Hipólito que vingasse a morte da mãe e que, quanto aos cultos religiosos, os alternasse, de modo que ele e ela pudessem rendê-los indiscriminadamente a Ártemis e Afrodite!

O honestíssimo jovem, horrorizado com a loucura de sua madrasta, queimou imediatamente aquela carta comprometedora e infamante e, ingenuamente, dirigiu-se ao quarto dela, onde a cobriu de censuras.

Fedra, no clímax de seu descontrole, rasgou as próprias vestes e escancarando a porta, gritou:

"Socorrei-me! Estou sendo violentada!"

O pobre Hipólito saiu do aposento desesperado. Enquanto vagava sem rumo pelos corredores do palácio, até ser detido pela guarda, a tresloucada Fedra escreveu uma curtíssima mensagem ao marido:

*Fedra, Teseu e Hipólito*

"*Teu filho Hipólito tentou violentar-me. Cubro-me de vergonha diante de ti e só me resta o suicídio.*"

Quando Teseu retornou a Atenas e ao palácio, foi logo comunicado acerca do suicídio da rainha, lhe sendo entregue também a brevíssima mensagem escrita pela esposa.

"Oh, dia sinistro!! – bradou e ordenou, respirando fundo sob o efeito do choque fulminante, com a nota nas mãos: "Trazei Hipólito à minha presença imediatamente!"

O adolescente, transtornado e lívido, minutos depois se achava diante do pai.

"O que fizeste, bastardo traidor?!" – vociferou. "Não te dei um reino próspero e uma vida digna? Por que me desrespeitaste e maculaste com sangue o reino de Atenas?"

"P...Pai! Sou inocente. Tudo que fiz foi rejeitar a proposta execrável de minha madrasta, censurá-la e tentar chamá-la à razão!"

Teseu colocou a nota incriminadora ante os olhos do perturbado rapaz.

"Repito, pai. Nada fiz."

"Pois o proves!"

"Não posso." – ele disse com a voz já rouca e sumida. "Reduzi a cinzas, que o vento da tarde já espalhou, a carta a mim enviada por Fedra e que tinha dela o sinete."

"Cala-te, bastardo! Tua madrasta, rainha e mulher que eu amava, não está aqui para defender-se! Estás banido para sempre de Atenas! Vai imediatamente para Troezen. Não sou mais teu pai e não quero mais contemplar teu rosto. Já que minhas palavras, nesse sentido, são lei, não direi agora se solicitarei à tua avó paterna que te destitua do direito de sucessão em Troezen... pois receio que minha dor e fúria empanem meu juízo. Toma uma biga e desapareças! Nefasto o dia que me deitei com tua mãe! Apressa-te e não me obrigues a chamar a guarda para expulsar-te!"

Dito isso, o atormentado rei virou-se e se manteve calado junto à janela da grande sala do trono.

Hipólito ainda aguardou, cabeça curvada, alguns segundos. Depois saiu e dirigiu-se às cavalariças do palácio. Sentia-se muito triste,

113

*Sabedoria da Mitologia para o seu dia a dia*

principalmente porque amava muito seu pai, mas era como se sua inocência e seu coração puro o afastassem do desespero.

Nas cavalariças, pediu uma *quadriga*, pois queria apressar sua volta a Troezen, tentando ali chegar antes do anoitecer, para visitar o templo de Ártemis e suplicar o conforto da deusa-irmã de Apolo.

Na sua aflição e desejo de retornar rapidamente a Troezen, o pobre rapaz sequer lembrou da criada que lhe entregara a carta de Fedra. Na verdade, isso de nada teria valido, pois a criada jamais trairia a memória de sua senhora morta, a quem ela própria aconselhara declarar sua paixão pelo jovem.

Subindo ao veículo e guiando os cavalos à alta velocidade, Hipólito não demorou a alcançar o trecho estreito do istmo, tendo de um lado o mar, e do outro rochedos e árvores esparsas terminando num penhasco.

*De repente formou-se uma onda colossal* que tinha na sua crista um *touro branco*. Quando a vaga quebrou-se na praia, o enorme animal postou-se na direção do veículo de Hipólito; os quatro cavalos, surpreendidos e assustadíssimos, desviaram rumo ao penhasco e só não despencaram no precipício graças à grande destreza nas rédeas do auriga, que os refreou a tempo...

Entretanto, o touro moveu-se celeremente até a retaguarda da quadriga, continuando a assustar os animais. Foi quando Hipólito atrapalhou-se com as rédeas (eram *quatro* cavalos!), e quando os cavalos apavorados, desatando novamente a correr, se dividiram, uma das rédeas prendeu-se num galho de árvore. A quadriga espatifou-se contra um rochedo, enquanto Hipólito, sem poder desvencilhar-se das rédeas restantes foi arrastado pelos cavalos espavoridos até a morte.

O que acontecera?

Tão logo Hipólito deixara a sala do trono, seu pai, sumamente transtornado e irado, lembrou-se *infelizmente* das três maldições a que tinha direito junto ao seu pai divino Poseidon.

Impelido pelo ciúme, o desespero e o ódio proferiu: "Pai Poseidon, envia uma criatura para interceptar Hipólito!"

Seu filho morrera despedaçado nas proximidades de um santuário de Ártemis!

*Fedra, Teseu e Hipólito*

*Dessa história associada à anterior (Teseu e o Minotauro) podemos extrair instrutivas lições.*

*Uma delas é que embora nós, homens, e que me perdoem as leitoras que possam se identificar com Fedra, experimentemos uma verdadeiro fascínio por mulheres de beleza selvagem e temperamento passional, só encontramos nelas o êxtase sexual que indiscutivelmente podem facilmente nos oferecer... todo o resto se resume em dissabores e desastres, geralmente de graves consequências, ou mesmo fatais. Se a mulher amorosa e equilibrada é um anjo de luz (suprema dádiva na vida de um homem), a passional e desequilibrada é um demônio das trevas (que leva a si mesma e a nós ao mais negro dos infernos).*

*Felizmente Ariadne e Fedra são extremos no mundo, a grande maioria das mulheres situando-se no meio, o que nos subtrai o anjo, mas também nos poupa do demônio, oferecendo-nos uma criatura humanamente mista.*

*Uma outra lição, esta bastante pragmática, é que jamais se deve destruir documentos, sejam eles de qualquer natureza.*

*Outra ainda é que as palavras que pronunciamos solenemente contra alguém com a força do coração odioso (a conhecida maldição) permeiam no éter e podem desencadear tragédias contra aquele que foi objeto de nosso ódio! Cuidado com tudo o que dizes, especialmente com o que dizes de destrutivo dirigido a alguém, ou mesmo com o que pensas de destrutivo! As consequências virão cedo ou tarde para ti. Jamais nos safamos impunes da responsabilidade pelo que causamos.*

# NARCISO E A SUA IMAGEM

"Mas meu filho Narciso viverá muito?" – indagou a ninfa Liríope ao vidente tebano Tirésias.

"Sim, mas com a condição de nunca conhecer a si mesmo." – foi a resposta estranha e enigmática do então jovem detentor do dom da profecia.

Como bem sabe o leitor, as respostas dos profetas não primam geralmente pela clareza, e sua obscuridade às vezes mais confunde do que esclarece aquele que os procura. Isso, entretanto, não significa, em absoluto, que os autênticos profetas sejam incompetentes em sua arte, ou que suas profecias não se realizem.

O mais curioso nessa profecia de Tirésias foi seu caráter *condicional*.

Dezesseis anos depois desse brevíssimo encontro entre Liríope e o vidente tebano, o leitor e eu presenciaremos um outro encontro muito diferente entre a ninfa Eco e o agora já crescido Narciso.

"Deixa-me em paz!" – dizia asperamente o belíssimo adolescente em flagrante e inegável tom de desprezo, sequer se detendo e se virando para lançar um único olhar à apaixonada ninfa.

"...em paz, em paz...!" – repetiu a pobre Eco, totalmente incapaz de proferir suas próprias palavras depois que fora impiedosamente punida pela deusa Hera por sua excessiva e inconveniente tagarelice. Mas

*Narciso e a sua Imagem*

embora impossibilitada de contribuir para um diálogo, a infeliz e enamorada ninfa insistia em atrair a atenção do cobiçado filho de Liríope, contando apenas com o simples expediente de tentar exibir a ele, com vivacidade e graça, os seus encantos.

Em vão! O esquivo e orgulhoso Narciso não se mostrava nem interessado na beleza delicada de Eco, nem comovido com sua trágica perda da faculdade de emitir seu próprio discurso e de comunicar-se através das palavras. Ele se limitava a expressar seu enfado, menosprezo e arrogância.

Não haviam sido poucos os seres humanos de ambos os sexos a cortejarem o formosíssimo filho de Liríope. Contudo, todos eram seca e rispidamente rejeitados e ninguém parecia digno da beleza virgem do frio e insensível Narciso.

Numa amena tarde de outono Narciso foi visitado em sua morada campestre por um outro jovem, de nome Amínio.

"Já há muito te observo timidamente de longe, irresistível Narciso", – as palavras emergiam de sua boca numa torrente e ele, muito nervoso, mal fitava o objeto de sua paixão, "até que r...resolvi finalmente confessar-te meu intenso amor, pois uma paixão incontrolável me consome noites e dias a fio... Incendeias meu corpo e capturaste minha própria alma nas malhas de uma rede tenaz e invisível. Imploro-te que aceites meu carinho!"

O rosto afogueado, os olhos úmidos, os cabelos desgrenhados, o elegante moço permanecia trêmulo na soleira da porta de Narciso, que só então abandonara uma atitude de completa indiferença para substituí-la por outra de desconfiança e desdém.

"Asseguro-te que nada sei dessa rede a que te referes." – disse num tom melífluo olhando o rapaz de soslaio. "Aliás, jamais me dou o trabalho de lançar redes a quaisquer criaturas, desde peixes e os mais variados animais de caça até homens, mulheres, ninfas e sei lá mais o que! São elas, ao contrário, que se mantêm insistentemente se rastejando em meu encalço, como cães que se conservam lambendo os pés de seus donos em busca de uma migalha de atenção."

"Mas que posso fazer, se te adoro e amo até as folhas mortas em que pisas!"

*Sabedoria da Mitologia para o seu dia a dia*

"Podes, com certeza, retirar-te daqui e carregar contigo tuas tediosas juras de amor."

Amínio avançou lentamente alguns passos entrando na morada. Em lugar de continuar a dissuadi-lo mediante palavras, Narciso ergueu um punho cerrado e ameaçador.

Tomado por um súbito acabrunhamento, que parecia maior do que o medo provocado por aquele gesto claramente hostil, o rapaz virou-se e foi embora.

Mas durante dezenas de dias subsequentes, aquela infeliz e desesperada vítima de Eros perseverou nas suas súplicas por uma chance de amar o orgulhoso e gélido Narciso.

Numa dessas inesquecíveis tardes em que as folhas de um marrom escuro cobriam o limiar da porta da casa de Narciso, a mesma cena se repetiu.

O frio, mas temperamental Narciso, tomou uma decisão.

"Entra, Amínio, que tenho para ti um presente apropriado."

Interpretando essas palavras do amado como um possível assentimento às suas multiplicadas súplicas, e invadido por uma onda de felicidade, o jovem, deixando o limiar, ingressou depressa na morada dirigindo-se a Narciso.

Este, contudo, deu-lhe as costas e se moveu, com igual rapidez, a um aposento contíguo, para retornar minutos depois com um comprido estojo de couro.

O ansioso Amínio, no meio da sala e contendo com imenso custo a forte emoção que quase estourava em seu peito, tomou daquelas mãos brancas que jamais tocara o estranho estojo.

Abriu-o e observou, pálido e mortificado, o conteúdo: uma espada.

Naquele momento também ele tomou uma decisão: removeu a arma do invólucro, virou-se e caminhou trôpega, mas decididamente, de volta ao limiar da porta aberta. Ali voltou-se, lançou um olhar – que não era mais de amor e ternura – ao impassível Narciso e, empunhando a arma com firmeza, cravou-a no próprio peito.

Ao tombar, porém, pronunciou, com incrível esforço, mas nitidamente as seguintes palavras:

118

*Narciso e a sua Imagem*

"Que os deuses vinguem minha morte!"

Algum tempo depois, após uma longa viagem, Narciso parou para descansar próximo a uma fonte em Téspia.

Era uma fonte tão virgem quanto ele próprio. Sua superfície assemelhava-se a um espelho de prata. Aves, gado, animais selvagens, nem sequer ramos ou folhas de árvores haviam até então tido contato com tal fonte.

Narciso, ao abeirar-se da margem com a intenção de beber a água pura, fresca e cristalina, percebeu no espelho líquido a imagem bem definida de um jovem de beleza arrebatadora.

Esquecendo por um instante a própria sede, sentiu-se tomado repentinamente por uma emoção irrefreável. Seu primeiro movimento, totalmente instintivo e irracional, foi curvar-se na tentativa de abraçar a imagem... *É claro que o fez em vão!*

Não demorou para que recobrasse a razão, entendendo que aquilo não passava de seu reflexo na água límpida!

Mas ainda assim aquela figura o fascinava e ele se sentia petrificado naquele lugar. Ali ficou por horas, enlevado com a imagem idolatrada.

Não se sabe o que aconteceu depois. Dizem alguns que, impossibilitado literalmente de livrar-se do fascínio de sua imagem, Narciso padeceu fome até perecer. Outros dizem que, aprisionado por aquela imagem e impedido de erguer-se, atingido fulminantemente ao mesmo tempo pela sensação supremamente deliciosa da paixão e a fria e inescapável impossibilidade de possuir e amar a si mesmo, ele sacou sua adaga e suicidou-se...

Se Narciso não ouvira as súplicas de amor de Amínio, a deusa-arqueira e caçadora Ártemis ouvira sua súplica de vingança.

E, assim, finalmente se pôde entender o significado das palavras de Tirésias...

• • •

*Quantas lições preciosas nos ensina a história de Narciso!*
*Vejamos uma delas.*

*Sabedoria da Mitologia para o seu dia a dia*

*É do perigo que espreita por trás do individualismo. Embora princípios pessoais e individuais sejam uma espécie de âncora e, ao mesmo tempo, bússola em nossa existência e, nesse sentido, indispensáveis, devemos compreender que nossa vida se concretiza em interação constante com os outros indivíduos. De Aristóteles a Freud e Huxley, foram muitos os pensadores que afirmaram, cada um do seu jeito, que embora haja a expressão "homem isolado", o homem isolado não existe.*

*Isolamento, que não se deve confundir com solidão, nada tem a ver com o ser humano, ao menos com o ser humano sadio, feliz e realizado. Até os grandes fundadores de religiões – como Zaratustra, Sidarta e Jesus – isolaram-se apenas temporariamente para depois voltarem ao convívio dos semelhantes.*

*Há, entretanto, diria talvez o leitor, um egocentrismo natural em todos nós que está associado à manifestação de nossa individualidade e à nossa preservação pessoal. É verdade, mas esse egocentrismo natural e autêntico deve ser mantido nos seus limites, pois se não o for e, pior, se desenvolvido e cultivado, leva ao culto do próprio eu, à ruptura com o semelhante e à ideia equívoca e desastrosa de que tudo gira em torno de nós, que somos perfeitamente autossuficientes e que devemos atrair todos os bens e vantagens exclusivamente para nós, o que constitui egoísmo e individualismo, tornando-nos arrogantes, prepotentes e presunçosos.*

*As circunstâncias da vida nos conduzem às vezes à solidão. Isolar-se deliberadamente é algo completamente diferente.*

*O canal mais eficaz e satisfatório para a relação com o outro continua sendo o amor.*

*Embora o mito de Narciso se refira literalmente à paixão sexual, podemos interpretá-lo em sentido amplo como se referindo ao amor, mesmo porque o sexo é um coadjuvante do amor.*

*Não confundamos, porém, sexo com amor. Esta é uma confusão antiga, que as próprias línguas consolidaram, do grego aos idiomas modernos, como o inglês, o francês, o português, etc.*

*A paixão, ou "amor sexual" (eros) por si só, sem o acompanhamento do afeto (que não tem componente sexual), pode ter o efeito contrário ao da preservação do eu, ou seja, pode efetivamente aniquilar o ego, ou seja, a base daquele egocentrismo natural e genuíno que temos que preservar. Não é à toa que dizemos, quando estamos apaixo-*

*Narciso e a sua Imagem*

*nados, que "somos consumidos pela paixão". Num certo sentido paralelo e positivo, Narciso acena para isso: é como se evitasse, a todo custo, corresponder à paixão do outro, para não se apaixonando preservar o seu eu. Mas ele radicaliza. Como apaixonar-se é submeter-se à pessoa objeto de nossa paixão, é – linguisticamente falando – estar passivo, à mercê da vontade e ação do indivíduo por quem se está apaixonado, é como se nossa personalidade e individualidade fossem subtraídas, suspensas, ou anuladas. O grande problema da paixão é sua unilateralidade, isto é, não há garantia que seja correspondida. Se pudéssemos sempre ser simultaneamente sujeito e objeto de paixão, quer dizer, estarmos apaixonados por quem está apaixonado igualmente por nós, haveria um equilíbrio de força, pois ocorreria uma recíproca submissão (passividade) e ação.*

*Entretanto, esse "senso racional do perigo da paixão" insinuado por Narciso é invalidado pela necessidade existencial da paixão e, mais ainda, do amor.*

*É que, a despeito do perigo do submeter-se e do aniquilar-se, viver inclui necessariamente a paixão: "acontece" de nos apaixonarmos e, em contrapartida, sermos objeto de paixão. É preciso entender que amar e ser amado (não necessariamente duas pessoas em reciprocidade), incluindo a sexualidade ou não dependendo do caso, é uma necessidade de nosso corpo, de nosso coração e de nossa alma –* e não meramente uma escolha ou opção de vida...

*Se em nossas vidas não nos capacitarmos a amar e realmente amarmos, o potencial de amor que há em nós será reprimido e acabará por se canalizar e se manifestar de forma distorcida, ou seja, um amor excessivo concentrado exclusivamente em nós mesmos, que é a egolatria.*

*É o que sucede com Narciso, que anseia por abraçar, beijar e possuir sua própria imagem na fonte, o que é impossível.*

*De fato, eroticamente falando, é impossível possuir a si mesmo; por outro lado, do ponto de vista do amor, que é mais amplo, não é impossível, porém é profundamente insatisfatório e frustrante limitar-se a amar a si mesmo.*

*Embora seja compreensível e mesmo necessário querer-se bem, amar-se, o excesso desse amor nos desumaniza –* o amor exige o outro.

121

# O CAVALO DE MADEIRA E O DESTINO DE LAOCOONTE

"Grandioso e com o interior suficientemente amplo para alojar ao menos uns vinte guerreiros!" – Epeio exclamou com visível satisfação ao lado de Agamenon e Odisseu, ao contemplar a monumental e curiosa estrutura de madeira, a que aplicara nos últimos minutos os derradeiros entalhes e retoques de seu buril.

"Filho de Panopeu..." – comentou o comandante do exército grego, "tu te revelas mais uma vez como o mestre-artesão consumado que és, e com essa obra deverás te transformar num dos responsáveis indiretos do nosso ingresso no coração de Troia e da consequente tomada da cidade. Teu nome se tornará um marco nesta guerra que até agora parecia interminável, e que deixa a tantos de nós fatigados e dolorosamente saudosos de nossos lares."

"Decerto..." – emendou Odisseu, num claro tom de desprezo, "não será por tua bravura que teu nome ficará registrado nesta guerra."

A insolência do rei de Ítaca, que não provocou no humilde Epeio nenhuma reação ao insulto, foi censurada pelo atrida Agamenon, que se apressou, inclusive, para atenuá-la.

"Freia tua língua, filho de Laertes, que Epeio não é culpado, mas tão-só herdeiro e vítima do castigo infligido ao seu pai Panopeu pela divina Atena por um juramento falso."

*O Cavalo de Madeira e o Destino de Laocoonte*

"Agradeço, digno filho de Atreu e legítimo rei de Micenas, por tuas palavras." – o escultor disse fazendo uma ligeira vênia ao comandante.

"O bravo e rude Odisseu, a propósito, se esquece que foi a própria divina Atena, de quem é a ideia deste monumental cavalo, que me aceitou como seu construtor, apesar da coragem não ser uma de minhas virtudes. Cada um está ajudando a magna Grécia como pode, para nós gregos nos sagrarmos vitoriosos e poder retornar aos nossos lares... inclusive o *bravo* e ríspido Odisseu a Ítaca e à rainha Penélope."

Odisseu preparava-se para retrucar, porém controlou-se sob o olhar reprovador e autoritário de Agamenon.

"Tens razão, mestre Epeio. Nesta guerra de assédio, embora os guerreiros corajosos sejam os mais importantes, cada ferreiro e mesmo cada modesto cozinheiro ou dispenseiro contribuem indiretamente para nossa busca da vitória. Além do mais, esse plano astucioso de entrar na cidade inimiga mediante esta estrutura construída por ti e teus assistentes pode valer por mil assaltos militares e encerrar de um dia para outro esta guerra infinda, significando para nós a conquista de Troia e o retorno à Grécia."

"É esse hoje o mais intenso desejo de todos nós, e também aquele da deusa dos olhos glaucos." – ao dizer isso num tom solene, Epeio apontou para um dos flancos da enorme escultura hípica.

Ali estava cinzelado: "Agradecendo antecipadamente por seu seguro retorno ao lar, os gregos dedicam esta oferenda à deusa Atena."

O mestre-artesão utilizara pranchas de pinheiro na construção. Era evidentemente um "cavalo" oco, e no seu flanco oposto ao da inscrição da dedicatória à deusa havia uma portinhola do tamanho suficiente para o ingresso de um homem.

"Rendemos graças a Atena por nos ter inspirado esse estratagema a uma vez tão simples, original e funcional, e por ter-me supervisionado nesta engenharia."

Depois de ouvirem essas devotas palavras de Epeio, os dois guerreiros saíram para se juntar aos demais chefes e iniciar os preparativos para a execução do plano.

Esse plano era realmente muito simples, ao menos nas suas linhas gerais: todo o acampamento grego seria queimado ao anoitecer e o exérci-

*Sabedoria da Mitologia para o seu dia a dia*

to inteiro, conduzido por Agamenon – à exceção de umas duas dezenas de guerreiros selecionados e Sínon – retornaria a bordo dos navios, os quais deixariam a costa de Troia, simulando uma desistência do assédio e o abandono daquele litoral, rumando de volta à Grécia. Permanecendo as belonaves ancoradas à altura de Tenedos, Agamenon aguardaria, no dia seguinte, um sinal que seria feito por Sínon (que simplesmente se poria a vaguear pelos arredores do acampamento destruído) para que a frota retornasse celeremente e o exército penetrasse Troia, que teria então os portões de seus muros já abertos por alguns dos guerreiros gregos introduzidos através do expediente do "cavalo". Este seria deixado numa das praias, encerrando em seu bojo precisamente os poucos guerreiros selecionados e devidamente armados.

Uma vez realizadas essas ações, todos se limitariam a esperar que os troianos, na sua ânsia de se verem livres de um assédio tão duradouro e ameaçador, acreditassem que os gregos tinham desistido da ambição de tomar Troia, e simplesmente haviam partido.

Mas não era só isso que esperavam que os troianos acreditassem. O principal era que, ao verem a destacada e nítida dedicatória a Atena, não só se convencessem da debandada dos gregos, como não ousassem destruir a imponente oferenda à deusa, com receio de ofendê-la e atrair sua ira, e que transportassem tal oferenda ao interior de Troia, mesmo porque abandoná-la na praia também poderia ser interpretado pela deusa como um insulto. Embora naquela guerra Atena fosse a protetora dos helenos e não dos troianos, todos conheciam a intensa devoção religiosa do rei Príamo e o seu temor em relação a todos os deuses e deusas. Aliás, havia em Troia um magnífico templo da deusa dos olhos glaucos.

(. . .)

"Apressa-te, Diomedes." – dizia Odisseu, em voz baixa porém determinada, ao companheiro, lançando-lhe uma corda para que se içasse até a portinhola. As sombras da noite, somadas aos movimentos ágeis, furtivos e silenciosos daquele punhado de gregos, eliminavam qualquer possibilidade de serem detectados por algum batedor troiano. Além disso, era muito provável que os olhares de todos os troianos estivessem atraídos naquela hora pelo fulgor das chamas que consumiam o acampamento grego.

O frequente e fiel companheiro de Odisseu, retesando os pronunciados bíceps, ergueu-se rapidamente e alcançou a portinhola, e tendo

*O Cavalo de Madeira e o Destino de Laocoonte*

sido previamente instruído por Epeio, destrancou-a, abriu-a e em alguns segundos penetrou na estrutura, jogando a corda para os outros.

Odisseu era o chefe da operação e instava um a um de seus comandados a subir, entre eles o próprio rei Menelau de Esparta, Toas, Estênelo, Acamas e o filho de Aquiles, Neoptolemo.

Preocupado com o mecanismo da trava da portinhola, o precavido Odisseu "persuadiu", por um misto de lisonjas, ameaças e ouro o temeroso Epeio a acompanhá-los.

Logo à alvorada do dia seguinte o rei Príamo recebeu um mensageiro, excepcionalmente ansioso, que lhe fez o seguinte relatório:

"Senhor! Realmente o fulgor das labaredas que vimos ontem à noite provinha do acampamento grego. Nossos batedores declararam que o acampamento foi destruído, reduzido a cinzas, que o inimigo partiu... e que abandonaram uma estranha escultura de madeira na praia."

"Pela divina cípria Afrodite! Finalmente!" – estas palavras foram ditas carregadas de uma mistura de profundo alívio e indisfarçável satisfação."

O mensageiro curvou-se e saiu. O rei convocou então seus filhos sobreviventes daquela guerra e lhes disse:

"Bem, vamos examinar essa tal 'escultura de madeira' e imediatamente realizar copiosos sacrifícios aos deuses, especialmente à Afrodite, por este acontecimento tão ansiado!"

Tendo Laocoonte, o deserdado sacerdote de Apolo, se juntado a eles, meia hora depois pousavam os olhares curiosos e deslumbrados no altaneiro "cavalo de madeira", que se destacava encimado pelo céu azul e sustentado pela areia dura e cinzenta. O mar Egeu estava relativamente calmo, como se anunciasse a bonança tão aguardada há anos pelos troianos: a paz resultante da partida definitiva do inimigo.

Não demoraram para perceber a inscrição feita por Epeio com grandes caracteres no flanco da escultura.

"A dedicatória a Atena é bastante evidente!" – exclamou Timoetes, quebrando o longo silêncio dos boquiabertos observadores. "Só nos resta levar esta suntuosa oferenda através de nossos muros e depositá-la no templo da deusa."

*Sabedoria da Mitologia para o seu dia a dia*

"De modo algum!" – objetou taxativamente Cápis. "Estás permitindo que teu fervor religioso empane teu juízo. Tudo que Atena fez durante toda esta guerra terrível, que ceifou a vida de nossos irmãos e de tantos troianos, foi favorecer os gregos. O que devemos fazer é simplesmente atear fogo a este 'cavalo' e destruí-lo... ou abri-lo para verificar o que contém, pois o mero toque indica que não é maciço!"

Príamo, desviando o olhar por um instante da escultura, lançou um olhar reprovador a Cápis, e contrapôs:

"Modera teu modo ímpio de falar! De qualquer forma, não podemos ignorar esta clara inscrição e desrespeitar a deusa, como não podemos nos omitir e deixá-la aqui, onde acabará apodrecendo. Que seja transportada ao interior da cidade e entregue a Atena!"

À ordem de Príamo, foi organizada uma equipe que se pôs, com grandes dificuldades e esforços, a mover o pesado "cavalo" rumo aos muros de Troia.

O rei e seus filhos acompanhavam a árdua e excêntrica subida. Já dentro de Troia, a filha vidente de Príamo, Cassandra, imobilizando-se e com a expressão subitamente alterada, após experimentar uma visão aterradora, gritou:

"Este 'cavalo' tem em seu ventre guerreiros armados!"

A visão de Cassandra foi imediatamente apoiada por Laocoonte: "Sois todos tolos se confiais nos gregos, mesmo com supostos presentes!"

Por um momento todos estacaram, olhando para a visionária e o sacerdote, impressionados. Mais uma vez as posições se dividiram.

"Queimemo-lo! – bradaram uns. "Arremessemo-lo muros abaixo!" – vociferaram outros. "Não, não! Que fique aqui, pois pertence de direito a Atena!" – exclamaram os representantes do outro partido.

Antes que o monarca deliberasse o que fazer, dois soldados troianos se apresentaram diante dele, segurando um homem acorrentado.

"Majestade", – disse um deles, "este grego foi localizado e detido por pastores dardanianos, que o trouxeram a nós."

"Quem és tu e o que fazes aqui, enquanto teus companheiros regressam à Grécia?" – perguntou Príamo ao bronzeado e desalinhado guerreiro.

*O Cavalo de Madeira e o Destino de Laocoonte*

"Meu nome é Sínon, senhor", – disse o primo de Odisseu, com firmeza, encenando com maestria a parte mais delicada e decisiva do plano e farsa dos gregos. "Atraí o ódio do vil e astucioso Odisseu por descobrir que fora ele que armara uma cilada traiçoeira contra meu nobre e valoroso general Palamedes, a qual o levou a ser injustamente julgado e executado pelo exército grego. Odisseu sabia que eu ia não só comentar com os chefes e os soldados, como também denunciá-lo diretamente a Agamenon."

"Mas se o fizesses, grego", – retrucou Príamo, sem se deixar convencer, "terias agido honrosamente e, pelo que conheço de teu comandante em chefe, ele talvez apurasse a verdade, punisse exemplarmente o ardiloso rei de Ítaca e te protegeria."

"É bastante provável..." – Sínon apressou-se em confirmar.

"Entretanto", – continuou, "o *ardiloso rei de Ítaca*, como sua Majestade o chamou, que é também um mestre em conluios e intrigas de toda sorte, rapidamente mancomunou-se com o influente Calcas, nosso vidente. Calcas interpretou um *suposto* oráculo, comunicando a Agamenon que o seguro e feliz retorno da frota à pátria exigia um sacrifício máximo, quer dizer, humano, a Atena. E..."

"Mas mesmo considerando a vontade soberana dos deuses", – Príamo o interrompeu, ainda não persuadido, "por que o extremo de um sacrifício humano, e de um grego? A divina Virgem mais favorece a vós do que a nós nesta cruenta peleja."

"Sou apenas um guerreiro subalterno, nobre rei", – declarou o manhoso Sínon, "mas creio que a unigênita de Zeus estava visivelmente irada com os gregos: primeiro por um fato particular, a saber, Odisseu e Diomedes, regulares companheiros de proezas impudentes, haviam furtado o paládio, sua imagem sagrada, de seu templo; segundo, e principalmente, como é de facílima compreensão para todos, a deusa estava irada e profundamente desgostosa com nossa indiscutível incapacidade de tomar Troia, que obrigou finalmente Agamenon e o alto conselho a decidir-se pelo abandono da empreitada."

"E o que tens a ver com o sacrifício?"

"Segundo o pretenso oráculo forjado pelo influente Calcas, em combinação com o pérfido Odisseu, a vítima do sacrifício deveria ser eu..."

*Sabedoria da Mitologia para o seu dia a dia*

"Interessante..." – comentou o velho rei, cofiando a barba. "E como te livraste desse destino mortal são e salvo?"

"Bem, com a ordem sumária de incinerar o acampamento e nos prepararmos para voltar imediatamente aos navios, todos os gregos, inclusive os que me vigiavam, eufóricos com essa perspectiva, acabaram gerando uma confusão, da qual me aproveitei para fugir."

"E quanto a este monumental cavalo de madeira?" – perguntou Príamo, sempre encarando o interrogado.

"Como podes ver, senhor, trata-se de uma oferenda à irada deusa, que era para ser conjugada com o sacrifício, tudo com o objetivo de assegurar a tão ansiada e longa viagem de retorno à amada Grécia... e devo alertar-te, majestade, pois passei a odiar esses gregos tanto quanto todos vós, *planeja-se uma nova expedição, sob melhores auspícios, contra Troia*, ou seja, os gregos *desistiram desta* guerra de assédio que se lhes revelou totalmente desfavorável, mas aparentemente não *desistiram de Troia...*"

Naquele momento, o irritado Laocoonte, preferindo interferir por meio de um gesto radical e não por meio de palavras, que pareciam impotentes para demover Príamo, empunhou sua lança e arremessou-a contra a imponente escultura de madeira. O som cavo produzido pelo impacto denunciou, agora de maneira inconteste, o que Cápis já mencionara: o cavalo era oco.

"E por que oco, tão grande e tão pesado?" – Príamo, fitando o grego, o interrogou.

Sem desviar o olhar, o exímio impostor respondeu: "Ora, majestade, houve pouquíssimo tempo para construí-lo e poucas pranchas de pinheiro disponíveis. Quanto ao seu grande tamanho", – prosseguiu, já instruído pelo próprio Odisseu com respeito a essa pergunta, "Calcas dissera que assim deveria ser construído para dificultar ao máximo que vós, troianos, o levassem para a cidadela de Atena, *tornando vossa a oferenda dos gregos*, e atraindo para vós o favorecimento da deusa, já imensamente contrariada com os gregos. Por outro lado, se vós viésseis o danificá-lo ou relegá-lo ao desprezo, atrairíeis a ira da deusa, com a vantagem para os gregos... Finalmente, majestade, quanto a ser tão pesado, apesar de oco, ouvi comentários – apenas comentários, pois posteriormente fui afastado do círculo dos chefes e de Calcas, que uma certa

*O Cavalo de Madeira e o Destino de Laocoonte*

quantidade de ouro e prata fora introduzida na escultura, para tornar a oferenda ainda mais valiosa aos olhos de Atena..."

Laocoonte não pôde mais conter seu silêncio:

"Grande rei! Este velhaco mente deslavadamente. Tudo isso não passa de balelas provavelmente inventadas pelo próprio Odisseu. Permite que eu propicie Poseidon com um belo touro, e assim poderemos apurar a verdade de uma vez por todas."

O destituído sacerdote de Apolo sabia que o devoto Príamo só se livraria de ser ludibriado pelo ladino Sínon se ele, Laocoonte, empregasse a via religiosa.

"Muito bem." – disse o rei. "De fato, já estamos há nove anos sem um sacerdote de Poseidon. Mas não ofenderás e levarás o divino Apolo, nosso protetor, ao ciúme o preterindo a favor de Poseidon?"

"Não, meu senhor." – o perseverante sacerdote disse. "O divino Apolo me subtraiu o dom de profetizar em seu nome e da função de exercer seu sacerdócio, pois o desobedeci e o enraiveci por violar meu voto de celibato."

De fato, Laocoonte agira assim, tendo desrespeitado o deus-arqueiro ostensivamente ao manter relações com sua esposa Antíope diante da própria imagem do deus!

"Pois então apressa-te com esse sacrifício!" – ordenou Príamo.

Sínon inteligentemente permaneceu calado e cabisbaixo. Mas no seu íntimo temia pelo pior, ou seja, ver sua farsa desmascarada e o grande plano ir por terra, junto com sua própria cabeça e as daqueles alojados dentro do "cavalo".

Laocoonte afastou-se rapidamente.

Não demorou para selecionar um belo touro, animal tão caro ao deus dos oceanos, e dirigiu-se à praia, acompanhado então por seus dois jovens filhos.

Erigido o altar e iniciado o sacrifício, o zeloso e determinado sacerdote concentrou-se em sua tarefa.

Não se sabe se pelo fato de o destino de Troia já estar selado, ou se pela rejeição de Cassandra às suas investidas, ou simplesmente pelo

*Sabedoria da Mitologia para o seu dia a dia*

grave desrespeito de Laocoonte ao transgredir seu voto de celibato e profanar sua imagem, Apolo, que até então, protegera e favorecera regularmente os troianos (dizem, até auxiliando Páris a lançar a flecha que atingiu mortalmente Aquiles no calcanhar), agiu de maneira a alterar drasticamente o rumo dos acontecimentos.

Laocoonte já estava na iminência de imolar a vítima quando ouviu gritos desesperados:

"Pai, acuda-nos!"

Virou-se e, a alguns metros, deparou com uma cena que enregelou seu coração.

Seus dois filhos, debatendo-se em vão, eram enrodilhados por duas serpentes enormes e já começavam a sufocar sob o amplexo fatal.

"Ó filho luminoso e implacável de Zeus! Dirige tua ira e vingança contra um pai culpado, mas amoroso, não contra sua prole indefesa!" – ao proferir tais palavras em tom veemente, largou o instrumento de sacrifício e lançou-se contra as pítons, numa tentativa vã de salvar os filhos e sacrificar-se no lugar deles.

Mas, Apolo, que conduzira aquelas criaturas mortíferas desde Tenedos, não se contentaria apenas com a vida de Laocoonte. Os garotos, agora mudos e lívidos, depois de terem seus membros e ossos partidos, já eram engolidos...

O pai, consumido pela angústia, converteu-se somente na terceira vítima impotente das vorazes serpentes.

Logo a notícia desse horror chegava aos ouvidos do piedoso Príamo.

"Ó ímpio sacerdote e pai desventurado!" – ele exclamou. "Decerto foi punido por Apolo ou pela própria Atena por haver atirado sua lança contra esta sua cara oferenda!"

Esse incidente encerrou definitivamente a hesitação do religioso rei de Troia.

"Que este monumento grandioso seja, prontamente, conduzido à deusa."

*O Cavalo de Madeira e o Destino de Laocoonte*

Tendo, finalmente, o "cavalo" sido posicionado no Pérgamo, isto é, na cidadela de Troia, os troianos se puseram a comemorar: honravam a deusa com a oferenda e festejavam o desfecho da guerra.

O último perigo a ameaçar o plano foi quando Deifobos, o filho de Príamo que desposara Helena após a morte de Páris, ainda suspeitando de algo, pediu à esposa que, circundando o "cavalo", chamasse cada um dos chefes gregos pelo nome imitando a voz de suas respectivas esposas.

Anticlo, um dos guerreiros dentro da imensa estrutura de madeira, sumamente emocionado com a voz da esposa querida, quase pôs tudo a perder abrindo a boca para responder a ela. Mas o atento chefe da operação, Odisseu, se apressou em tapar sua boca com suas próprias mãos.

Algumas horas de folguedos e bebedeira não tardaram a reduzir os troianos ao cansaço e a um sono profundo e pesado.

Mediante movimentos ágeis e silenciosos, os gregos, após Epeio destrancar e abrir a portinhola, desceram corda abaixo e enquanto alguns, pé ante pé, se dirigiram aos portões para destrancá-los e abri-los, outros deram cabo de alguns troianos despertos ou sonolentos. Horas antes, logo que percebera que o "cavalo" já se achava no interior de Troia, Sínon, que fora libertado por Príamo, sinalizara à frota grega, ancorada próxima de Tenedos, para que retornasse.

Com o mar não agitado e vento favorável, o exército logo desembarcava na praia, rumando para os muros e atravessando os portões.

Praticamente nenhuma ação organizada do exército troiano foi possível. Os soldados haviam se juntado ao povo para festejar e, ao acordarem sonolentos – muitos deles desarmados e sem contar com qualquer comando (seus líderes, a maioria filhos de Príamo, não se achavam com eles), foram rápida e facilmente colhidos mortalmente pela onda avassaladora do animado, descansado e ordenado exército grego conduzido por Agamenon e outros chefes.

Houve um massacre, incluindo Príamo e quase todos os membros da família real.

Troia fora, após mais de dez anos de assédio, conquistada e destruída. O velho projeto do rei de Micenas, o atrida Agamenon, fora realizado basicamente graças ao pretexto de lavar a honra de seu irmão Menelau, rei de Esparta, e ao artifício engenhoso do Cavalo de Madeira.

*Sabedoria da Mitologia para o seu dia a dia*

O que pensarmos desse mito? Teçamos algumas considerações.

Conhecemos a expressão "presente de grego" desde a infância: significa aquilo que parece ser uma magnífica dádiva, a nos alegrar e beneficiar, mas que na verdade não passa de um instrumento camuflado que irá nos prejudicar e levar ao desastre.

Por trás do "Cavalo de Madeira" (mais popularmente conhecido como "Cavalo de Troia"), ou seja, do "presente de grego", esconde-se essencialmente uma forma dúbia da inteligência humana: a *astúcia*.

A astúcia é extremamente perigosa porque não é ostensiva, franca e agressiva; pelo contrário, é sutil, escorregadia e aparentemente inofensiva. Aliás, a maioria das comunidades e sociedades humanas de todos os tempos a tem em alta conta: essa "virtude maior de Odisseu" quase sempre esteve ligada à prosperidade e ao enriquecimento, de preferência rápidos.

Deixando de lado tantas formas da "virtude de Odisseu", é oportuno e instrutivo indicarmos aqui uma forma contemporânea, atualíssima e específica, que tendo adquirido caráter institucional, chegou mesmo a granjear o *status* de arte e ciência: a propagada ou marketing.

E quais são os mais "engenhosos e sofisticados expedientes" concebidos por essa arte prodigiosa e consagrada, *traduzido mitologicamente: quais são os mais "imponentes cavalos de madeira"* (figurativamente "presentes de grego") *criados por essa "pérfida e atraente 'virtude' de Odisseu?"*

São muitos, mas me limitarei – e o leitor talvez se divirta com o prosaico do meu exemplo: – o *cartão de crédito*, verdadeira obra-prima da 'virtude' do rei de Ítaca.

Eis, portanto, uma lição preciosa a ser extraída do mito do Cavalo de Madeira:

● ● ●

*Evite usar ou gastar o que é alheio (embora a transação financeira dê a você a impressão que é seu: refiro-me ao dinheiro do banqueiro); o que parece ser agora uma vantagem, um presente, um remédio ou sonho bom, pode se converter no futuro numa armadilha dolorosa, num veneno ou num pesadelo!*

# ÁRION E O GOLFINHO

"Sei quanto devo a ti, generoso Periandro." – disse Árion. "Desde que vim de Lesbos e passei a viver digna e confortavelmente em Corinto, tens me acumulado de atenções, favores e dádivas."

"De fato, pouco faço, meu caro poeta", – objetou o pragmático tirano de Corinto, "considerando que és um filho de Poseidon... Entretanto, hesito em atender o pedido que me fazes agora. És demasiado precioso a mim e aos coríntios para te aventurares até a Sicília. São inúmeros os perigos a espreitar um indefeso músico como tu a partir do golfo, pelo mar Jônico até Tenaros."

"Trata-se, contudo", – insistiu Árion, "de um importante festival. Seria ofensivo às Musas e ao próprio Apolo se me furtasse a essa competição, a que não faltarão, com certeza, os maiores poetas da Grécia. Além disso, estarei representando a ti e ao reino de Corinto, e se me sagrar vencedor, compartilhareis tu e teu povo comigo de tal vitória."

"Muito bem." – assentiu Periandro. "Tens minha permissão, mas sob a condição de te comprometeres a retornar imediatamente após o término do festival."

"Já a isso me comprometo!" – exclamou o risonho poeta, recompensado sem demora pela força de seus argumentos.

"Cuidarei pessoalmente de tua viagem e poderás partir em breve, logo que os ventos se mostrem propícios."

*Sabedoria da Mitologia para o seu dia a dia*

O poderoso Periandro, tal como em matérias políticas e comerciais, era um homem sumamente objetivo e prático. Precisamente como dissera ao gentil poeta, agilizou os preparativos para sua partida. Selecionou pessoalmente não só a melhor embarcação da frota, como o capitão mais competente e experiente, o mais hábil timoneiro e a tripulação mais resistente e determinada. Além disso, confiou o valioso Árion não só a um excelente comandante, mas a alguém de sua plena confiança.

Após o devido sacrifício a Poseidon, as velas no porto se enfunavam e principiava uma viagem que, durante dias, apesar dos problemas usuais enfrentados pelos marinheiros e o árduo trabalho de bordo, transcorreria sem quaisquer transtornos, quer causados pelo elemento líquido que os circundava e as condições do tempo, quer pelos integrantes do navio.

Estes últimos cobriam o jovem bardo de atenções e do melhor que o *Eunostos* (batizemos assim, ou seja, de *bom retorno*, a sólida nave) podia oferecer de sua cozinha e despensa. Afinal, além de ser um especial protegido do próprio Periandro, seu senhor, Árion era admirado e amado por todos em Corinto.

Se somarmos a isso que o afável artista, a propósito, inventor dos próprios ditirambos, os deliciava com suas canções, acompanhando-se magistralmente pelo dedilhar de sua lira, ao longo de todo o trajeto até a Sicília, o leitor concluirá conosco que realizavam todos uma agradabilíssima e inesquecível viagem.

Ancorados finalmente no porto de Tenaros, Árion foi muito cordialmente acolhido e seus companheiros permaneceram a bordo do Eunostos, aguardando o desfecho da competição para o imediato regresso a Corinto, de preferência com a coroa da vitória encimando a cabeça de seu ídolo.

Deixando de lado os pormenores da competição, que aqui não nos importam, limitamo-nos a dizer que Árion não só abiscoitou o prêmio, como se converteu do dia para a noite no aclamado ídolo também dos sicilianos. Seu sucesso foi tão estrondoso que muitos admiradores tenarianos abastados o tornaram objeto de presentes valiosíssimos.

Quando a notícia da vitória alcançou o porto e o Eunostos, os coríntios se puseram, ainda a bordo, a festejar o tão ansiado triunfo de seu ídolo.

*Árion e o Golfinho*

Recebendo permissão para desembarcar, o capitão declinou polidamente do convite, solicitando ao emissário que comunicasse ao rei local que recebera ordens expressas de seu soberano para regressar logo após o encerramento do festival.

"Caro capitão", – explicou o emissário do rei, "os presentes recebidos pelo inspirado bardo Árion são tantos e tão pesados que precisaremos de tua ajuda e da de teus homens para os trazermos a bordo!"

"Se é assim", – concordou o capitão, "deixarei meu piloto e alguns marujos a bordo e iremos os demais contigo a fim de cuidar desse transporte! Decerto nosso soberano o compreenderá."

Foram necessárias algumas horas de duro trabalho para transportar e alojar no Eunostos as riquezas de Árion.

Mais uma vez, com os ventos a favor, eram içadas as velas e o Eunostos partia pelo mar Jônico rumo ao golfo de Corinto.

Devemos declarar que o felizardo Árion, duplamente atingido pela fortuna, embora clara e compreensivelmente afetado por sua nova condição de rico, em absolutamente nada mudara seu comportamento, sempre atencioso e gentil com todos os membros da tripulação. Sentado próximo à proa, voltou a dedilhar maravilhosamente seu instrumento e a entoar suas comoventes canções, demonstrando que para ele nada era mais importante do que seu divino dom.

Entretanto, o doce, ingênuo e ocupado cantor demorou para perceber a radical alteração da disposição de seus companheiros, antes tão prestativos, amistosos e até afetuosos.

Começou a notar que, inclusive, não mais se encantavam tanto com sua música e nem a solicitavam, permanecendo a maior parte do tempo calados, a lhe lançarem olhares furtivos e estranhos.

Finalmente suspendeu sua interpretação, que o absorvera quase que por absoluto até então, e pensando no assunto não tardou a se dar conta da causa evidente daquela completa mudança de comportamento."

"Mas o que posso fazer?" – pensou, enchendo-se de medo. "Estou em pleno mar à mercê deles. Só me resta fazer um acordo com o capitão."

Mal concluiu isso e viu diante de si o próprio capitão acompanhado de uma dezena de marujos...

*Sabedoria da Mitologia para o seu dia a dia*

"Sinto muito, Árion", – rosnou o capitão em tom frio e calculado, "terás que morrer!"

"Mas por quê?" – indagou o gentil e consagrado poeta, depositando sua lira sobre o convés. "Éreis até pouco tempo meus admiradores fervorosos, meus companheiros leais e cordiais, meus incansáveis protetores e servidores!!"

"Mas tudo mudou, ou melhor, tu mudaste" – comentou secamente o capitão, "agora és muito rico!"

"Tu te enganas!" – Árion tentou argumentar, "sou o mesmo Árion, o mesmo bardo e a mesma criatura... minha imensa riqueza não me alterou em nada! Aparentemente mudou completamente a vós, embora ser eu seu possuidor, e não vós!"

"É exatamente este o problema!" – observou o capitão e esboçou um ligeiro sorriso sardônico.

"Pois bem! Podeis ficar com toda minha riqueza, se significa tanto para vós. Em troca, só quero minha vida."

"Não será possível, pois quando chegarmos a Corinto poderás voltar atrás em tua promessa e mesmo nos denunciar ao tirano Periandro."

"Mas tendes minha palavra dada. Se não bastar, jurarei por Poseidon!"

"Nada disso nos basta. Não podemos correr risco algum. Deves perecer para impossibilitar um testemunho contra nós e permitir que montemos nosso plano e a farsa envolvendo tua ausência."

"Vejo que estás determinado a assim agir e que não conseguirei dissuadir-te, capitão..." – Árion transmitiu a impressão de que se resignava... embora, cá entre nós, parecesse inspirado por uma ideia ou embalado por uma esperança...

"De modo algum!" – confirmou o capitão.

"Peço-te, ao menos, que me permitas entoar um último canto."

"Que seja!"

Árion retomou seu instrumento e principiou a cantar um hino a Poseidon: "Valei-me, meu pai e senhor dos mares, neste momento fatídico...".

*Árion e o Golfinho*

O capitão e toda a tripulação, agora insensíveis à beleza dos versos, mal discerniram sequer o sentido daquelas primeiras palavras, que eram, evidentemente, uma súplica.

Após arrematar o hino, Árion lançou-se da proa e as águas do mar Jônico o tragaram.

O capitão deu ordens para que a velocidade do Eunostos fosse aumentada para abreviarem os dias de sua chegada a Corinto.

Poseidon decerto ouvira o magnífico hino, bem como a súplica de seu filho, pois antes deste afogar-se, sentiu-se amparado por um bando de golfinhos, os quais entrevera minutos antes de entoar o hino, e que pareciam então embevecidos com sua música.

Um dos ágeis peixes ergueu Árion no seu dorso, logo atingindo a superfície. Percebendo que o jovem se acomodara firmemente em seu dorso, a ágil criatura marinha rumou velozmente para oeste, ou seja, na direção do golfo de Corinto.

Árion chegou a Corinto muito antes do Eunostos. Apressou-se a apresentar-se a Periandro e relatar-lhe minuciosamente tudo que ocorrera.

O soberano, emocionado com sua coroa da vitória, porém mais surpreendido com a traição de seu capitão, homem de sua total confiança, e estupefato, sobretudo, com a prodigiosa salvação de Árion, disse-lhe:

"Muito amado filho de Poseidon e consagrado bardo da Hélade! És como uma joia rara e inestimável deste reino. Vai, descansa e te oculta, que te convocarei no momento oportuno."

Depois de propiciar a Poseidon com imensa fartura, Periandro voltou aos costumeiros encargos do reino.

Finalmente o Eunostos atracou no porto de Corinto.

Periandro, simulando extrema ansiedade ante a ausência de Árion na embarcação, perguntou o que acontecera."

"Senhor", – declarou o capitão. "Foi impossível trazê-lo conosco de imediato, tal a entusiástica aclamação de que é alvo em Tenaros. Dada a insistência do próprio rei local e do próprio Árion, concordamos que permanecesse mais alguns dias em terra siciliana."

"Se é como dizes, capitão, não te importarás e nem teus comandados em jurarem solenemente que é verdadeiro o que acabas de declarar."

*Sabedoria da Mitologia para o seu dia a dia*

Todos juraram.

Periandro mandou então um de seus mensageiros ir em busca de Árion e trazê-lo à sua presença.

"Mas como é possível?!" – bradou o incrédulo e apavorado capitão, ao ouvir essa ordem.

O bardo não demorou a apresentar-se, a tempo de responder, ele mesmo:

"Tomados pela cobiça e a inveja, capitão, todos vós perdestes tudo: a honra, o sentimento de amizade e lealdade, a capacidade de clemência, o gosto e sensibilidade pela arte das Musas, o temor aos deuses e até o discernimento mínimo para perceberdes que os primeiros versos que dirigi ao meu pai divino, senhor do elemento em que estávamos, eram uma súplica para que me salvasse!"

"E..." – acrescentou Periandro, "ao cometerdes perjúrio, jurando falso, perdestes a vós mesmos."

O capitão e toda a tripulação do Eunostos foram naquele mesmo dia executados.

Por outro lado, Periandro decretou muitos dias de festividade em honra do vitorioso poeta... e de seu pai, o senhor do tridente...

● ● ●

*Cuidado! Isso ocorre em nossa sociedade atual com muita frequência e é até elogiado e invejado. As pessoas, deslumbradas com o dinheiro, perdem a sensibilidade e a percepção para coisas muito simples, mas fundamentais à existência, precisamente aquelas que o dinheiro não compra, por exemplo, a amizade verdadeira, a honra, a consciência tranquila, o respeito por si mesmo, pelos outros e pelo que é sagrado, e a paz de espírito...*

# Orfeu e a Descida ao Mundo dos Mortos

O enrugado e esquálido Caronte ergueu-se mais uma vez para cumprir sua tarefa.

"Mais um punhado de almas a ser embarcado rumo ao Hades", – pensou consigo o taciturno e solitário barqueiro, saindo lentamente de sua tétrica morada a caminho das margens do Estige, já anunciando:

"Vós que deixastes a vida do mundo superior, preparai vossos óbulos, pois a mim não interessa qual será vosso destino, mas tão-só meu pagamento."

Contudo, Caronte não captou o ruído usual produzido pelo movimento tênue e peculiar dos fantasmas adejando à beira do rio sombrio. Ao invés disso, seus ouvidos detectaram um som distinto, o que muito espantou o velho barqueiro.

Afinal, naquela região erma, estéril e obscura, exceto por aquele ruído gerado pelos espectros que ali frequentemente chegavam mudos, e a voz cavernosa de Caronte, um silêncio monótono e quase absoluto imperava, só perturbado pelo som débil e igualmente tedioso causado pelos remos do barqueiro nas águas do Estige. O Hades estava relativamente distante para que seus sons infernais ou dos Elíseos atingissem aquela estação dos mortos.

*Sabedoria da Mitologia para o seu dia a dia*

Que se acrescente que o som percebido por Caronte não era apenas diferente... mas também melodioso e de uma beleza indescritível...

O frio e carrancudo barqueiro jamais escutara algo daquela natureza.

"Por Plutão e Perséfone, meus divinos soberanos!! De onde provêm esses acordes maravilhosos??"

"Acordes maravilhosos?" – ele ouviu muito distintamente e viu-se diante não de uma sombra, mas de uma criatura corpórea e viva.

"Não é à toa que assim são. Essa lira foi presente do próprio Apolo e a mim foram ministradas lições de música pela própria musa Calíope, minha divina mãe, e por suas demais companheiras."

Falando com clareza, mas sem deixar de dedilhar a lira, o jovem encarava resolutamente, mas sem insolência e até com alguma reverência, o embasbacado Caronte.

"Mas... quem és tu? Como chegaste aqui? E por que vieste?" – interrogou-o o transtornado velho. "Não posso transportar-te, nem que por isso muito me pagasses. Não morreste e não és apenas um espectro!"

"Orfeu. Utilizei a passagem de Aorno." – ele disse laconicamente. "Quanto à terceira pergunta, falta-me, com todo o respeito a ti, digno e afamado barqueiro, tempo e interesse para responder e explicar num discurso ordinário."

Ao dizer isso, Orfeu parou de falar e começou a entoar um canto lamentoso.

"No entanto..." – protestou ainda o duro e até então inflexível barqueiro. "Não podes..."

Mas aquela canção tocante e triste de um enamorado desesperado e inconsolável (que, na verdade, respondia à terceira pergunta de Caronte) principiou a enternecer até mesmo o gélido e granítico coração do encarquilhado ancião e barqueiro das sombras desmemoriadas.

Era como se possuísse um poder mágico invencível, superior ao do canto das sereias que levava à perdição tantos marinheiros, ou ao poder dos encantamentos e poções temíveis de Circe, Calipso e Medeia, que afetara as vidas de heróis como Odisseu e Jasão.

*Orfeu e a Descida ao Mundo dos Mortos*

Extasiado com a música inefável de Orfeu, Caronte, como que hipnotizado ou fascinado, cedeu e acolheu o poeta ao seu rugoso e tosco barco.

Antes de prosseguirmos com este relato, devemos voltar um pouco no tempo e esclarecer o leitor sobre os acontecimentos que culminaram com a decisão de Orfeu de ingressar no Hades.

Após participar da famosa e bem sucedida expedição a Cólquida chefiada por Jasão em busca do velocino de ouro, Orfeu retornara à Trácia, sua terra natal, e casara com a ninfa Eurídice. Tudo corria bem até que um dia, caminhando sozinha no vale do rio Peneio, a bela ninfa topou com o atrevido Aristeu, um dos filhos de Apolo. Aristeu tentou violentá-la.

Procurando escapar do ataque, Eurídice pisou numa cobra, que imediatamente a picou. Minutos depois a pobre ninfa expirava.

Orfeu, consumido pela dor e inconformado, resolveu trazê-la de volta do mundo dos mortos.

Ei-lo agora, dedilhando sua lira e cantando, na companhia de Caronte, prestes a desembarcar no reino de Plutão. Jamais aquele lúgubre trajeto fora assim feito, conduzindo placidamente um ser vivo do mundo superior... e embalado por uma música arrebatadora.

Mal aportaram às margens, já no Hades, e os uivos horrendos de Cérbero ecoaram, misturando-se às notas repletas de encanto da melancólica canção entoada por Orfeu.

Pisando no terreno escuro, inóspito e infecundo do mundo subterrâneo, o inigualável bardo despediu-se do silencioso barqueiro que, deslumbrado, enfrentou muita dificuldade para voltar ao seu trabalho.

Não se deixando intimidar pelos horripilantes uivos do cão dos infernos que, vigilante, já se aproximava, ameaçador e mortífero, do intruso, Orfeu empenhou-se mais e mais na força suprema de sua canção e no leve e divino roçar das cordas da lira.

O embate na iminência de acontecer, caro leitor, era singular. A arma de Orfeu contra o monstro não era o porrete ou clava devastadora do poderoso Héracles... era apenas a ternura pungente e contagiante de seu canto ininterrupto acompanhado pelos suavíssimos acordes do instrumento.

*Sabedoria da Mitologia para o seu dia a dia*

Seria aquela criatura hedionda e odiosa detida pela beleza delicada da narrativa de uma doce e trágica história de amor? Seria aquele monstro nascido negro, desencantado e acostumado ao horror e às trevas de Plutão, tocado pela beleza luminosa proveniente de Apolo e das Musas?

Mas mesmo os monstros possuem coração!

Cérbero, que certamente ao se aproximar detectou a música inebriante, num contraste marcante com seus uivos horríveis, antes mesmo de identificar o invasor, comoveu-se e emudeceu...

Instantes depois a besta abominável se imobilizou, prostrada ante aquela arte, a beber as notas da canção, como uma indefesa e inofensiva corça beberia a água fresca e cristalina de um regato.

Dizem, a propósito, que a música de Orfeu fascinava animais selvagens e encantava até árvores e rochas...

Com o caminho livre, Orfeu não demorou a alcançar o tribunal dos mortos, onde sua música triunfante interrompeu o julgamento das almas... deixando por algum tempo Eaco, Minos e Radamanto ociosos, a ouvirem em pasmo e deleite aquele canto poderoso que inundava seus corações. No Tártaro, o próprio tormento dos danados foi temporariamente suspenso...

O gentil e melancólico bardo produzia uma revolução no reino de Plutão. Mas... de nada valeriam todas essas suas proezas sem paralelo, que diferentemente de outras, não geravam violência, destruição e dor, mas somente prazer, júbilo e encantamento, se ele não enfrentasse o próprio Plutão, o senhor do capacete da invisibilidade e soberano absoluto e implacável daquele mundo.

Só Plutão poderia autorizar-lhe o regresso da amada Eurídice ao mundo superior.

O infatigável artista chegou finalmente junto ao trono do deus do cenho carregado. A bela, porém rígida rainha Perséfone, estava ao seu lado.

Diferentemente do que sucedera com todos os demais, como o leitor já deve ter adivinhado, o canto irresistível de Orfeu e sua destreza inconfundível na lira não haviam conquistado rápida ou instantaneamen-

*Orfeu e a Descida ao Mundo dos Mortos*

te os corações de Plutão e Perséfone. Embora não se sentissem apáticos com aquela canção, que de fato os impressionava, a magia musical do poeta não os reduzira em absoluto ao deslumbramento e ao fascínio.

Perfeitamente lúcido e consciente de seu imenso poder naqueles domínios, Plutão (ou Hades, como tantos preferem chamá-lo) ordenou ameaçadoramente que o músico silenciasse e, depois que este o obedeceu, o interrogou:

"Como ousaste, mísero mortal e rebento de uma divindade subalterna (ele se referia desdenhosamente à musa Calíope, ignorando ou fingindo ignorar a possível paternidade de Apolo em relação a Orfeu), penetrar no meu vasto reino e enfeitiçar quase todos meus vassalos, com exceção da dúbia Hécate? Não sabes, ignorante poeta, que sou um dos três senhores de todo o mundo, e que só meus irmãos Zeus e Poseidon a mim se equiparam em poder? Responde!"

"Como disseste, senhor, não passo de um ignorante poeta. Tudo que sei é dedilhar este instrumento, compor canções e cantá-las."

"Estás, bardo temerário, em lugar totalmente errado. Aqui o desolamento e o sofrimento imperam. Não é o teu elemento. E também as leis da hospitalidade de Zeus aqui não vigoram. Não somos anfitriões de quem quer que seja. Só recebemos almas, espectros. Nem os fantasmas dos heróis nos agradam, embora a eles caiba um destino diferente nos Elíseos ou nas Ilhas Abençoadas. Mas considerando que não és um espectro, e muito menos o espectro de um herói, não passas de um reles e importuno intruso, que só está causando transtorno nestes domínios!"

"Sinto muito, poderosíssimo senhor do Hades", – Orfeu desculpou-se, em tom respeitoso e reverente, mas sem demonstrar qualquer sinal de medo ou servilismo. "Não pretendia causar-vos problemas. Vim até aqui tão-só impulsionado pelo *amor*."

Ao ouvir essa palavra, o circunspecto e sombrio Plutão não pôde subtrair-se a um olhar para Perséfone, sua querida rainha. Ela também o olhou e no seu rosto, que mantinha até aquele momento uma expressão tão dura e impenetrável quanto à do marido, aflorou um rápido e leve sorriso, o primeiro que Orfeu observara desde que descera ao mundo inferior.

Embora o afável poeta nada houvesse planejado, aquela fora a palavra-chave desencadeadora de um breve instante idílico que o fez,

143

*Sabedoria da Mitologia para o seu dia a dia*

num lance decididamente perigoso, retomar seu instrumento e, divinamente inspirado e sem a permissão de Plutão, erguer sua voz numa nova canção.

Aos primeiros acordes e primeiros versos, o deus das sombras subterrâneas levantou o punho ameaçador na direção do indefeso bardo, mas Perséfone o conteve, já seduzida pelas estrofes.

Orfeu interpretava agora mais uma pungente e melancólica canção de amor. Mas não era sobre ele e sua adorada ninfa Eurídice... era sobre o atormentado amor do próprio Plutão por sua rainha.

Orfeu descrevia em versos comoventes toda a trajetória tortuosa daquele amor, desde a visita de Plutão ao Olimpo até o acordo com Deméter, a mãe da então Core, agora Perséfone, rainha do Hades e esposa de Plutão.

No final da retumbante e arrebatadora ode, Orfeu atingiu o clímax de sua arte esboçando tocantemente a dor de Plutão durante a longa ausência de sua amada rainha todo ano, quando ela se ausentava do Hades para ficar com sua mãe no Olimpo.

Apertando a mão de sua amada, o transfigurado deus, agora reduzido à fragilidade de um simples apaixonado, disse a Orfeu:

"Capitulamos ante tua arte, gentil poeta, a qual se impõe mais poderosa do que a trindade representada pelo relâmpago, o tridente e o capacete da invisibilidade! Entretanto, como criatura do mundo superior, não desprovida de corpo, consciência e memória, tens que sair de nosso domínio. Mas apesar de sermos, eu e Perséfone, senhores deste reino das sombras, somos gratos a ti porque nos fizeste sentir que *mesmo aqui* o amor aquece nossos corações. O que queres?"

"Eurídice, minha amada, é aqui, senhor, uma sombra. Imploro-te que me permitas levá-la de volta ao meu mundo."

"Tens ideia, incansável bardo, do que me pedes?"

"Sim. Mas não posso viver sem seu amor. Com sumo respeito a Apolo e às Musas, nem minha lira e o supremo dom que me concederam conseguem me proporcionar forças para viver sem ela. Se não me atenderes, prefiro morrer para descer eu ao Hades e tentar ficar junto dela."

"E como morreu Eurídice?" – indagou Plutão.

*Orfeu e a Descida ao Mundo dos Mortos*

"Lutando para preservar sua honra, senhor. Era minha esposa e foi atacada."

"Todos os ritos funerários foram realizados?"

"Sim."

Mais uma vez Plutão e Perséfone entreolharam-se ternamente. "Muito bem." – disse o deus com firmeza. "Desde que não haja ainda comido do fruto dos mortos, a romã, à Eurídice será restituído seu corpo restaurado, consciência e memória, para que retorne contigo... mas sob uma condição a ser acatada por ti."

"Qual, generoso senhor?" – o poeta perguntou repleto de alegria e gratidão. "Não há condição que eu não aceitasse para reaver minha amada."

"Não deverás, *em hipótese alguma*, contemplar tua esposa enquanto estiverdes neste reino. Ela seguirá atrás de ti rumo ao mundo superior e só poderás olhá-la quando vos encontrardes ambos sob a luz do sol!"

"Não vejo problema em suportar ficar sem vê-la e abraçá-la por mais algum tempo, depois de tudo que suportei." – apressou-se Orfeu em dizer.

"Cuidado!" – alertou-o Plutão. "Esse rito será absolutamente necessário para o reingresso da ninfa ao mundo superior. Recomendo-te que sequer fales com ela até alcançardes vossa morada."

"Assim será rigorosamente feito." – confirmou Orfeu.

"Há, na verdade", – Perséfone finalmente falou com sua voz pausada e estranhamente suave, "uma outra condição, de fazeres todo o percurso de retorno cantando."

"Assim também será feito, augusta deusa e rainha." – anuiu respeitosamente o cantor.

Eurídice não havia comido ainda do fruto dos mortos e Orfeu preparou-se para o feliz regresso.

O próprio Plutão avisou-o quando a ninfa se achava pronta às suas costas.

145

*Sabedoria da Mitologia para o seu dia a dia*

"Vai, prodigioso poeta, e conduz tua amada. Controla teu coração e cumpre a regra."

Orfeu devotou-se a uma nova canção oportuna, a qual se referia a reconquista de um grande amor que fora além dos limites da vida. Todas as sendas do mundo dos mortos foram franqueadas ao casal, que depressa vencia a distância que o separava do mundo superior.

Orfeu não pudera imaginar quão difícil era cumprir aquela condição de não voltar-se para contemplar Eurídice e tomá-la nos braços. Procurava extrair forças da própria canção para superar aquela prova final.

Quando já se achavam na saída do Hades e o bardo entoava "sumo e verdadeiro amor, do que a morte mais forte", ele vacilou... tomado por um súbito receio de que ela talvez não houvesse conseguido segui-lo por todo o caminho.

*Voltou-se.*

Por uma fração de segundo contemplou o rosto adorado... e Eurídice imediatamente dissolveu-se, passando a ser novamente um espectro...

● ● ●

*Esse mito claramente ilustra de forma incisiva quanto a arte, aqui representada pela música e a poesia (irmanadas pelos antigos gregos), nos provê de um prazer estético e de um encantamento indispensáveis à vida. O poder da música de Orfeu suplanta até o poder de monstros e de deuses de primeiro escalão.*

*Mas o mito vai muito além disso.*

*Mostra a determinação irreversível de um ser capaz de amar, que não hesita diante de nada, que enfrenta quaisquer obstáculos, dificuldades e reptos na busca infatigável de um amor aparentemente perdido, mas passível de ser recuperado.*

*A lição que nos fica é evidente e dispensa maiores explicações. O amor genuíno é "do que a morte mais forte" e tão vital quanto o ar que respiramos. E todos os seres o necessitam. Não é apenas uma paixão ou mesmo um sentimento. É uma energia vivificante. Sem ele, mesmo que tenhamos tudo o mais, murchamos e fenecemos como uma planta a que falta água e atenção.*

*Orfeu e a Descida ao Mundo dos Mortos*

Mas talvez o mais instrutivo e sábio nessa história de Orfeu seja a sua contraparte, sua lição "negativa", por assim dizer, contida no desfecho trágico.

Tudo que ele realizou de extraordinário no mundo dos mortos para recuperar Eurídice acabou redundando em nada por causa de um... mero lapso no derradeiro instante.

Quando reconquistara e tinha em suas mãos a felicidade suprema, obtida mediante o enfrentamento vitorioso do próprio mundo da morte, deixou-a ir por terra por uma ligeira e momentânea falta de firmeza... ele que fora um paradigma de firmeza e determinação em todos os passos que dera anteriormente.

É o que acontece a muitos de nós.

Esforçamo-nos e nos dedicamos de corpo e alma à consecução de uma meta que elegemos, às vezes, como razão de ser de nossas vidas. No último momento... devido a uma ligeira desatenção, perdemos tudo. O trabalho árduo e os muitos sacrifícios de anos ou décadas são pulverizados, muitas vezes, num só minuto, por causa de uma palavra imprópria ou um simples ato impensado.

Dirigimos nossa moto potente por um longo e acidentado percurso, com a destreza e a prudência a assegurar que atinjamos íntegros nosso destino. Mas a alguns metros do ponto de chegada nos distraímos por um segundo e acontece o desastre... às vezes fatal, às vezes nos condenando a uma cadeira de rodas pelo resto da vida.

A analogia é prosaica, mas oportuna.

É necessário estarmos maximamente atentos até o último momento, e especialmente no último momento. O quase sucesso não é sucesso... é fracasso!

Nossos propósitos e sonhos na vida devem ser perseguidos mais ou menos nos moldes em que o pintor elabora seu quadro. Ele consuma sua obra exatamente no acabamento e no toque final. É aí que ele foca o máximo de sua atenção e de seu talento, pois se não o fizer bastará uma pincelada indevida após tantas centenas para arruinar a obra...

# Os Argonautas e o Tosão de Ouro

Na iminência de cruzar o rio Anauro a caminho de Iolcos, na Tessália, um jovem de belo aspecto e compleição atlética, mas vestido modestamente, foi abordado por uma velha de semblante venerável.

"Filho, peço-te que me transportes até o outro lado", – ela disse com voz fatigada, "pois meus ossos e membros dificilmente suportariam o esforço da travessia. Isso sem contar que teria que enfrentar a corrente. Por outro lado, não vejo nenhum barqueiro."

O rapaz tinha pressa, mas sem sequer responder, ergueu a senhora, acomodou-a sobre os largos ombros e iniciou a travessia.

O rio não era muito profundo, porém a correnteza era rápida e perigosa. Apesar disso, os dois chegaram seguramente a outra margem, e o prejuízo do jovem se resumiu na perda de uma sandália no leito lamacento do Anauro.

O jovem depôs cuidadosamente a anciã em terra firme, despediu-se e retomou sua estrada. Certamente não havia tempo para recuperar a sandália.

Identifiquemo-los.

*Os Argonautas e o Tosão de Ouro*

O jovem era Jasão, que ameaçado pelo usurpador do trono de seu pai vinte e um anos atrás, fora ao nascer enviado a Quíron, o centauro, para que este o criasse.

A anciã era, nada mais nada menos, do que a deusa olímpica Hera disfarçada, a avaliar a personalidade do apressado moço.

Jasão passara no teste, o que permitia a Hera incluí-lo, sem que ele o soubesse, num plano concebido pela esposa de Zeus para punir o arrogante rei de Iolcos, Pélias, que reiteradas vezes agira com desrespeito e até desprezo em relação à austera e rígida Hera.

Pélias era precisamente o tal usurpador do trono a que nos referimos acima. Há mais de duas décadas o legítimo herdeiro de Iolcos era Éson, filho primogênito de Creteu.

O usurpador, entretanto, diante da não-resistência de Éson e seu afastamento pacífico, poupou sua vida. Éson continuou vivendo na cidade e casou-se, depois do que gerou um saudável rebento, justamente aquele que foi enviado a Quíron para ser criado e que recebera do sábio centauro o nome de Jasão, embora seus pais já o houvessem chamado de Diomedes.

Esclarecido sobre sua real identidade, Jasão se decidira a reclamar seu direito ao trono, na hipótese de seu pai já estar morto. Era por isso que se dirigia a Iolcos e sua pressa se devia ao fato de que desejava chegar a tempo do festival anual de Poseidon.

Quanto à deusa Hera, engendrara um plano tortuoso para vingar-se do astuto e poderoso usurpador. Ela sabia que qualquer ação direta visando a Pélias era inviável, bem como qualquer estratagema menos elaborado. Pélias era um dos filhos diletos de Poseidon, o senhor dos oceanos e irmão da própria Hera. O castigo exemplar do insolente Pélias deveria resultar de uma sinuosa cadeia de acontecimentos.

O intricado plano da deusa envolvia dois protagonistas imprescindíveis: a feiticeira Medeia, princesa da Cólquida, e o jovem reivindicador do trono usurpado, Jasão, que acabara de demonstrar ser o tipo de homem apto e confiável para desempenhar seu papel na execução do plano.

Hera, contudo, tinha diante de si um grave problema para a concretização de seu projeto: a distância que separava Jasão de Medeia, a qual vivia na longínqua Cólquida, no extremo do *Ponto Euxino*, ou seja, do Mar Negro.

*Sabedoria da Mitologia para o seu dia a dia*

Medeia era filha do rei Aeétes, neta de Hélio, o deus-sol e talvez filha da própria Hécate, a deusa sombria que tinha como morada o mundo dos mortos. De qualquer modo, a bela princesa era sacerdotisa de Hécate.

Nessas circunstâncias, a despeito de todo seu poder, Hera não podia simplesmente ordenar que Medeia deixasse a Cólquida e sua importante posição de princesa e sacerdotisa para viajar à distante Tessália na Grécia.

Quanto a persuadi-la, mesmo que a orgulhosa Hera se desse a esse trabalho, não convenceria a jovem a abrir mão de uma situação tão vantajosa e promissora.

Só lhe restava fazer com que Jasão empreendesse a longa jornada até a Cólquida!

O problema era que, não obstante fosse um mero mortal, o exuberante jovem gozava, como todos os membros da raça humana, do livre arbítrio.

Os homens não eram escravos dos deuses, mas livres.

"Todavia", – pensou a deusa sorrindo para si, "são influenciáveis e até manipuláveis."

Hera lembrou-se oportunamente de algo associado à própria ascendência de Jasão. Há muitos anos, o então jovem Frixos, filho de Atamas, este irmão de Creteu, avô de Jasão, fora salvo da morte por um carneiro prodigioso – falante e alado – que depois dessa ação, arrebatou o jovem e o transportou pelo ar até Éa, a capital da Cólquida.

O miraculoso carneiro fora então sacrificado e seu tosão, de ouro, dependurado numa árvore situada num bosque sagrado vinculado ao deus Ares. O resplandecente tosão era aí vigiado continuamente por um dragão que nunca dormia.

Enquanto Hera se recolhia nessas suas ponderações e impunha as devidas alterações ao plano, além de aplicar a ele os últimos toques a fim de torná-lo exequível, Jasão se aproximava de Iolcos.

Embora Pélias nada temesse do pacato Éson, que era, inclusive, mantido sob rigorosa vigilância e – dizem – até julgasse muito provável a existência de um filho seu que vivia humildemente como agricultor na Magnésia, um oráculo transmitia apreensão ao velho usurpador:

150

*Os Argonautas e o Tosão de Ouro*

*"Um homem descendente de Eolo, e com uma só sandália, causará um dia a morte do rei de Iolcos."*

Quando foi informado que um jovem destituído de nobreza, mas que se sobressaía por um porte altivo e atlético, e que exigia ser conduzido à presença do rei, chegara à cidade, Pélias, movido por um misto de curiosidade e mau pressentimento, ordenou que o trouxessem imediatamente à sua presença.

Minutos depois ingressava na sala do trono um rapaz alto, de cabelos escuros e compridos. Trajava uma túnica de couro encimada por uma pele de leopardo.

Ao baixar o olhar aos pés do visitante, Pélias empalideceu de súbito ao distinguir o que vinha temendo há tempo: um de seus pés estava descalço.

"Quem és e o que queres comigo, fazendeiro magnesiano?" – perguntou rispidamente.

"Meu pai adotivo Quíron chama-me de Jasão, mas sou Diomedes, filho de Éson e..."

"Antes de prosseguires", – o rei o interrompeu indelicadamente, "responde-me: o que farias se soubesses por um oráculo que um certo súdito estaria predestinado a assassinar-te?"

A pronta resposta emergiu clara dos lábios de Jasão: "Ordenaria a esse súdito que trouxesse o tosão de ouro da Cólquida!"

Essa resposta não viera nem do coração nem do intelecto do jovem. Fora posta em seus lábios por Hera.

"Pois é precisamente o que ordeno a ti!" – disse Pélias enfaticamente, aproveitando-se daquela inesperada resposta que parecia um presente extraordinário dos deuses.

Jasão não pôde voltar atrás: "Sim, é o que farei. Mas quando retornar de posse do velocino, restituirás o trono que usurpaste. Saibas que conto com o apoio dos reinos de Fere e de Pilo para destronar-te, se insistires em manter o poder neste reino."

"Estou cansado de reinar e não insistirei. Podes considerar que temos ajustado agora entre nós um pacto. Entretanto..."

151

*Sabedoria da Mitologia para o seu dia a dia*

"Entretanto..." – repetiu Jasão.

"Já que velejarás até a distante Cólquida nessa audaciosa missão, poderias também honrar um de teus ancestrais e conferir paz à sua alma."

"O que queres dizer?"

"Depois de ser resgatado pelo portentoso carneiro, sacrificá-lo e depositar seu tosão áureo no bosque de Ares, teu ascendente Frixos refugiou-se na Cólquida. Contudo, por ocasião de sua morte, lhe foi negado um sepultamento apropriado. Sua alma, assim, se vê impossibilitada de descer ao Hades. Segundo o Oráculo de Delfos, enquanto esse espectro não for trazido de volta ao seu torrão natal, Iolcos, juntamente com o velocino de ouro, esta terra não conhecerá mais prosperidade."

"Pois podes incluir isso também em nosso pacto." – assentiu Jasão.

É extremamente improvável que Pélias fosse sincero e que pretendesse honrar o acordo feito com Jasão. Estava certo de que o rude agricultor jamais teria êxito numa empreitada dessa envergadura. O usurpador sabia que os habitantes bárbaros da Cólquida exterminavam sumariamente todos os estrangeiros que ousavam penetrar em sua capital Éa. Sua intenção era simplesmente livrar-se do "homem de uma só sandália" reivindicador do trono.

Foi a vez do próprio Jasão buscar orientação do Oráculo de Delfos.

"Quais minhas chances de ter sucesso nesse colossal e desafiador empreendimento?" – indagou o consciente magnesiano à pitonisa.

Não se sabe qual foi o exato teor da resposta em Delfos, mas presume-se que haja sido favorável, pois logo após retornar a Iolcos, Jasão procurou um mestre na arte da construção de embarcações.

"Mestre Argos", – disse, "confio plenamente em tua competência e habilidade e deixo o projeto inteiramente em tuas mãos. Não me deterei em discutir detalhes contigo. Tudo que quero é o maior, melhor e mais resistente navio que já foi construído em toda a Grécia."

"Isso exigirá tempo e muito dinheiro", – comentou o construtor concisamente.

"Tenho muito ouro, de modo que gastarás pouco tempo na obra." – retrucou Jasão com a mesma brevidade. É de se supor que os tios de Jasão, ao menos um deles um abastado rei, o tivessem provido de amplos recursos para aquela formidável empreitada.

152

*Os Argonautas e o Tosão de Ouro*

"Então só resta a mim trabalhar e a ti, aguardar." – finalizou Argos.

Mas é indiscutível que Jasão tinha muito a fazer enquanto aguardava a construção da magnífica embarcação. Precisava organizar a expedição, pois obviamente o sucesso daquela aventura não dependia apenas dele pessoalmente e de um navio, por melhor que fosse este.

Dependia principalmente de uma tripulação excepcional, não só pelo número de seus membros como também e, sobretudo, pelas elevadas e variadas qualidades desses membros. E não seria possível constituir tal tripulação simplesmente contratando navegantes e marinheiros nos diversos portos da magna Grécia, por mais aptos e experientes que pudessem ser; além do que essas contratações requereriam muitíssimo tempo para ser levadas a efeito, o que desagradava o diligente magnesiano.

"O fato é que necessito da nata da Grécia inteira como tripulantes." – concluiu e se pôs a remeter arautos a todas as terras gregas, anunciando a natureza e objetivo de sua expedição e convidando as grandes personalidades a participarem.

Não demorou para que os representantes da tal "nata da Grécia" começassem a chegar a Iolcos. Afinal, era uma oportunidade perfeita para homens famosos, heróis e semideuses granjear e acumular mais glória.

Esse prestigiado elenco, no decorrer de uns dois meses, beirou a uns cinquenta nomes.

Jasão e a cidade acolheram com inexprimível orgulho e honra um grande time heterogêneo e diversificado que tinha como pontos em comum a vontade férrea de obter glória, a fama que já detinham e os seus incontestáveis talentos.

Entre eles desfilavam os que haviam se consagrado graças à sua força descomunal e notável destreza física: Héracles, os dioscuros Cástor e Polideuces, e Eufemo; exímios e experientes navegadores: o timoneiro Tifis e Náuplio; consumados arqueiros e caçadores: Falero e Meleagro; videntes: Anfiarau, Idmon e Mopso; figuras extraordinárias: os irmãos alados filhos de Boreias, Calaís e Zetes, bem como Periclímeno, o filho de Poseidon capaz de mudar de forma.

Essa curiosa e excêntrica tripulação contava até com o maior poeta e cantor da magna Grécia: o trácio Orfeu, tão aclamado e ovacionado

153

*Sabedoria da Mitologia para o seu dia a dia*

pela população da cidade quanto o mais forte dos homens do mundo conhecido, ou seja, Héracles, que se fazia acompanhar de seu jovem e belo amigo Hilas.

Jasão, no auge do entusiasmo, evidentemente registrou a todos. Houve uma única recusa: Atalanta, a virgem caçadora, considerada a mais veloz mulher conhecida. O prudente Jasão a dispensou delicadamente: não podia admitir uma bela virgem numa longa e árdua viagem marítima ao lado de uma tripulação formada exclusivamente por homens e criaturas viris. O episódio trágico envolvendo Atalanta e Meleagro após o retorno deste precisamente dessa expedição a Cólquida agora organizada por Jasão, episódio que narramos neste mesmo volume com o título *O Javali da Caledônia*, viria ratificar o acerto da decisão de Jasão de não aceitar Atalanta.

Na reunião dos tripulantes convocada por Jasão, este lhes solicitou que apontassem um capitão e líder. A escolha unânime recaiu sobre Héracles que, de imediato, em lugar de aceitar o encargo, declinou dessa honra a favor do organizador da expedição:

"Minha escolha pessoal para o comando é a do próprio Jasão, e me oporei a qualquer um de vós que queira subtrair-lhe esse comando."

Ocioso dizer que Jasão foi aceito por todos como seu indiscutível líder e capitão.

Isso resolvido e todas as provisões armazenadas no porto, Jasão dirigiu-se ao diligente Argos, cujo trabalho incessante já vinha acompanhando.

Suas expectativas não só haviam sido plenamente atendidas, como ao chegar aquele dia ao estaleiro, o qual não visitava há muitos dias, não se limitou a contemplar uma estrutura náutica, mas uma imponente embarcação pronta, inclusive com todos seus equipamentos, apetrechos e completo conjunto de velas.

"Basta agora", – adiantou o sorridente mestre-construtor, "a batizarmos, impulsioná-la ao mar e içar as velas para que sejam beijadas pelo vento!"

"Magnífica!!" – o boquiaberto Jasão exclamou.

"Estou ansioso, senhor" – continuou Argos, "para verificar seu comportamento e deslizamento sobre as águas. Esmerei-me tanto no

*Os Argonautas e o Tosão de Ouro*

projeto quanto na escolha da madeira e todos os outros materiais... Mas sinto-me como um pai afetuoso a querer acompanhar os primeiros passos de um primogênito saudável e robusto..."

"Não há dúvida..." – disse Jasão, "que construíste, mestre Argos, uma obra primorosa! Creio que a Grécia jamais viu uma nave deste porte e desta qualidade e beleza! Mas embora sejam compreensíveis e legítimos teu orgulho e teu visível regozijo, não me parece que estejas no rol dos tripulantes."

"Caro Jasão!" – Argos fitou o jovem, desviando pela primeira vez o olhar quase enternecido do admirável navio. "Peço-te que me admitas a bordo, mesmo que seja como o mais modesto marujo, pois sinto que não suportarei separar-me desta beleza... Além do mais, decerto poderá necessitar alguns ajustes finais quando em funcionamento e... sendo uma longuíssima viagem até a Cólquida, haverá eventuais reparos a serem feitos, e..."

"É claro que serás admitido, mestre Argos." – Jasão o interrompeu polidamente. "Como poderia eu negá-lo? E com certeza só aumentarás nossa segurança e confiança a bordo. Só alerto, com o devido respeito a ti e à tua ampla e confortável embarcação, quanto às fadigas de uma jornada tão longa e tão cercada de perigos e incertezas. Decerto estás ciente do objetivo desta expedição..."

"Sim." – confirmou o artesão. "Não me preocupo minimamente com isso. Só quero estar nesta... nesta..."

"Que tal a chamarmos de *Argo*? – sugeriu Jasão. "Nada mais justo. Tu certamente o mereces."

"Mas..." – Argos educadamente pensou em declinar, mas a sugestão naturalmente o agradou e lisonjeou.

"Nada de *mas*... – interrompeu-o novamente Jasão. "Providencia a inscrição."

"Assim será feito." – assentiu Argos.

"Enquanto isso", – prosseguiu o capitão do Argo, "comunicarei à tripulação e deixarei todos de sobreaviso para transportar as provisões, instrumentos e tudo o mais para o Argo."

"E então?"

155

*Sabedoria da Mitologia para o seu dia a dia*

"Aguardaremos ventos propícios, faremos sacrifícios a Apolo, içaremos velas e partiremos."

"Senhor", – Argos reteve Jasão com o olhar, "antes de ires, devo relatar-te algo."

"Pois o faz!"

"Cabe-nos prestar honras também à divina Atena. Foi ela que me norteou e inspirou desde o início desta construção."

"Certamente honraremos também a unigênita de Zeus, Argos." – Jasão anuiu. "A propósito, noto um bem esculpido barrete instalado na proa. Diria que tem alguma conexão com a divina Virgem."

"E tem, senhor..." – confirmou o construtor, "... e com uma particularidade assombrosa."

"Qual?" – indagou o curioso Jasão, já afeito às surpresas de Argos no Argo.

"Esse barrete, construído de carvalhos de Dodona, é falante!"

"Já ergo louvor à deusa por tantas benesses!" – exclamou Jasão. "Sinto meu coração mais leve ao saber de sua espontânea e generosíssima intercessão a nosso favor. Com certeza isso aumenta consideravelmente nossas possibilidades de coroar de êxito nossa expedição."

Algumas horas antes de partirem, o capitão do Argo foi visitado por Acasto, filho de Pélias, que, inegavelmente contra o desejo de seu pai, mas em busca de glória para sua estirpe, queria juntar-se aos *Argonautas*. O capitão não fez qualquer objeção, apenas advertindo-o que esclarecesse o rei que seu filho assim agia absolutamente por iniciativa própria, não tendo sido induzido e sequer convidado por ele, Jasão, a participar da viagem.

Embora a presença de um possível futuro ex-herdeiro do trono de Iolcos naquela expedição visivelmente contrariasse os interesses da família do usurpador, o genuíno entusiasmo do jovem e sua franca espontaneidade convenceram Jasão de sua boa-fé e da inexistência de algum plano de sabotagem.

Durante o sacrifício feito a Apolo, o vidente Idmon, filho do próprio deus, interpretando os sinais configurados pelas espirais de fumaça que se elevavam do altar, previu que *seus companheiros* teriam êxito na

156

*Os Argonautas e o Tosão de Ouro*

missão que assumiam. Idmon sabia que ele próprio pereceria; ainda assim, achou que não devia esquivar-se ao seu destino e que aquela empreitada desafiadora valia a pena.

Na aurora do dia seguinte, apressados pelo barrete falante do Argo, este foi lançado ao mar e rapidamente ultrapassaram o Golfo de Pagase, circundando em seguida a península da Magnésia. Cumprindo a rota escolhida pelo capitão, Tifis, o piloto, rumou para o norte. O Argo singrou as águas ao longo da costa oeste do Mar Egeu.

A força dos remos era regularmente associada ao impulso do vento aplicado às altas e sólidas velas do navio. Jasão e todos os demais, entusiasmados, pareciam atingidos por uma mistura de ansiedade e pressa.

Depois de muitos dias de navegação divisaram os montes Ossa e Olimpo à esquerda. Pouco depois de os deixarem para trás, o timoneiro ouvia a voz ligeiramente rouca, porém clara do capitão:

"Alterar rumo para leste!"

Finalmente, Linceu, o vigia, anunciou:

"Capitão, ilha de Lemnos a estibordo!"

O Argo já necessitava de víveres e água doce. Jasão convocou depressa um conselho dos membros mais experientes da tripulação.

"Dignos companheiros", – dirigiu-se a eles, "precisamos de provisões e água potável. Como sabeis, embora vosso capitão, sou jovem e inexperiente. Ainda que seja dotado do dom do comando, não passo de um fazendeiro e pouco ou nada conheço do mar. Algum de vós conhece a ilha que Linceu há pouco avistou?"

O renomado Náuplio tomou a palavra.

"Nunca desembarquei nessa ilha, capitão, e sequer ancorei em suas proximidades. Mas fui informado que já há algum tempo é habitada – o que causa certa estranheza – exclusivamente por mulheres, as quais são governadas por uma rainha."

"De minha parte", – disse Fano, o filho cretense de Dionísio e Ariadne, que estava sentado ao lado do irmão Estáfilo, "ouvi um longo e curioso relato, que parece explicar esse estranho fato de não haver homens na ilha."

*Sabedoria da Mitologia para o seu dia a dia*

"Pois apressa-te, nobre filho de Dionísio", – Jasão o estimulou, "a nos reproduzir esse relato."

"Como dispomos de pouco tempo, eu o resumirei. Dizem que as lemnianas, há alguns anos atrás, descuidaram quanto às devidas honras a serem prestadas à deusa cípria Afrodite. Esta puniu-as fazendo-as, desde então, exalar um odor desagradável que não tardou a afastar seus maridos. Nessa época, os lemnianos costumavam executar incursões guerreiras à Trácia que, como sabeis, não fica longe daqui. Ora, quando essas incursões resultavam em vitória, os lemnianos encontravam nisso um expediente para solucionar seu grave problema de manter uma forçada abstenção sexual e não gerar filhos com suas mulheres, que lhes causavam repugnância devido ao seu cheiro. Passaram a trazer as trácias capturadas e prisioneiras para Lemnos, tornando-as suas amantes e mães de seus filhos. Essa situação, entretanto, pouco durou para eles, pois suas revoltadas e ciumentas esposas uniram-se, organizaram-se, muniram-se de armas e chacinaram tanto seus maridos quanto as mulheres trácias."

"Que desastre" – comentou Ergino. "Espero que as mulheres de Mileto não cessem jamais de prestar esplêndidas honras à divina cípria!"

"Entretanto", – prosseguiu Fano, sob a atenção crescente dos seus ouvintes, "após cometerem esse ato, temendo alguma possível represália dos demais homens restantes na ilha, trataram de ampliar e completar a escalada de assassinatos: agindo célere e furtivamente, liquidaram inclusive seus próprios filhos, irmãos, pais, tios, primos, bem como os filhos lemnianos das mulheres trácias. Eis aí em essência o relato que ouvi."

"Nesse caso", – indagou Augeias, príncipe de Elis, fitando primeiramente o capitão para em seguida pousar o olhar inquisitivo em todos os membros do conselho, "visto que somos todos a bordo criaturas do sexo masculino, até o companheiro Ceneu, que já teve a oportunidade de ser mulher, qual será a reação dessas lemnianas conosco? De hostilidade ou... de hospitalidade e desejo?"

"É difícil dizer." – respondeu Jasão. "Mas podemos sondar e descobrir."

Encerrando o conselho, Jasão emitiu ordens a Tifis e aos remadores para que o Argo avançasse até atingir a praia de Lemnos. Uma vez lançada âncora nas proximidades da praia, o capitão incumbiu o arauto dos Argonautas, Etálides, filho de Hermes, de comunicar à rainha a che-

*Os Argonautas e o Tosão de Ouro*

gada do Argos, saudá-la e solicitar-lhe permissão para que pernoitassem na praia. Jasão propositalmente não mencionou víveres e água potável.

Nenhuma hostilidade foi demonstrada pelas lemnianas, seja contra Etálides, seja contra o Argo e seus tripulantes. Tampouco por Hipsipile, a rainha, que já se encontrava fora dos portões da cidade, acompanhada de um grupo de mulheres, e recebeu o mensageiro manifestando clara cordialidade e hospitalidade. Sua fisionomia, bem como as das demais mulheres, expressavam desconfiança e medo. Etálides se apressou em saudá-la, tranquilizá-la e transmitir a mensagem de Jasão.

A rainha despachou o arauto com a permissão solicitada e convocou imediatamente uma assembleia.

"Súditas de Lemnos", – começou num tom que nada continha de autoritário, "vivemos há anos temerosas de uma represália dos trácios. Apesar de não conhecermos as reais intenções desses gregos, tudo indica que estão apenas de passagem e que precisam de provisões. Forneçamolas copiosamente a eles. É muito provável que amanhã partam logo à aurora."

"Rainha! Posso falar?"

"Decerto que sim, velha e sábia Polixo."

"Discordo inteiramente. É descabido que continueis a sustentar esta situação de viver sem homens e sem descendentes, o que evidentemente acabará resultando com o tempo na extinção da vida humana em Lemnos. Decerto não há como buscar homens em outros lugares para os converterdes em vossos maridos ou amantes. O problema é que quando envelhecerdes, quem vos defenderá contra um possível ataque maciço de retaliação dos trácios? Não será tão fácil enfrentá-los, repeli-los ou matá-los como fizestes com vossos maridos e os outros homens. Quem cuidará das parelhas de bois e cultivará a terra? Numa palavra, de um modo ou outro, será o fim de Lemnos e de vossa linhagem. Assim, não só deveis acolher esses gregos no interior de nossa cidade, como também, sobretudo, acolhê-los em vossos leitos, agora que tendo sido Afrodite apaziguada, ela suspendeu a punição de que fostes objeto."

A insustentabilidade da situação era demasiado evidente para exigir mais argumentos. A proposta de Polixo foi unanimemente aceita, e a própria rainha não pôde deixar de curvar-se ante aqueles argumentos.

*Sabedoria da Mitologia para o seu dia a dia*

A acolhida das lemnianas naturalmente muito agradou aos Argonautas.

Héracles, seu jovem amigo Hilas e alguns poucos outros se ofereceram para ficar de guarda no Argo, preferindo nele permanecer. Além da relativa necessidade de guardar o Argo, é provável que esses poucos Argonautas optassem por devotar-se exclusivamente ao propósito da viagem, evitando misturá-lo com o contato com mulheres. No caso específico de Héracles e Hilas, evidentemente, na condição de amantes, preferiam ficar juntos a se envolverem com mulheres.

A quase totalidade dos Argonautas ingressou alegremente na cidade, passando a usufruir da hospitalidade oferecida.

Jasão, entretanto, embora expressasse em nome de todos a gratidão pela calorosa recepção, informou a rainha que sua estada era efêmera, devendo eles logo seguir viagem:

"Generosa e formosa Hipsipile", – saudou-a no seu jeito galanteador, "nossa ingente missão requer que em breve furtemos a ti e às tuas graciosas companheiras de nossa presença."

"Já sentimos ciúmes dessa possessiva e poderosa rival, nobre capitão", – comentou, sem qualquer reserva, a rainha, já dirigindo a Jasão um olhar sedutor. E desnudando os belos braços bronzeados, continuou: "Embora não desejemos dissuadir-te e vossos companheiros da nobre missão que vos espera, tudo faremos para *atrasar-vos* alguns dias."

Ignora-se se a estada dos Argonautas em Lemnos se limitou a alguns dias, meses, ou anos, mas horas depois Jasão já compartilhava do leito da rainha e seus companheiros daqueles das dezenas de lemnianas ardentes, que há muito ansiavam pelo retorno de sua vida amorosa e a possibilidade de serem mães.

O fato é que se os gregos não realizaram o total repovoamento masculino da ilha, incontestavelmente contribuíram consideravelmente para isso. E essa contribuição teria sido ainda muito mais expressiva se não fosse pela ação de Héracles no sentido de intimá-los à obrigação. Primeiramente enviou um mensageiro ao capitão com o seguinte recado, ao mesmo tempo irreverente e irônico:

"*Caro capitão, decerto vos divertis à beça com mulheres fogosas e vinho abundante. Apesar de minhas tantas peripécias e façanhas, nunca*

*Os Argonautas e o Tosão de Ouro*

*conheci esse vosso curioso modo de viver aventuras pelos mares, cumprir missões importantes e granjear glória!"*

Quando sequer obteve uma pronta resposta para sua mensagem, o divino filho de Alcmene enfureceu-se e abandonou completamente o método cordial e polido. Desembarcou do Argo empunhando seu célebre porrete, penetrou pelos portões de Lemnos e se pôs a golpear as portas das casas.

"Tratai já de voltar ao Argo e ao vosso dever, súcia de copuladores irresponsáveis, caso contrário começarei a pôr todas essas portas abaixo!"

Ao ouvirem um "argumento" tão peremptório, não demorou para que o próprio Jasão, entre envergonhado e constrangido, ordenasse energicamente que os Argonautas largassem suas amantes, delas se despedissem, transportassem imediatamente as provisões disponibilizadas pela rainha para o navio e assumissem seus postos.

"Vai, meu amado", – balbuciou em tom de lamento Hipsipile, "prendi a ti em Lemnos tanto quanto pude. Mas deixas-me dois robustos gêmeos, cujas feições me lembrarão sempre de ti e de nossa curtíssima vida juntos."

Ela se referia a Euneu e ao seu irmão gêmeo alternativamente chamado de Deifilo, Nebrofono ou Toas, o Jovem, em contraste com Toas, o Velho, pai de Hipsipile, que se descobriu posteriormente que ela havia poupado do massacre.

Esse Euneu, que mais tarde se tornaria rei de Lemnos, é o mesmo que durante a Guerra de Troia se transformaria em fornecedor de vinho dos gregos.

A nova rota a ser definida foi sugerida por Orfeu, o formidável bardo.

"Em lugar de navegarmos na direção do Helesponto, ou seja, para o leste, apontemos a proa do Argo para o norte rumo a Samotrácia."

"Qual a vantagem dessa rota?" – inquiriu Jasão. "Porventura constitui um caminho menos sinuoso que nos fará ganhar dias de navegação?"

"Nem tanto." – respondeu o poeta, que seria no futuro o criador de ritos iniciatórios e poemas místicos, que dariam, inclusive, origem a

**161**

*Sabedoria da Mitologia para o seu dia a dia*

uma religião. "É que na Samotrácia poderemos pleitear a proteção de Perséfone nos iniciando em seus mistérios."

"Além do que", – acrescentou Ifito de Micenas, "nossa entrada ao Helesponto está interdita. Por ordem do rei troiano Laomedonte, nenhum navio grego está autorizado a singrar aquelas águas."

Aprovada a ideia do famoso trácio, respaldada pela informação de Ifito, dias depois penetravam no Mar de Mármara e atracaram num porto a oeste de uma península repleta de colinas.

Essa península, conhecida pelo nome de Árcton, era parcialmente habitada pelos doliones, povo pacífico atualmente governado pelo rei Cízico, filho de Eneu, que fora aliado do próprio Héracles.

"Por Zeus! É uma incomparável honra recepcionar uma tão augusta e excepcional tripulação da qual o próprio Héracles faz parte", – disse Cízico entusiasticamente, "com o devido respeito ao jovem capitão. Chegais em boa hora, pois ainda festejamos meu recente casamento. Vinde, comei e bebei, depois do que podereis descansar. Ordenarei que nesse ínterim copiosos víveres sejam colocados à vossa disposição."

O jovem rei nada ocultava e falava com sinceridade, até mesmo porque fora advertido por um oráculo sobre a chegada dos Argonautas e sobre o dever de proporcionar-lhes excelente acolhida.

Contudo, por alguma razão – talvez mesmo perturbado pelo acúmulo de emoções representadas por suas bodas e a presença daquele elenco sem paralelo de príncipes, heróis e semideuses – o jovem monarca esqueceu-se de informar aos recém-chegados que uma parte da península era habitada por estranhas criaturas...

Essas estranhas criaturas eram gigantes *"gegenes"*, ou seja, nascidos da terra. Eram dotados de seis braços e possuidores de uma força descomunal.

"Os doliones são para nós intocáveis", – disse com voz roufenha e cavernosa o chefe dos gigantes, "pois contam com a proteção especial de Poseidon."

"Pensas então nos gregos?" – perguntou o outro.

"Não no grosso deles, que se acham banqueteando com Cízico." – o primeiro esclareceu, estando a par do elevado número dos adversários,

*Os Argonautas e o Tosão de Ouro*

de suas armas e, principalmente, da extraordinária bravura, habilidade marcial, força e resistência de muitos deles, a começar pelo temível Héracles. "Estou pensando nos poucos gregos que ficaram de guarda a bordo daquele imenso navio no porto, possivelmente cheio de riquezas... Por Gaia, só aquele colosso de embarcação já é riqueza suficiente."

"Pois então ataquemos!"

"Convém esperarmos mais algumas horas, quando os convivas de Cízico, empanturrados e embriagados, só terão vontade de descansar e dormir!!!"

"Com o que... – completou o outro, "... não poderão vir em ajuda de seus companheiros atacados por nós."

"É exatamente isso."

Esses gigantes filhos da terra provavam com isso que não eram seres tão obtusos, embora grandalhões e monstruosos. O único erro de seu chefe foi, ignorando os hábitos comedidos do poderoso Héracles, imaginar que este se encontrava entre os gregos que compartilhavam do festim do outro lado da península.

Assim, quando, horas depois, os gigantes *gegenes* assaltaram o Argo armados de pedras e porretes, foram "recepcionados" por uma sequência rápida de flechas certeiras e mortais disparadas do formidável arco do herói de Tirins.

Os poucos gigantes que sobreviveram foram mortos por alguns Argonautas que, não tendo se excedido nas carnes ou no vinho servidos no palácio do rei Cízico, tinham se apressado a retornar ao Argo, a tempo de auxiliar Héracles e os poucos outros Argonautas que haviam ficado de guarda.

Pouco tempo depois, após prestarem honras a Atena, todos reunidos a bordo e munidos fartamente de mantimentos e água fresca, ergueram âncora, içaram as velas e voltaram a velejar com um vento bastante favorável, rumo ao Bósforo.

Infelizmente, ao anoitecer, quando acabavam de ladear o acidentado litoral de Árcton, a direção do vento mudou abruptamente e, a despeito do imediato arriar das velas e da brava resistência nos remos, o Argo não só perdeu velocidade como foi impulsionado de volta.

*Sabedoria da Mitologia para o seu dia a dia*

Todavia, não estavam ainda em alto mar e o navio viu-se numa baía.

"Lançar âncora e desembarcar!" – ordenou Jasão, constatando que estavam impossibilitados de navegar e desejando que Argos inspecionasse o navio em busca de possíveis avarias.

Na verdade, devido às sombras da noite que se avolumavam, pois escurecia depressa, nem Tifis, exímio piloto, percebera que haviam ancorado muito próximo do próprio ponto de partida daquela manhã, ou seja, estavam desembarcando no istmo da península.

Muito perto dali, batedores doliones detectaram a presença de estranhos, mas, também devido à escuridão, não conseguiram identificar nem o Argo, nem a própria tripulação helênica que os deixara alegremente no começo daquele dia.

"Batedores não são apenas para detectar possíveis inimigos", – bradou o rei Cízico, "mas principalmente para identificá-los."

"Majestade", – disse humildemente o batedor, "está muito escuro. A divina Selene não ilumina nenhum trecho da península."

"Pois bem!" – exclamou o rei. "Devem ser os pelasgos, os quais se mantêm nos ameaçando e assediando em nossa costa. Comunica ao capitão da guarda que chefiarei pessoalmente uma tropa de guerreiros para repeli-los."

"Sim." – o batedor curvou-se em reverência e saiu imediatamente.

Algum tempo depois, Jasão e seus companheiros captaram a aproximação de uma horda e o perigo iminente, mas se conservavam ainda incapazes de descobrir onde se achavam.

"Que enrascada, companheiros." – disse em voz baixa. "Mesmo que dispuséssemos de madeira seca não poderíamos fazer uma fogueira para nos orientarmos neste breu, pois nos transformaríamos em alvos fáceis para o inimigo. Só nos resta nos armar da melhor forma e avançar contra ele, suplicando que os deuses da Grécia nos favoreçam."

Héracles já tinha numa das mãos seu porrete demolidor e na outra o arco vistoso. Falero, o ateniense, apalpava seu arco como se acariciasse uma mulher. Jasão só dispensou da luta, ordenando que voltassem ao Argo – a despeito de seus protestos – os videntes, o bardo e o construtor

164

*Os Argonautas e o Tosão de Ouro*

do Argo. Todos os demais, com exceção de Cástor e Polideuces, cujas armas eram os próprios potentes punhos, armaram-se de espadas, lanças e ergueram seus escudos.

Minutos depois uma batalha encarniçada foi travada: para quem a observasse, parecia um combate entre vultos, pois os guerreiros mal vislumbravam o rosto de seus adversários, já parcialmente oculto pelo capacete. Quando um homem tombava, seu matador era poupado de contemplar a última expressão de seus olhos antes de morrer.

Os gregos levaram a melhor. Os doliones, após perecerem às dezenas, particularmente graças aos golpes devastadores da clava de Héracles, finalmente bateram em retirada.

"Vitória completa!" – bradaram os gregos, pois afinal não haviam perdido um só homem.

Entretanto, Jasão determinou que se mantivessem na praia, atentos diante da possibilidade de um novo ataque. Dormiram ali mesmo por turnos, revezando os vigias.

O último a permanecer de vigia até o romper da aurora foi o próprio Jasão e foi ele, aterrorizado e consternado, que se deu conta do atroz engano que haviam cometido.

"Ó divina Selene!" – gritou num pranto incontido, com o cadáver do rei Cízico aos seus pés, "por que nos faltaste esta noite para que pudessem agora os raios do divino Hélio nos desvendar este horrendo espetáculo?"

Os doliones não responsabilizaram os Argonautas pelo desastre. Pelo contrário, convidaram-nos a participar dos ritos funerários de sepultamento de seu jovem rei e dos demais mortos. Cleite, porém, a ainda noiva de Cízico e já enlutada, não resistiu à dor e enforcou-se.

Os infortúnios cessaram, mas não as dificuldades.

Mal haviam findado os funerais e os gregos se preparavam para partir, o céu carregou-se de nuvens plúmbeas e ameaçadoras. Por mais de dez dias choveu torrencialmente e não havia qualquer indício de que aquela tempestade ininterrupta ia ter fim.

Apesar de confortavelmente instalados pelos doliones, o desânimo principiou a abater-se sobre os gregos. Na verdade, se não fosse pelo

*Sabedoria da Mitologia para o seu dia a dia*

encantamento despertado pela música de Orfeu e a determinação imbatível de Héracles, que distribuía cascudos em todos os companheiros que se punham a lamuriar, os Argonautas teriam provavelmente se reduzido à prostração e desistido de sua meta, motivados pelo tédio, a desesperança e a nítida amargura dos doliones, que se manifestava pungentemente aqui e ali.

Num desses dias chuvosos, Mopso, o vidente, procurou Jasão. Encontrou-o cabisbaixo e melancólico em seu aposento.

"Capitão, observei hoje algo que talvez nos permita sair deste impasse."

"Tudo de que precisamos, caro Mopso, é de tempo bom e um mínimo de vento favorável."

"Pois é disso que estou falando." – insistiu o vidente.

"Ora, Mopso, o senhor dos elementos atmosféricos, Zeus, associado provavelmente ao seu divino irmão Poseidon, está furioso conosco, e nada que façamos parece que aplacará sua ira!"

"O problema não é com o poderoso olímpico, capitão, mas com sua divina mãe!"

Finalmente Jasão ergueu a cabeça e fitou Mopso.

"Como chegaste a essa conclusão?" – perguntou.

"Apesar da chuva, aventurei-me hoje até as proximidades do Argo."

"E daí?"

"Percebi que uma alcíone estava pousada na proa a emitir um som."

"E conseguiste interpretar a linguagem da ave marinha, Mopso?" – o capitão perguntou, agora entendendo e subitamente curioso e interessado.

"Sim." – confirmou o vidente com convicção. "Como sempre, não passamos de instrumentos dos deuses. A morte prematura do jovem rei Cízico aconteceu porque ele – o que até já confirmei com um dolione – matou o leão sagrado de Reia, que aguardou o melhor ensejo para vingar-se e efetivamente se vingou."

*Os Argonautas e o Tosão de Ouro*

"Sim, Mopso!" – Jasão retrucou um tanto irritado. "Isso até faz algum sentido. Mas, nesse caso, por que ela nos retém aqui depois de nos usar e obter sua vingança?"

"Porque Héracles, Falero e os outros exterminaram os gigantes de seis braços."

"E o que tem ela a ver com tais monstros?"

"Ora, capitão... eram filhos de Gaia, a mãe-terra e, portanto, irmãos de Reia!"

"E o que podemos fazer a respeito?" – perguntou objetivamente.

"Tentar aplacar a ira da deusa mediante uma bela imagem sua e um fervoroso ritual no monte Díndimo, onde Cízico abateu o leão sagrado."

"Pois que o façamos." – assentiu e determinou Jasão.

De fato, uma vez feito tal como orientado por Mopso, inclusive com a preciosa ajuda de Argos, que esculpiu uma imagem original e atraente de Reia, o temporal esmaeceu, e substituído por uma brisa agradável e bem-vinda.

"Muito bem, companheiros", – o capitão falou ao romper de um novo dia, "estamos gratos à deusa pelo bom tempo, mas esta suave brisa, ainda que promissora, não bastará para mover o Argo. Teremos que recorrer aos nossos músculos. Aguardar ventos mais encorpados é impensável. Já nos detivemos demais neste lugar."

"Músculos não nos faltam." – bradou Héracles, com sua usual sem cerimônia e sua proverbial boa disposição. "Eu até proponho, capitão, uma competição que além de sua óbvia utilidade nesta situação, revelaria qual de nós é capaz de remar mais tempo."

O desafio de Héracles foi imediatamente aceito, a maioria dos Argonautas se dispondo enfaticamente a participar.

A nova rota tendo sido traçada, o Argo principiou a singrar as águas ao longo da costa da Mísia.

Ao som melodioso da lira e da voz de Orfeu, os gregos remaram infatigavelmente quase o dia todo. Ao fim da tarde restaram quatro finalistas: Héracles, Jasão e os Dioscuros, isto é, Cástor e Polideuces.

Os irmãos, no entanto, não tardaram a ceder, exaustos.

*Sabedoria da Mitologia para o seu dia a dia*

Héracles e Jasão insistiram ainda, numa final renhida e excitante, em que eram ao mesmo tempo estimulados e ovacionados por toda a tripulação, exceto pelos ocupados Tifis e Linceu, o primeiro constantemente ocupado com o timão e o segundo atento no alto do seu posto de vigia.

Quando o Argo alcançava a foz do rio Quio, Jasão, soltando o remo, simplesmente desfaleceu.

Alguns segundos depois o remo de Héracles quebrava.

O herói, habituado às suas inúmeras vitórias, colheu mais uma, porém um tanto desgostoso por constatar haver derrotado com ampla margem de superioridade tantos concorrentes, mas Jasão com uma vantagem irrisória devido ao fato de seu próprio remo também ter sido "derrotado" por ele.

Jasão, tendo recobrado os sentidos, emitiu expressas ordens para ancorarem às margens do rio e desembarcarem. Todos seus companheiros experientes no mar, que conheciam a Mísia, foram unânimes em declarar que os misianos eram um povo amistoso e pacífico.

Estavam certos.

Foram recebidos de modo muito hospitaleiro pelos habitantes da Mísia, que não titubearam em oferecer-lhes fartos víveres para a retomada da viagem.

Enquanto era preparada a refeição noturna, o diligente e incansável Héracles adentrou o bosque à procura de madeira para confeccionar um novo remo.

Satisfazendo-se com um grande abeto, que não teve dificuldade em desenraizar e arrancar da terra, o filho de Zeus e Alcmene retornou ao acampamento.

"Glorioso filho de Zeus", – apressou-se em informá-lo o príncipe Admeto, "Hilas ausentou-se há uma hora... talvez duas. Foi apanhar água fresca numa fonte próxima, mas até agora não voltou. Polifemo foi procurá-lo e desde então não tivemos notícias de nenhum dos dois."

O subitamente ansioso herói depôs imediatamente o grande abeto no solo e mergulhou novamente no bosque.

Dera alguns passos e topou com Polifemo.

*Os Argonautas e o Tosão de Ouro*

"Héracles", – disse-lhe Polifemo, ofegante, pois parecia esfalfado após uma corrida, "a caminho da fonte ouvi gritos de socorro, gritos distintamente de Hilas. Corri, mas quando lá cheguei não dei com Hilas... Tudo que dele havia ali era o cântaro às margens da fonte. Examinando o local e as redondezas não descobri nenhum sinal de luta ou de sangue, o que significa que provavelmente não foi atacado por assaltantes ou por animais selvagens, mas talvez sequestrado."

"Deixemos de lado as conjecturas, caro Polifemo." – comentou o pragmático herói. "Vasculhemos cada centímetro deste bosque em busca de meu querido amigo."

E foi o que fizeram, auxiliados por alguns misianos, por toda a noite.

Em vão.

O fato é que a extrema beleza de Hilas, amigo-amante de Héracles, como tudo que é excessivo, acabou mais uma vez (pois antes ele fora sequestrado pelo próprio Héracles) conspirando contra o jovem, e não a seu favor. Ao se acercar da fonte, atraiu a atenção de uma ninfa local, que se apaixonou instantânea e intensamente por Hilas. Ato contínuo ela e suas companheiras o arrastaram para as profundezas da fonte.

A manhã seguinte surgiu com ventos francamente favoráveis e a falta de *três* Argonautas.

Jasão e os outros gritaram os nomes de Héracles, Polifemo e Hilas até ecoarem pelas colinas. Nenhuma resposta foi ouvida. Não desejando em absoluto desperdiçar os valiosos ventos a favor, Jasão deu ordem para embarcar, desancorar, içar velas e partir.

Essa ordem não só foi obedecida a contragosto e com patente relutância, como também alguns Argonautas chegaram mesmo a contestá-la. Já no mar, o desagrado pela ausência dos três companheiros, especialmente, é claro, pela do valoroso herói filho de Zeus, beirou a eclosão de um motim.

A maioria da tripulação alegava que Jasão alimentava um espírito de rivalidade em relação a Héracles e que sua ordem para partida imediata não passava de vingança por ter sido derrotado na competição de remo.

169

*Sabedoria da Mitologia para o seu dia a dia*

O motim estava prestes a acontecer, com o grosso dos Argonautas ignorando a autoridade de Jasão e tentando convencer Tifis a retornar à Mísia, quando os dois filhos de Boreias corajosamente intervieram: "Esqueceis", – disse o alado Calaís, "que o próprio Héracles defendeu irredutivelmente que Jasão comandasse este navio."

"Sois um seleto elenco de valores incontestáveis." – acrescentou Zetes, "mas isso não vos confere o direito de amotinar-vos. Por mais lamentável que seja a perda de Polifemo, de Hilas e particularmente do heróico e poderosíssimo Héracles, a prioridade do Argo é o cumprimento da missão que lhe cabe."

"Além do que", – juntou Calaís, "ventos tão fortes e proveitosos não devem ser desprezados. Digo-o em nome de nosso pai Boreias, de Eolo e, acima de tudo, do próprio Zeus."

E Zetes arrematou com um argumento peremptório: "Ora, vós conheceis muito bem Héracles. Sempre agiu de maneira exemplar, sendo um dos vigilantes do Argo e constantemente nos exortando zelosamente a respeito da importância da missão, o que supera tudo o mais. Héracles é um ícone de diligência e disciplina em todas suas missões. Se hoje à alvorada não se apresentou para embarcar no Argo, com certeza deve ter fortes razões para isso."

A viagem prosseguiu.

Na verdade, Héracles não retornara para embarcar no Argo junto com Polifemo porque simplesmente não desistira da busca de Hilas. Mais tarde cairia em si, se conformaria e retomaria seus célebres trabalhos. Entretanto, o Argo definitivamente perdera um dos seus mais prestigiados e importantes membros.

A harmonia voltara a reinar no Argo, mas os bons ventos começaram a rarear, exigindo o concurso dos remadores para impelir a grande embarcação pelo Mar de Mármara. Finalmente, a escassez de víveres obrigou Jasão a convocar uma reunião.

"Nossas provisões estão em ponto crítico e só nos resta ancorar na primeira ilha a assomar no horizonte, que, aliás, já foi vislumbrada por Linceu: é a Bebríquia. Como de costume, estou consultando os mais experientes entre vós, que possivelmente já a conhecem e, sobretudo, o tipo de criaturas que habitam essa terra: se são amistosos, ou hostis e tudo o mais."

*Os Argonautas e o Tosão de Ouro*

O veterano navegante Náuplio tomou a palavra:

"Nunca estive pessoalmente nessa ilha, capitão, mesmo porque muitos a evitam..."

"E sabes qual a razão para isso, ilustre filho de Poseidon?"

"Não estou certo se feliz ou infelizmente eu o sei, justamente porque sou um filho de Poseidon!" – Náuplio olhou um tanto constrangido para os demais filhos de Poseidon presentes na reunião: Anceu de Tegeia, Periclímeno, Eufemo e Melampo.

Este último facilitou as coisas para Náuplio dando sequência ao discurso dele.

"O que o mestre Náuplio hesita compreensivelmente em dizer é que o monarca do reino dessa ilha é, como nós, um rebento de Poseidon, o que – com suma reverência ao nosso pai comum e senhor absoluto dos mares – não o impede de ser um sórdido tirano, cruel, insidioso e brutal, incapaz das mais primárias manifestações de cordialidade e hospitalidade com quaisquer viajantes."

"Não se sabe exatamente como e porque", – informou Oileu, o locriano, pai do insigne herói Ajax, "mas não são poucos os que nessa ilha ingressaram e dela não saíram mais vivos."

"Contudo", – disse o capitão, "não temos alternativa senão conhecer de perto esse indivíduo. Precisamos urgentemente de provisões e qualquer outro 'Terra à vista' bradado por Linceu poderá demorar dias e nos encontrar debilitados pela fome e a sede, senão mortos, principalmente por conta dessa última. Ao menos, já estamos cientes de que teremos que lidar com um tipo de péssima índole, do qual podemos esperar o pior... isso, porém, com o delicado agravante de que, seja quem for, é um filho de Poseidon..."

Horas depois o Argo ancorava no litoral da Bebríquia. Os gregos naturalmente vinham em paz, mas Jasão os instruíra a portar suas armas, que só deveriam usar se efetivamente necessário.

Como já se esperava, a recepção foi fria e ríspida. Um bando de homens armados e mal-encarados intimou-os a acompanhá-los à presença de seu rei, Amico.

"De fato sois uma tripulação grega formada de uma verdadeira elite." – reconheceu Amico sem, no entanto, atenuar a expressão male-

171

*Sabedoria da Mitologia para o seu dia a dia*

volente de seu olhar. "Entretanto, isso não vos isenta do cumprimento da lei desta terra."

"Decerto respeitaremos vossas leis, Majestade." – disse Jasão amigavelmente. "Por outro lado, apelamos por tua sabedoria no sentido de honrares as leis da hospitalidade, promulgadas por Zeus, o Preservador, para todo o mundo grego."

"Isso me parece um acordo justo." – disse o dúbio Amico. "Podereis todos comer, beber, repousar e pernoitar em nosso litoral. Mais do que isso, contareis com amplas provisões para suprir vosso enorme navio. Todavia, tereis *antes* que cumprir obrigatoriamente nossa lei que diz respeito aos estrangeiros, ou seja, um de vós terá que enfrentar-me no pugilato. Considerando que há entre vós renomados campeões, pareceme até que vos encontrais em situação confortável e que teremos todos um agradável entretenimento, nada havendo de oneroso ou prejudicial nessa lei."

"Se pudéssemos", – declarou Jasão, "matar nossa sede, nos alimentar e descansar, com certeza seríamos adversários à tua altura, Majestade, mas estamos todos sedentos, famintos, debilitados e cansados: alguns de nós estiveram remando por um dia e noite contínuos..."

"É lastimável", – comentou Amico, não contendo um sorriso cínico e um olhar de triunfo dirigido à sua guarda, "porém a lei não prevê esses detalhes e estipula explicitamente que a luta deve ser realizada no momento do desembarque de quaisquer estrangeiros."

"E se nos negarmos a acatar esse lei?" – indagou Jasão, já adivinhando a resposta.

"Ora, capitão", – respondeu o rei sem rodeios, "... a punição pela transgressão dessa lei é a execução imediata... não de todos vós, é claro, pois minha clemência é notória. Apenas daqueles desafiados por mim que não aceitarem o desafio..."

Antes que Jasão fizesse qualquer comentário, Polideuces, o filho de Zeus e Leda, avançou:

"Pois, Majestade", – disse com firmeza, "sou eu que te desafio, poupando-te o trabalho de lançar o repto."

"Ora, ora!! – exclamou Amico, "terei a honra de enfrentar nada mais nada menos do que o campeão olímpico de pugilato!"

*Os Argonautas e o Tosão de Ouro*

"Certamente." – confirmou Polideuces, tomando das mãos do próprio rei um par de luvas de couro cru, que de imediato pôs em suas mãos calejadas e doloridas, pois ele fora exatamente um dos membros da última equipe de remadores.

Acompanhados pela atenta e numerosa guarda do rei e pelos demais Argonautas, Amico e Polideuces se dirigiram a um pequeno vale próximo da praia.

O contraste físico dos contendores era patente.

O filho de Zeus era forte e musculoso, mas de porte médio. Era esguio, atlético e leve. Amico era grandalhão, de porte avantajado, membros de grandes proporções e corpo pesado. E não havia dúvida que Amico era um experimentado lutador.

Acrescentemos que o rei da Bebríquia era muito mais jovem do que Polideuces, estava perfeitamente alimentado e descansado e... preparava-se para lutar, digamo-lo, desonestamente, pois suas luvas, longe de ser idênticas às do adversário, eram guarnecidas com cravos de bronze.

O primeiro *round* do combate revelou-se equilibrado. Polideuces compensou as principais vantagens do oponente (viço da juventude, força descomunal e corpo alimentado e repousado) com sua alta técnica no boxe, destreza e agilidade dos movimentos. Amico tentou o tempo todo engalfinhar-se no adversário de pouco porte com o óbvio objetivo de esmagar seus membros e ossos, do que Polideuces se safara o frustrando nesse propósito.

Antes de partirem para o segundo assalto, interromperam a refrega vencidos pela exaustão.

Mas logo voltavam a enfrentar-se.

Não demorou para que a apurada técnica sobrepujasse a força bruta. Desviando-se de um golpe devastador e letal assestado por Amico, o insigne e imbatível boxeador, após um salto agilíssimo, à maneira de um felino, desfechou um certeiro 'gancho' de direita num dos ouvidos do adversário, sucedido em questão de frações de segundo por um violentíssimo *uppercut*, que resultou na quebra instantânea dos ossos da têmpora do rei da Bebríquia.

O brutamontes emitiu um grito rouco e tombou morto.

*Sabedoria da Mitologia para o seu dia a dia*

À visão de seu rei estirado exânime sobre o solo, os bebriquianos se arremessam contra Polideuces.

Os demais Argonautas, porém, já de armas prontas e antecipando esse gesto, atracaram-se com os inimigos. O combate que se seguiu foi encarniçado, mas favorável aos gregos. Finalmente, os insulares que ainda permaneciam vivos bateram em retirada. Os gregos não tiveram nenhuma baixa, exceto por ferimentos leves em Ifito e Calaís.

"Saqueemos agora o palácio real" – gritou Jasão e tomou a dianteira.

Após o saque, os Argonautas juntaram o máximo de provisões, água fresca e, inclusive, uma quantidade considerável de carneiros e ovelhas.

Jasão e os demais reuniram então vinte touros e foi realizado um magnífico sacrifício a Poseidon com o intuito de aplacar sua ira, já que seu filho Amico fora morto pelo punho de um Argonauta.

Pernoitaram na ilha e na manhã seguinte a viagem foi retomada.

"Qual a rota, capitão?" – perguntou o piloto.

"Rumo ao Bósforo, Tifis."

Exceto por uma gigantesca vaga que, se não fosse pela exímia manobra de Tifis, teria certamente tragado o Argo, a viagem decorreu sem maiores incidentes até atingirem Salmidesso, capital da Tinia, na região leste da Trácia, onde era rei Fineu, um rei cego que, entretanto, nem sempre fora cego.

Acontece que Fineu, além de monarca, era um vidente extraordinariamente sensitivo, que experimentara, ao menos, uma visão sumamente incomum, inconveniente e perigosa: previu o que era demasiado ou interdito a um mortal prever, isto é, boa parte do plano concebido por Zeus para a humanidade.

Zeus o castigou duplamente: cegou-o e encarregou duas harpias de arruinarem sua mesa toda vez que o velho rei se punha a comer. Essas criaturas aladas, executando voos rasantes, arrebatavam parte do alimento e estragavam o restante, tornando-o mal cheiroso e repugnante. O pobre rei estava na iminência de morrer de fome.

*Os Argonautas e o Tosão de Ouro*

Os Argonautas foram muito bem acolhidos por Fineu em Salmidesso, até porque Calaís e Zetes, os filhos alados de Boreias, eram irmãos da primeira esposa de Fineu, Cleópatra.

Enquanto um banquete era preparado para os convidados, Jasão, que ignorava ainda o que acabamos de informar ao leitor (sobre o segundo castigo infligido a Fineu), perguntava ao rei, entre chocado e sensibilizado:

"Majestade, por que estás neste estado, tão esfaimado, terrivelmente debilitado, quase moribundo, quando vemos a prosperidade de teu reino e aguardamos o preparo de uma lauta refeição?"

O rei, que então quase já não tinha mais forças para articular as palavras, o pôs a par, e a seus companheiros, daquilo que nós já sabemos.

Jasão e os demais Argonautas lamentaram profundamente o acerbo destino do pobre Fineu, mas de momento o capitão do Argo adotou uma postura neutra e indagou:

"Quais conselhos, sábio e vidente rei, podes nos dar para a consecução do tosão de ouro?"

Fineu realmente permanecia, apesar da dura punição que o atingira, pleno detentor de seus poderes visionários concedidos por Apolo. Na verdade, antes da chegada dos Argonautas *previra que eles o livrariam de seu sofrimento e que dois filhos do vento do norte, ou seja, de Boreias, e irmãos de Cleópatra, afugentariam definitivamente as harpias.*

"Decerto que vos dareis conselhos: mais do que isso, profetizarei a respeito da vossa busca do velocino. Entretanto..." – a voz do rei escapava debilmente de seus lábios ressecados e lívidos.

"...decerto que nós também te ajudaremos no teu cruel infortúnio." – completou Jasão, estimulado pelos companheiros a abandonar a postura neutra e interceder pelo miserável, fosse por pura e simples compaixão ou solidariedade, fosse pela permuta de serviços, que lhes renderia inestimáveis informações sobre como conquistar o ansiado tosão.

Fineu ordenou que o banquete fosse servido.

Como de costume, quando a mesa se achava repleta de iguarias, frutas variadas e muitos odres de vinho, surgiram as duas velozes e vorazes harpias.

**175**

*Sabedoria da Mitologia para o seu dia a dia*

Calaís e Zetes, porém, já estavam a postos e, empunhando suas espadas, distenderam suas asas prateadas e enfrentaram, cada um, uma harpia.

Aquelas criaturas abjetas com certeza não eram guerreiras e não ofereceram qualquer resistência, sendo facilmente expulsas das imediações do palácio. Os filhos de Boreias, para a completa segurança do rei, perseguiram-nas ameaçadoramente sobre o mar até as ilhas Estrófades, onde pretendiam exterminá-las. Só não o fizeram devido à intervenção de Íris, mensageira de Hera, que lhes garantiu, em nome de Hera e do próprio Zeus, que as harpias não voltariam a atormentar o velho rei Fineu.

Expressando tocante gratidão aos seus salvadores, Fineu pôde, depois de tanto tempo, fazer uma tranquila e restauradora refeição.

Uma brisa suave provinha do mar, a acariciar os rostos bronzeados dos Argonautas, que pela primeira vez naquela atribulada aventura, fruíam da chance de uma substanciosa e variada refeição e da perspectiva imediata de um repouso reparador.

Mas o ansioso Jasão, que não era homem de acomodar-se por muito tempo, como se uma inquietude interior o aguilhoasse continuamente, após esvaziar uma taça do mais capitoso vinho disponível na região, perguntou respeitosamente ao então reanimado Fineu:

"Senhor, se importaria agora em nos fornecer teus sábios conselhos e iluminadas previsões?"

"Faço questão de ajudar-vos", – disse Fineu sorrindo e depondo sua própria taça sobre a mesa, da qual apanhou um figo polpudo e fresco.

"O primeiro cuidado indispensável que devereis tomar", – prosseguiu agora com voz firme e clara, falando pausadamente, "depois de partirdes daqui, é na entrada do Bósforo, no Ponto Euxino. Ali há uma névoa densa e constante... e muito pior do que isso, duas rochas traiçoeiras, as *Entrechocantes*, que quando um navio ingressa na entrada do Bósforo, *muito rapidamente* aproximam-se – pois são móveis – uma da outra e o colhem violentamente, esmagando-o..."

"Pelos deuses!" – exclamaram em uníssono alguns dos Argonautas.

"E o que aconselhas, inspirado rei? – indagou, perplexo, o exfazendeiro Jasão, agora inexperiente capitão do Argo e tornado órfão da

176

*Os Argonautas e o Tosão de Ouro*

presença de Héracles, o infatigável fomentador do moral de todos os Argonautas.

"Uma pomba *poderá* fazer toda a diferença!"

"Uma *pomba*?! – estranhou o jovem Meleagro da Caledônia.

"Sim." – repetiu o rei. "O mais rápido entre vós, à curta distância das *Entrechocantes*, deverá subir à proa do Argo levando firmemente em sua mão uma pomba..."

"Algum sacrifício singular a Afrodite, talvez?" – indagou Laertes.

"Não se trata", – objetou Fineu, "em absoluto, de um sacrifício, mas de um teste fundamental. Apesar da vertiginosa velocidade do movimento das *Rochas Entrechocantes* uma na direção da outra despedaçando os navios, elas recuam logo depois..."

"...quando poderemos", – arriscou Euríalo, um dos Epígonos, "transpor esse terrível perigo ilesos."

"Em teoria, sim." – disse Fineu. "Mas se uma ave tão pequena e célere como a pomba libertada da proa não conseguir transpor *esse* obstáculo ilesa antes do imediato contra-movimento sucessivo das *Entrechocantes*, será impossível que qualquer navio o faça, especialmente um navio do porte excepcional do Argo... Nesse caso, tereis que desistir da expedição, pois esse é o único caminho para a Cólquida, e se insistirdes decerto perecereis."

"Venceremos as *Entrechocantes* ou certamente pereceremos." – disse Jasão sob o olhar aprovador dos companheiros. "A desistência para nós está absolutamente fora de questão."

"Mas quanto à tua profecia, piedoso servidor de Apolo?" – perguntou-lhe Equionte, o filho do deus Hermes.

O velho rei assumiu uma expressão quase sombria e lançou um olhar a Idmon, vidente como ele e filho do próprio Apolo; o mesmo Idmon que, como já antecipamos, perderia a vida nessa expedição. Idmon suportou seu olhar, sem nada dizer, como se houvesse entre eles dois um profunda comunicação e entendimento místicos inacessíveis aos profanos ali presentes, com a possível exceção de Anfiarau e Mopso, também eles videntes.

"O dom da profecia é uma dádiva e um privilégio conferidos a nós, mortais, pelos deuses. Entretanto, visto que somos livres, cabe a nós

*Sabedoria da Mitologia para o seu dia a dia*

e não aos deuses imortais, o critério de como utilizá-lo. Ora, se nos faltar sabedoria em seu uso, essa dádiva poderá converter-se em maldição... como pudestes testemunhar há pouco no meu próprio caso."

"Mas disseste..." – Jasão protestou.

"... que vos ajudaria também com minhas visões." – completou o ancião.

"Mas prefiro me calar, limitando-me a uma única previsão: se conseguirdes chegar à Cólquida, o êxito de vossa missão só será possível com o auxílio da deusa cípria Afrodite."

Após um abreviado repouso, os Argonautas principiaram a preparar tudo que era necessário para a nova partida.

Horas mais tarde o Argo velejava à força de um vento propício, porém insuficiente, necessitando a contribuição do impulso produzido pelas remadas.

O céu estava límpido, o mar calmo, mas era como se os Argonautas estivessem envolvidos por uma tranquilidade suspeita.

Orfeu os fortalecia com o som cálido e contagiante de sua música.

Não demorou para que começassem a ouvir um ruído estrondoso.

"Tifis!!" – gritou Jasão da parte inferior do Argo, onde remava, sua voz de tenor tentando superar o som tonitroante, "Mantém o curso!"

Pouco tempo depois, Linceu, por seu turno, anunciava:

"Capitão! À nossa frente vejo, ou melhor, vislumbro... pois há uma névoa espessa... as *Entrechocantes*!!"

Jasão largou imediatamente o remo e subiu ao convés acompanhado de Eufemo.

"Extraordinário filho de Poseidon", – disse, "apanha a pomba, escala a proa e faz exatamente como instruído por Fineu!"

Enquanto o agilíssimo Eufemo apanhava a ave e subia à proa com a facilidade de um felino a escalar uma alta árvore, Jasão se posicionou mais ou menos a meio caminho entre Tifis, o piloto, e os remadores.

"Timoneiro, continua mantendo o mesmo curso! Remadores, reduzi ligeiramente a força e descansai vossos músculos por um minuto,

*Os Argonautas e o Tosão de Ouro*

mas aguardai atentos minha ordem para remardes como jamais o fizestes antes, no retesar supremo de vossos bíceps e no ímpeto máximo de vossos corações! Não esquecei que deste ingresso no Bósforo depende o inteiro sucesso de nossa missão, a conquista de uma glória ímpar e a honra de nossas estirpes! Que Poseidon, Atena e Apolo nos favoreçam!"

Conservando com dificuldade o olhar em Eufemo – o Argo já imergira na névoa – Jasão preparou-se para uma das mais difíceis operações náuticas de todos os tempos!

Quando o Argo, manobrado admiravelmente por Tifis, atingiu o estreito e tortuoso canal e as colossais rochas móveis se impuseram à vista no seu movimento regular, aterrador e rompendo o nevoeiro, Eufemo libertou o alvo pássaro à frente da proa...

A pomba cortou o ar em linha reta, tal como um projétil, célere como uma seta desferida pelo próprio Apolo.

As *Entrechocantes* miraculosamente – pois eram rochas enormes e pesadíssimas – retomaram com incrível rapidez seu movimento mútuo de aproximação e destruição de qualquer coisa que ousasse transpor o canal.

Mas a ave venceu aquele mortal espaço aéreo, embora haja deixado algumas penas de sua cauda nas arestas de uma das rochas.

A voz de tenor do capitão ergueu-se vigorosa, superando o tonitroar produzido pelo choque estupendo das rochas gigantescas contra as águas.

"Remai!! E que o poder de Atena e a música do sublime bardo multipliquem nossas forças!"

Após bradar essas palavras, Jasão desceu rapidamente ao porão do Argo para somar a energia de seus braços à dos companheiros.

Mais uma vez as rochas se separaram e o próprio repentino imenso aumento do volume das águas contribuiu com as remadas poderosas.

*Em menos de um minuto o imponente navio se colocava entre as Entrechocantes ameaçadoras – como se fora um gigante entre dois titãs!*

Os remadores quase estouravam seus corações imprimindo força inigualável aos remos.

Sem olhar para as *Entrechocantes*, os olhos cerrados e canalizando toda a energia de seus seres aos remos, empenhavam-se para safar-se das mandíbulas letais das Rochas no seu contragolpe...

*Sabedoria da Mitologia para o seu dia a dia*

Talvez conseguissem, mas um fator imprevisível, que escapara ao próprio Fineu... ou que *ele*, em sua sabedoria, preferira ocultar dos Argonautas, se impôs, a conduzir aquela gloriosa missão ao seu prematuro crepúsculo.

Uma imensa onda formou-*se* em direta oposição ao movimento do Argo.

O resultado foi o navio deter completamente seu avanço, permanecendo precisamente naquele ponto crucial em que seria, com certeza, despedaçado no beijo mortal das rochas!

"Ai de nós!!" – o grito desesperado dos Argonautas repercutiu no ar.

Era o limite da força e determinação mortais diante de um supremo poder tirânico constituído por forças ao mesmo tempo naturais e sobrenaturais.

Mas Atena, a dos olhos glaucos, compadecendo-se talvez ante o nefando destino iminente daqueles bravos e preocupada, sem dúvida, com o destino do próprio Argo, cuja construção supervisionara e marcara indelevelmente com o barrete falante, interferiu no derradeiro instante para salvar navio e tripulantes.

Sem perder tempo com *ações* causadoras de *efeitos físicos* diretos ou indiretos, a poderosa unigênita de Zeus, atuou pessoalmente e da maneira mais direta e eficiente possível: no momento em que as *Entrechocantes* estavam para reiniciar sua aproximação *e*, numa velocidade relampejante, triturar o Argo, a deusa – como uma criança que brincasse com um barquinho de brinquedo *entre* duas pequenas pedras – com a mão esquerda *reteve* o movimento de uma das *Entrechocantes*, e com a direita impulsionou o Argo para fora da zona de perigo, instalando-o finalmente no Ponto Euxino, que *é* como os povos antigos chamavam o Mar Negro, expressão que graças à flexibilidade semântica da língua grega antiga significa tanto *Mar hospitaleiro* quanto *Mar inospitaleiro*, o que evoca, de algum modo, o fenômeno das *Entrechocantes*, por assim dizer o seu "comportamento" perante aqueles que desejavam penetrar no Mar Negro.

Quando a deusa deixou de reter a gigantesca rocha móvel, as duas se moveram a uma velocidade vertiginosa, mas tudo que puderam colher do soberbo Argo foi o ornamento da popa.

180

*Os Argonautas e o Tosão de Ouro*

O júbilo dos Argonautas, que sequer perceberam e entenderam o que ocorrera, mas que certamente adivinharam a pronta ajuda divina, atingiu um clímax indescritível, só comparável ao desespero experimentado minutos antes.

Jasão, que paradoxalmente se conservava além de pasmo estranhamente deprimido, foi abraçado e sacudido inúmeras vezes pelos companheiros."

"Ora, Jasão", – disse-lhe Palemon, filho do olímpico Hefaístos, "para um capitão calouro, te saíste estupendamente. Nem o próprio Náuplio, navegante incomparável e veterano, se safaria daquela vaga que nos acossou repentinamente. E o que podia fazer o nosso igualmente incomparável piloto Tifis?"

"Absolutamente nada." – confirmou o próprio Tifis ao seu lado.

"Isso, sem contar" – completou Náuplio, "tuas poderosas e inspiradas palavras de encorajamento, que foram de grande valia para alcançarmos o 'coração do monstro'."

"Não sabia, capitão", – comentou o bem humorado Orfeu, que silenciara sua lira ante o vozerio, "que fazendeiros da Magnésia faziam tão bom uso da palavra."

"Esqueceste, insuperável poeta", – respondeu Jasão, já se sentindo confortado pelo calor, compreensão e solidariedade dos companheiros, "que fui criado e educado pelo sábio Quíron."

"Que certamente", – complementou Butes de Atenas, "ensinou-te bem mais do que como arar a terra e como ordenhar vacas leiteiras..."

Todos riram gostosamente, convidando Jasão a imitá-los.

"Dois fatos altamente positivos", – disse Anfiarau, "ficaram comprovados: primeiro que fomos salvos, o Argo e a missão por um poder divino."

"Muito provavelmente de nossa protetora Atena!" – emendou Argos.

"É o que tudo indica." – concordou Anfiarau. "Segundo, que foi vencida a maior barreira a nos afrontar até a Cólquida... ao menos segundo o rei e grande profeta Fineu, de quem não podemos duvidar."

"Pois comemoremos!" – concluiu Astério.

*Sabedoria da Mitologia para o seu dia a dia*

"Honremos, antes de mais nada, à deusa Atena", – disse ainda um tanto perplexo o capitão, "depois do que beberei convosco e indicarei a nova rota a Tifis, que é a aconselhada por Fineu."

Essa orientação era a de que, se conseguissem adentrar o Mar Negro, navegassem ladeando o litoral norte da Bitínia. Assim fizeram, o que os conduziu a uma ilha deserta, conhecida como ilha de Tinias.

Ao desembarcarem na ilhota, experimentaram uma visão alvissareira: avistaram o deus Apolo efetuando no céu uma trajetória luminosa, parecendo que o deus provinha da Lícia destinando-se à terra dos hiperbóreos.

Mesmo antes de descansar e providenciar uma refeição, improvisaram um altar e, instruídos por Orfeu, sacrificaram um bode selvagem ao deus, após o que o grande poeta entoou um hino glorificando o deusarqueiro. Nessa oportunidade, Orfeu sugeriu que jurassem solenemente que se manteriam unidos nas ocasiões de perigo a qualquer preço.

Mais um dia de viagem sem maiores problemas e o Argo ancorou no cabo Aquerúsias, próximo do ponto em que o rio Aqueronte, um dos rios do Hades, deságua no Mar Negro. Antes de pisarem em terra firme, já em Mariandine, foram recepcionados entusiasticamente ainda no mar pelos habitantes dessa cidade e seu rei Lico.

Os mariandinos haviam sido figadais inimigos dos bebricianos e já tinham descoberto que o rei Amico fora exemplarmente justiçado por Polideuces e os bebricianos derrotados pelos Argonautas. Polideuces não só foi homenageado como herói, como saudado da forma que se o faz com um verdadeiro deus.

"Pena o grande Héracles ter se separado de vós." – lamentou Lico, cuja família muito devia ao renomado herói.

Além da calorosa recepção, o rei cumulou os gregos de suprimentos variados e presentes. Finalmente, pouco antes da nova partida, o monarca acercou-se de Jasão e lhe fez um pedido:

"Valoroso Jasão, o serviço que tu, Polideuces e vossos companheiros nos prestastes não tem preço; é impossível recompensar-vos com ouro, ou tantos outros presentes. Tenho um pedido a fazer-te que, se por um lado poderá favorecer-me atraindo glória imorredoura a minha descendência, por outro será uma forma mais expressiva de recompensar-vos."

*Os Argonautas e o Tosão de Ouro*

"Pois faz teu pedido, generoso rei."

"Peço-te que integres meu filho Dacilo ao teu time de Argonautas. É um excelente rapaz e grande conhecedor desta costa do Ponto Euxino. Será de grande valia para vós."

"Considera teu pedido atendido, digno rei." – assentiu Jasão.

Entretanto, a tão festiva e agradável estada em Mariandine encerrou-se com uma profunda tristeza da parte dos Argonautas pela perda repentina de dois companheiros.

Idmon, que previra sua própria morte durante a expedição, embora não soubesse como e quando pereceria, foi atacado por um javali. Idas correra em socorro do companheiro e corajosamente enfrentara o feroz animal, o matando em seguida. Idmon, porém, tivera uma de suas coxas severamente ferida pelas presas da fera e não resistiu à hemorragia. Mal haviam celebrado os ritos funerários encomendando a alma do amigo ao Hades e Tifis, contraindo uma estranha doença, foi tomado rapidamente por uma debilitação progressiva e fulminante, também perecendo.

"Ó deuses!" – lamentou Jasão, "perdemos dois companheiros queridos e dois tripulantes preciosos de uma maneira estúpida e acidental. Homens deveriam morrer apenas em batalhas ou realizando proezas!"

"Não dispomos do poder de ressuscitar nossos companheiros", – disse o prático Anceu de Tegeia, mas candidato-me a substituir o eficiente Tifis no timão."

Também Náuplio, Ergino e Eufemo se ofereceram para desempenhar essa importante função.

Mais uma vez Jasão foi vencido pela depressão e delegou aos seus camaradas a decisão. O escolhido foi Anceu.

Com as velas enfunadas e açoitadas por um vento vigoroso e francamente favorável, o Argo deslizou sem problemas durante dias rumo leste. Finalmente atracaram no porto de Sínope. Nesta cidade os Argonautas encontraram três gregos que anteriormente haviam lutado ao lado de Héracles contra as amazonas: os irmãos tessalianos Deílion, Autólico e Flógio.

"Por Atena!" – exclamou Jasão. "A julgar por vossa ótima forma física e as vestes caras e elegantes que trajais, folgo em constatar que prosperastes nesta terra."

*Sabedoria da Mitologia para o seu dia a dia*

"Não temos do que nos queixar." – admitiu Autólico. "Todavia, a saudade de nossa terra e de nossa gente nos oprime e parece que nenhum conforto ou ouro são capazes de sufocá-la."

"O Argo tem vagas para marinheiros." – informou o objetivo capitão. "Não é *exatamente* vossa terra, mas um apreciável e expressivo pedaço da Grécia. Estamos numa missão que pode render glória inolvidável e, decerto, inclui voltar aos torrões helênicos com o velocino de ouro."

"Não há dúvida de que esta embarcação imponente é como um pedaço da Grécia móvel e flutuante e habitado pelos mais notáveis representantes da Hélade da atualidade." – comentou Deílion, observando extasiado o estupendo navio e a seleta e sorridente tripulação."

"Pois bem! Por que não vos unis a nós? Se for esta a nossa rota de retorno, podereis, inclusive – se o quiserdes – retomar vossa vida em Sínope... embora pelo que nos confessou Autólico, vossos corações padeçam de nostalgia."

Os irmãos entreolharam-se por um momento e sua decisão já se estampava em seus semblantes mesmo antes de enunciá-la.

"Pelo jeito, capitão, acabaste de contratar três novos marujos." – disse Deílion e os irmãos foram saudados pela aclamação unânime dos Argonautas.

Provido novamente do necessário e aproveitando a sequência afortunada de ventos propícios, eis o Argo a singrar novamente as águas.

Jasão instruíra Anceu a conservar o mesmo curso, com o intuito de desembarcarem em Temiscira, depois do que deveriam então estabelecer uma nova rota otimizada.

Pela primeira vez, o veterano Náuplio contestou, respeitosa mas taxativamente, a decisão do capitão.

"Todo esse território" – disse com ênfase e visível inquietude, "é dominado pelas amazonas que, como deves saber, Jasão, são chefiadas por Hipólita e não só são inimigas mortais dos atenienses como não toleram nenhum descendente de Heleno."

"O problema", – contrapôs Jasão, "é que mesmo que deixemos de desembarcar, não há como evitar passar por esse litoral. Ao menos é o que me informaram os outros experientes navegantes a bordo do Argo, a começar pelo próprio Anceu."

184

*Os Argonautas e o Tosão de Ouro*

"E estão certos", – assentiu Náuplio. "Entretanto, devemos nos manter em alto mar, o mais distante possível das praias. A hipótese de desembarque é incogitável e corresponderia a um suicídio maciço, pois essas guerreiras são indômitas, sumamente treinadas, implacáveis e o contingente de seu exército é de milhares!"

"Muito bem, nobre Náuplio." – Jasão curvou-se aos argumentos. "Farei tal como disseste. E que os ventos continuem fartos e benevolentes com o Argo."

Mas a força eólica começou a diminuir e as águas revoltas de alto mar dificultavam enormemente o avanço do Argo, que então passou a depender basicamente da força dos remos.

Jasão foi obrigado a ordenar a Anceu que alterasse ligeiramente o curso, o que infelizmente fez o navio aproximar-se demasiadamente da costa.

Os Argonautas não puderam escapar a uma certa apreensão e, a despeito de serem a nata da Grécia, a ideia de cada *um* ter que enfrentar mais de *cem* guerreiras de uma só vez revelava uma desproporção tal que daria o que pensar ao próprio Héracles!

Somente a música sublime e quase ininterrupta de Orfeu ainda os animava.

Olhavam para Anfiarau e Mopso como se pressentindo uma previsão nefasta. Mas os videntes permaneciam calados e fazendo súplicas silenciosas a Atena, Apolo e Poseidon.

De fato, Hipólita e suas bravas, já cientes da presença do Argo na região, estavam a postos para "recepcioná-lo" e despachar toda sua tripulação para o mundo das sombras.

A ajuda divina não faltou, mas dessa vez veio do próprio Zeus, o senhor do relâmpago, do raio, do trovão e dos elementos atmosféricos em geral, chamado de *Soteros*, ou seja, Salvador ou Preservador. Ele enviou à retaguarda do Argo um forte vento que o impeliu rapidamente para o norte, livrando os gregos de cair nas garras letais do imenso exército amazona.

Terras como as dos calíbios, povo exclusivamente devotado ao trabalho com a forja e os metais, dos tibarênios e dos mossinoecos foram celeremente deixadas para trás.

*Sabedoria da Mitologia para o seu dia a dia*

As abundantes provisões armazenadas no navio provenientes de Sínope ainda duravam e Jasão e seus camaradas só se detiveram numa ilhota estéril e deserta, porque Fineu lhes comunicara que era um lugar sagrado do deus Ares, adicionando a previsão imprecisa de que *algo particularmente importante ocorreria a favor dos Argonautas.* Todavia, os advertiu:

"Tende cuidado, pois essa ilhota é infestada por estranhas aves hostis, cujas agudas e cortantes plumas de bronze, semelhantes a flechas, são descartadas de seus corpos das alturas, podendo causar graves ferimentos e até a morte."

Realmente, já antes de ancorarem nas proximidades da ilha, uma dessas aves sobrevoou o Argo e Oileu foi ferido no ombro por uma dessas plumas cortantes. Clítio, hábil arqueiro, conseguiu acertar e derrubar uma segunda ave de penas metálicas que se aproximou de um dos mastros do Argo.

Mas Fineu falara de *milhares de aves* desse tipo! Como exterminálas todas usando arco e flecha? A propósito, tais aves não atacavam diretamente, se limitando a destacar suas pesadas penas metálicas, que por mero efeito da gravidade se convertiam em armas mortíferas; se conservavam a uma altura elevada que dificultaria mesmo a exímios arqueiros serem abatidas.

"Será que superamos tantas provas difíceis e fomos tão protegidos pelos deuses para sermos mortos nesta ilhota desolada por um bando colossal de aves idiotas?" – interrogou Jasão aos céus naquele seu tom lamurioso que às vezes o assaltava.

"Cuidado com tuas palavras, capitão!..." – alertou-o Ascálafo, "... que esta ilhota é sagrada e não devemos ofender o meu implacável pai!"

"Tens razão! Mas já que te referes ao teu divino pai, Ascálafo, isto é, o deus da guerra Ares, pergunto – e o faço com suma reverência ao deus dos exércitos – qual o general capaz de conceber uma estratégia para combater e derrotar inimigos tão bizarros como estes? O fato é que me sinto completamente impotente e indefeso, mesmo portando lança, espada, capacete e escudo!"

"Talvez, capitão", – disse Anfidamas, o arcadiano, "o expediente empregado por Héracles contra as aves do lago Estínfalo surta também

*Os Argonautas e o Tosão de Ouro*

efeito contra essas criaturas que, como já disseste – e com o devido respeito a Ares – parecem bastante estúpidas, se limitando a agitar as asas para destacar as plumas..."

"E o que fez exatamente Héracles?" – perguntou o curioso Jasão, acenando aos demais Argonautas para escutarem. "Pelo que me lembro tinha a ver com escudos e espadas."

O irmão de Cefeu se apressou em explicar aos companheiros como adaptar o expediente de Héracles à situação presente.

Um minuto depois, Linceu gritava a plenos pulmões:

"Uma nuvem brônzea daquelas aves voa direto para nós!"

Os Argonautas se dividiram depressa em dois grupos: um deles desceu ao nível inferior do Argo, ocupando o espaço e as posições dos remadores, pondo-se a remar na direção da ilhota – esse grupo evidentemente ficava a salvo das aves.

O outro grupo, armado, no convés improvisou um teto constituído por dezenas de escudos às suas cabeças, sobre o qual foram despejadas muitas centenas daquelas plumas mortais... mas que nesse caso não lhes causaram dano algum.

Logo que o Argo alcançou a ilha, os Argonautas armados, já com seus capacetes, passaram a produzir um ruído estridente e ensurdecedor gritando e batendo vigorosamente suas espadas nos escudos.

Como Jasão e Anfidamas haviam percebido, aquelas criaturas eram estúpidas e muito limitadas. Assustaram-se e depois de sobrevoarem, aturdidas, por alguns minutos a ilhota, abandonaram-na e fugiram rumo ao continente."

"Ah, insuperável e inspirador Héracles!" – exclamou Jasão, "Mesmo ausente, continuas a nos servir nos apuros. Como lamento minha impaciência naquele dia em que não te aguardei o suficiente!"

"Talvez, capitão, o esperasses inutilmente." – disse o sempre contido e ponderado Mopso. "Embora dotado de uma força física que supera a de qualquer outro homem neste mundo, no que se refere à paixão Héracles é tão fraco e vulnerável como a grande maioria dos homens... e dos deuses!"

Os Argonautas se acomodaram na ilha, trouxeram algumas provisões do Argo, prepararam o alimento, fizeram sua refeição noturna e...

*Sabedoria da Mitologia para o seu dia a dia*

foram forçados a retornar ao navio e nele repousar, pois uma tormenta inesperada irrompeu.

Contudo, não durou toda a noite e eles preferiram armar um acampamento na praia e dormir ao ar livre em terra firme.

Mas uma surpresa os esperava.

O atento Linceu, que não deixava de ser vigilante e ter olhos de lince nem longe de seu posto no alto do Argo, alertou os companheiros:

"Preparai-vos, pois quatro vultos vêm em nossa direção do outro lado da ilha."

Eram realmente quatro homens, mas caminhavam muito lentamente e pareciam extremamente fatigados, a ponto de desfalecerem.

Naturalmente não representavam nenhum perigo.

"Quem sois?" – perguntou Jasão.

"No momento míseros náu...fragos..." – respondeu um deles quase sem alento.

"Identificai-vos!" – repetiu Jasão em tom incisivo e levando a mão direita à espada.

Um dos outros três, aparentemente em estado menos precário, respondeu:

"Filhos de Frixos e Chalcíope."

"Filhos de Frixos e Chalcíope!?" – repetiu Jasão, lembrando-se da previsão de Fineu de que 'algo particularmente importante ocorreria a favor dos Argonautas'.

"Sim. Nossa mãe é filha do rei Aeétes da Cólquida. Estávamos a caminho da Grécia, mas o navio foi atingido violentamente pela tormenta, próximo a esta ilhota."

"Mas...nesse caso", – concluiu o príncipe Admeto antes do próprio Jasão, "sois nossos primos, pois somos, o capitão e eu, netos de Creteu, tio de vosso pai."

"Sacrifiquemos, então, a Ares" – disse Jasão, tomado de júbilo e lançando um olhar caloroso a Ascálafo, "porque nesta ilha sagrada nos encontramos de maneira providencial. Ingressai em nosso acampamento, onde comereis, bebereis e gozareis do devido descanso."

*Os Argonautas e o Tosão de Ouro*

A alegria dos pobres náufragos era equiparável à de seus primos e os demais Argonautas se irmanaram ao regozijo daquele felicíssimo encontro.

Depois de recuperarem as forças, Argeu, Citissoro, Frontis e Melânion acompanharam Jasão num sacrifício ao patrono da ilha, Ares. De volta ao acampamento, o capitão, no seu estilo direto de homem simples, interrogou os primos:

"Qual vosso propósito na Grécia?"

"Reclamar o direito ao trono de Orcômeno, que pertenceu ao nosso avó Atamas." – foi a resposta também direta e concisa de Argeu.

"Parece..." – disse Jasão meneando levemente a cabeça e esboçando um ligeiro riso divertido, "que nos conhecemos nesta conjuntura afortunada sob os auspícios de Ares em rumos precisamente opostos, embora nossos laços de sangue nos intimem a não nos separarmos e de algum modo unirmos nossas metas."

"Explica-te, Jasão." – disse Melânion. "És preciso em tuas perguntas, mas enigmático em teus comentários."

"Estamos, caros primos, viajando para a Cólquida com uma desafiadora missão: parte dessa missão diz respeito profundamente à prosperidade de minha terra, Iolcos... mas muito mais visceralmente a vós..."

"Insistes em ser enigmático." – protestou Citissoro.

"Se não conseguir resgatar o espectro de vosso pai Frixos, que foi sepultado na Cólquida sem as devidas cerimônias religiosas, e trazê-lo de volta à sua terra, Iolcos continuará amaldiçoada e impossibilitada de prosperar."

"O que dizes??" – indagaram, atônitos, os quatro irmãos a uma só voz.

"É precisamente o que ouvistes." – confirmou Jasão. "E vedes quanto estais envolvidos nisso como filhos honrados, amorosos e piedosos, aos quais certamente interessa que a alma de vosso pai – que transtornada e desesperada assombra o usurpador de minha terra, Pélias – possa ter paz e descer tranquila ao Hades."

"E qual a outra parte da missão?" – perguntou Frontis, o único dos quatro que já se recompusera emocionalmente para ter condições de formular uma questão racional.

*Sabedoria da Mitologia para o seu dia a dia*

"Arrebatar o tosão de ouro e trazê-lo também a Iolcos."

"Essa parte, entretanto, pouco nos afeta; pelo contrário, até nos seria grandemente desfavorável." – retrucou Frontis.

"Mas para mim está estreitamente ligada a outra parte, pois como pretendeis reivindicar o trono de Orcômeno, estou reivindicando o de Iolcos, e para obtê-lo é indispensável que os Argonautas cumpram *toda* a missão, ou seja, suas duas partes. Além disso, o espectro de vosso pai Frixos, profundamente ligado ao tosão, tem que ser trazido à Grécia juntamente com o tosão. Embora assombrando Pélias em terra tão distante, o fantasma de Frixos gravita em torno do velocino."

"De qualquer modo", – continuou Jasão, "mesmo que opteis – o que duvido que ireis fazer, pois já conheço vossa nobreza e compaixão filial – por vos omitir quanto a ajudar vosso pai, 'sois no momento míseros náufragos', para usar a frase que um de vós proferiu quando nos encontramos. *Quando será* que outro navio ancorará nesta ilhota afastada e estéril?"

"Estás duplamente correto, Jasão." – disse Argeu. "Bastaria nosso dever para nos conclamar a essa missão. E se não bastasse, como sobreviver nesta ilha desolada e infecunda?"

Depois de uma breve pausa de reflexão, Argeu concluiu:

"Isso nos obrigará a desafiar e enfrentar nosso avô materno Aeétes, rei muito poderoso e orgulhoso cuja personalidade se destaca por seu costume de ser desapiedado. Nenhum problema quanto ao resgate e retorno do fantasma de nosso pai Frixos à pátria, mas o velocino de ouro se converteu numa espécie de patrimônio sagrado da Cólquida, e será praticamente impossível convencer nosso avô a abrir mão dele, seja à custa de argumentos ou de qualquer quantidade de ouro e prata!"

"E mesmo na hipótese remotíssima de o convencermos", – acrescentou Melânion, "será absolutamente impossível 'convencer' o dragão insone, fruto da própria Gaia e do sangue de Tífon, que vigia permanentemente o inestimável tosão."

"E isso não é tudo!" – lembrou Citissoro.

"Pelos deuses!" – protestou Jasão. "O que mais falta?"

"Não sei o que pensam meus irmãos", – respondeu Citissoro, "mas é muito difícil prever qual seria, nesse caso, a reação de Medeia..."

190

*Os Argonautas e o Tosão de Ouro*

"Quem é Medeia?" – perguntou o capitão do Argo.

"Nossa tia materna."

"Mas..." – interveio oportunamente Frontis, "não é uma tia qualquer. Medeia é princesa da Cólquida e suma-sacerdotisa de Hécate. Tudo levaria a crer que apoiaria nosso avô, inclusive empregando seus poderes mágicos, mas concordo com Citissoro que com relação a alguém como ela é muito difícil prever a reação."

"Ou..." – interferiu agora Melânion, "para sermos exatos, seria complicadíssimo conquistar seu apoio para nossa causa."

"A impressão que tenho..." – balbuciou Jasão, reassumindo aquela sua já conhecida expressão de acabrunhamento, "é que será mais fácil, ou menos difícil, 'negociarmos' com o dragão telúrico que zela pelo tosão."

Argeu não pôde refrear o riso, que se apressou em conter.

"Era tudo que nos faltava: uma feiticeira!" – exclamou Jasão. "Pelo jeito não bastará astúcia, força e intrepidez para essa façanha."

"Provavelmente não." – confirmou Frontis. "Temos diante de nós três inimigos invulgares e poderosíssimos: um rei que tem à sua disposição um exército organizado e aliados em toda a região, um monstro telúrico que jamais dorme e uma bruxa especialista em ervas mágicas, sacerdotisa da própria Hécate e sobrinha de Circe!"

"Só nos resta" – concluiu Jasão, "buscar inspiração nos deuses que nos protegem, suplicar-lhes que nos transmitam revigorado alento e sinais que norteiem nosso plano de ação."

Essas palavras encerraram o diálogo e eles se separaram. Deviam preparar-se para a partida que estava marcada para o romper do dia.

A alvorada surgiu com bons ventos, o céu límpido e o mar de bonança.

Não tardou para que Argo, pilotado pelo competente Anceu, costeasse a famosa ilha de Filira, onde o titã Cronos gerara Quíron, o sábio centauro, educador e pai adotivo de tantos heróis, inclusive do próprio Jasão.

Continuaram velejando rumo leste até Linceu anunciar que já podia entrever uma cordilheira...

*Sabedoria da Mitologia para o seu dia a dia*

"O Cáucaso!" – Náuplio imediatamente informou o capitão. "Então é hora de combinarmos cuidadosamente nosso plano de ação, pois já estamos muito próximos da Cólquida."

E de fato estavam, pois algumas horas depois abandonavam o mar e ingressavam na foz do rio Fase, em cujas margens situa-se Éa, a capital da Cólquida.

O largo rio lhes possibilitou ancorar a uma distância adequada das margens. Antes de entrar em ação, fizeram uma libação de vinho e mel aos deuses daquela terra.

Jasão, no impasse dos Argonautas, se exprimira com acerto, salvo pelo termo *deuses*, pois no Olimpo quem se preocupava continuamente com a situação dos gregos no Argo eram duas *deusas*: Hera, que como lembrará o leitor, desencadeara todo esse processo para unir Jasão e Medeia com o propósito de punir Pélias, e Atena, protetora do Argo... e por extensão e apêndice, protetora dos Argonautas.

Como bem sabe o leitor, deuses pagãos possuem múltiplos e diversificados poderes, mas nenhum infinito ou absoluto. Assim, mesmo a poderosa esposa de Zeus e a filha unigênita deste não menos poderosa, tinham que usar suas inteligências e intuição a fim de atinar com uma solução para o impasse de seus tutelados a bordo do Argo ancorado na foz do rio Fase:

"Tudo indica" – dizia Atena, "que não é recomendável neste caso agirmos com mera força bruta."

"Além do que", – completou a conservadora e diplomática Hera, "temos que considerar não só o imenso poder político e bélico de Aeétes, como também o fato de ser filho de Hélio, irmão de Circe e pai de *Medeia*, que não é apenas sacerdotisa de Hécate, como neste caso um elemento-chave nos *meus* planos..."

"... com o *meu* navio!" – completou a marcial Atena num tom quase ríspido."

"Sim... sim!" – assentiu Hera, embora visivelmente a contragosto. "*Teu* navio! Mas tentemos, ao menos até encaminharmos com sucesso esta campanha, não enveredar em nossas usuais divergências."

"Te ressentirás sempre, Hera, de que meu pai prescindiu de ti para me conceber, não é mesmo?"

*Os Argonautas e o Tosão de Ouro*

Atena se referia ao fato de *haver nascido adulta diretamente da cabeça de seu pai, Zeus*, sem necessidade de relação sexual entre ele e qualquer criatura feminina mortal ou imortal.

"Pelo menos", – disse Hera num tom autoconsolador, "também prescindiu de uma de suas inúmeras amantes!"

"Entretanto", – insistiu a provocativa virgem dos olhos glaucos, "se..."

"Não estás num campo de combate, *partênia*" – Hera a interrompeu arrojando-lhe um olhar reprovador, "a usar tuas ferinas armas verbais ou tua temível lança. Guarda-as para outras ocasiões! Neste momento somos aliadas num projeto comum. Concentremo-nos nele!"

"Tens razão, Hera." – admitiu a guerreira, rendendo-se à sensatez das palavra da outra.

"Acho" – retomou a esposa de Zeus, "que, pelo contrário, devemos agir de maneira sutil e tortuosa."

"Que não é bem o nosso estilo, convenhamos." – Atena contrapôs, com uma pitada de malícia, porém simplesmente o constatando.

"Estás certa, *partênia*, mas é o estilo da cípria, no qual ela é mestra."

"Aquela promíscua desavergonhada!"

"Na atual conjuntura não estamos interessadas, tu e eu, nessa qualificação de Afrodite, mas em outra."

"Qual?"

"O fato de ser ela mãe de Eros."

"E que proveito podemos tirar disso para solucionar nosso problema?"

"É muito simples." – respondeu Hera. "Para nós não será fácil persuadir aquele poderoso travesso a trabalhar a nosso favor, mas..."

"... para sua mãe isso será fácil." – completou Atena.

"Eis aí a unigênita usando os miolos em lugar daquela pesada lança!" – disse Hera esboçando um sorriso maroto nos seus lábios rubros.

"Agora é tu que me provocas?" – protestou Atena batendo na couraça.

*Sabedoria da Mitologia para o seu dia a dia*

"Não é uma provocação!" – discordou Hera, recorrendo ao louvor, "Apenas a constatação de que és tão invencível guerreira quanto produtiva pensadora. Ou os atenienses estão enganados?"

"Não." – Atena negou. "Estão certos. Mas chega de delongas e procuremos a devassa."

"Toma cuidado, Atena!" – disse Hera reassumindo sua expressão séria. "Às vezes arruínas as negociações exprimindo o que pensas ou o que sentes no momento inoportuno em que deverias ficar calada."

"Reconheço que sim." – admitiu a unigênita. "Tentarei conter-me com Afrodite em prol de nossa causa."

Logo depois eram recebidas amavelmente pela deusa da beleza feminina e dos prazeres sexuais, que com seus movimentos ao mesmo tempo elegantes e sensuais as saudou condignamente, porém no seu usual tom debochado e provocativo:

"A que devo a visita inesperada da mais casta das deusas e da mais fiel delas? Espero ser poupada de vossas habituais invectivas tediosas e de vossas inúteis e desinteressantes lições de bom comportamento!"

Olhando de início fixamente para Atena, intimando-a a não aceitar a provocação e, depois, amistosamente para a cípria, Hera disse:

"Acalma-te, Afrodite! Viemos apenas pedir-te um favor."

"Ora, ora, e no que poderia eu, a maior promotora de escândalos do Olimpo, servir a vós, dois modelos de pureza e recato?"

"Chega de sarcasmo, Afrodite." – disse Hera com firmeza. "Queres ou não ouvir nosso pedido? De uma forma ou outra acabarás sendo recompensada se nos atenderes."

"Fala, Hera." – ela disse num tom pretensamente apático, tentando simular sua curiosidade, ao mesmo tempo que passava a mão direita pelos longos e sedosos cabelos loiros.

"O que desejamos é muito simples. Queremos que convenças teu filho Eros a atingir o coração de Medeia, a princesa da Cólquida, com a seta da paixão."

"Medeia... feiticeira, sobrinha de Circe e sacerdotisa de Hécate?"

"Exato."

194

*Os Argonautas e o Tosão de Ouro*

"E quem é o objeto dessa paixão?"

"Jasão, o capitão do Argo."

"Sabeis que isso invariavelmente agrada minha natureza e à de Eros. Mas ele é folgazão. Não sei se estará disposto a suspender seu jogo de dados com Ganimedes para se dar a esse trabalho."

"Não te faças de difícil, *cípria!*" – Atena disse sem rodeios. "Sabemos que dispões de muitos meios para persuadir teu buliçoso filho a fazer o que queres."

"No caso o que quereis..."

"Digamos, Afrodite", – interferiu Hera em tom diplomático, mas enfático, "que se trata do que queremos todas nós três, pois como disseste, tua natureza e a de seu filho se comprazem com a eclosão da paixão."

Depois que Hera e Atena saíram, Afrodite foi em busca do filho, encontrando-o ainda a jogar dados com Ganimedes. Como já esperava, o pequeno folgazão não se comportou em absoluto como um bom menino humano obediente. Afinal, era seu filho... tão rebelde e indisciplinado quanto ela.

"Bem", – ela disse, "tenho um presente especialíssimo para ti. Queres ver?"

Ora, quem não gosta de presentes! Todos, inclusive o irresponsável deus do amor sexual.

Eros dispensou o doce Ganimedes e seguiu a mãe.

O que Afrodite lhe deu em troca da incumbência da qual o informou era realmente algo especialíssimo: uma esfera de ouro que quando arremessada ao ar produzia um rastro semelhante ao de uma estrela cadente. Na verdade, esse divertido e adorável objeto fora no passado um brinquedo do próprio Zeus.

Eros se pôs logo a caminho da Cólquida e Afrodite se apressou em comunicar às deusas Hera e Atena a respeito de sua partida.

Enquanto isso, Jasão e os demais Argonautas, após muita discussão, dúvidas e hesitações, decidiram-se pela proposta do capitão.

Embora tendentes a achar, como no fundo o próprio Jasão o achava, que muito dificilmente convenceriam o rei Aeétes a liberar o tosão pura e simplesmente, tentariam, em primeira instância, persuadi-lo a fazê-lo.

*Sabedoria da Mitologia para o seu dia a dia*

Assim deliberado, Jasão, Telamon, Augeias e os quatro filhos de Frixos desembarcaram na Cólquida, entrando furtivamente na capital Éa graças ao auxílio providencial de uma neblina que se formou na região rural, neblina essa providenciada por Hera.

Esse caminho de acesso ao palácio pelo qual os quatro irmãos guiavam os outros Argonautas logo assumiu um aspecto macabro e desolador: a necrópole de Circe, onde cadáveres de homens, embrulhados em couros bovinos não curtidos, pendiam do alto dos salgueiros, farto repasto para aves de rapina carniceiras.

"Bárbaros e ímpios..." – comentou baixo Augeias chocado.

"Aqui na Cólquida só sepultam corpos de mulheres." – esclareceu Frontis.

Acelerando o passo para se livrarem em breve daquela visão horrenda e do odor pútrido, os Argonautas não tardaram a compensá-lo com a visão de um espetáculo oposto.

Diante deles alteava-se a atraente capital da Cólquida, situada numa colina, onde estavam localizados igualmente os estábulos dos cavalos brancos do deus Hélio, pai de Aeétes.

Minutos depois avistavam o suntuoso e deslumbrante palácio do rei, construído pelo próprio deus-artesão Hefaístos, e eram interceptados pela agressiva e inquisitiva guarda do palácio, cujo capitão, contudo, não demorou a reconhecer em quatro daqueles homens os netos do rei. Chalcíope, a mãe deles, foi a primeira a recepcionar os filhos e seus acompanhantes, e sua imensa alegria se misturou à surpresa de vê-los tão cedo de volta da Grécia.

Depois das devidas explicações e da efusiva demonstração de gratidão de Chalcíope aos estrangeiros, o grupo foi conduzido à presença do monarca.

A recepção de Aeétes, acompanhado de Eidia, sua esposa, e do filho Apsirto, foi particularmente áspera:

"Ora, de que vale, afinal, Laomedonte, rei de Troia, proibir o ingresso dos gregos no Ponto Euxino? Talvez tu, Argeu, meu neto favorito, possa explicar essa invasão!"

"Caro soberano e avô..." – disse Argeu respeitosamente, porém acentuando cada palavra, "esses gregos só estão aqui por exigência de

*Os Argonautas e o Tosão de Ouro*

um oráculo e eu e meus irmãos lhes devemos nossas vidas, pois fomos vitimados por um naufrágio."

Lembrando-se que as leis da hospitalidade estabelecidas por Zeus não eximiam a Cólquida de acatá-las, Aeétes moderou completamente o tom, saudou os visitantes e os convidou para um banquete. Quando Argeu os apresentou, Aeétes se parabenizou em pensamento por sua radical mudança de atitude, pois descobriu que Telamon era um neto do próprio Zeus.

Durante a refeição, o rei – insistindo em dirigir-se ao neto, numa clara afronta aos visitantes – perguntou:

"E do que se trata o tal oráculo a que te referiste?"

Argeu, no seu costumeiro discurso conciso e direto explicou sobre o espectro de seu pai e a necessidade de levá-lo à Grécia acompanhado do velocino de ouro."

"Como??" – vociferou o monarca, subitamente furioso.

Notando a tempo a total falta de tato e diplomacia de Argeu, Jasão acrescentou rapidamente:

"... O que, é claro, Majestade, nós e muitos outros heróis gregos retribuiremos de imediato prestando-te algum importante serviço..."

"... como, por exemplo, guerrear ao teu lado contra os arqui-inimigos da Cólquida, os sauromácios, e submetê-los ao teu domínio." – Argeu completou sob o olhar aprovador de Jasão.

O temperamental Aeétes, esquecendo novamente por completo as leis da hospitalidade e lançando um olhar hostil e desdenhoso aos gregos, bradou:

"Dispenso a ajuda dos gregos para isso, o que, a propósito, está bem longe de uma permuta com o sagrado tosão de ouro. Aliás, por vossa ousadia, *gregos*, eu poderia até expulsar-vos daqui, a não ser que preferísseis ter vossas línguas cortadas e vossas mãos decepadas!"

Jasão, Augeias e Telamon levantaram-se de um salto, desembainhando as espadas e prontos para vender caro suas vidas.

Mas antes que a vigilante guarda interviesse e se instaurasse um combate sangrento, a irmã de Chalcíope, ou seja, Medeia ingressou na sala.

*Sabedoria da Mitologia para o seu dia a dia*

Todos os olhares, sem uma única exceção, se voltaram para ela. Era como se possuísse um poder magnético.

Medeia era de uma beleza incomum e selvagem e se distinguia principalmente pelo porte altivo e uma expressão imperiosa e hipnotisante de seus olhos.

Seu inconstante pai, à vista da sacerdotisa, pareceu desvencilhar-se, como que por encanto, de sua fúria e se dispôs a reconsiderar a situação.

"Mas talvez tu, Jasão, pudesses executar para mim algumas outras tarefas específicas e, naturalmente, desafiadoras que justificassem eu e os colquideanos nos desfazermos do áureo tosão do prodigioso carneiro alado."

"E quais seriam?" – indagou Jasão, recolocando a espada na bainha e fazendo um gesto aos companheiros para que o imitassem, depois do que voltaram a sentar.

"Colocar na canga dois dos touros de patas de bronze e de respiração ígnea de Hefaístos, arar o campo de Ares com eles, semear *esse* campo arado com os dentes draconianos disponibilizados a mim por Atena... aqueles poucos restantes da semeadura de Cadmo em Tebas, e matar os guerreiros que irão nascer imediatamente dessa tua semeadura."

Cá entre nós, o ardiloso e desonesto Aeétes agia de maneira muito semelhante à do igualmente vil rei Pélias em Iolcos, ou seja, exigir façanhas que beiravam o impossível.

Jasão concordou.

Todavia, ao retornar ao Argo com Augeias, Telamon e Argeu, percurso que faziam mudos, o ex-fazendeiro imaginava, perplexo, como iria realizar tais proezas aparentemente impossíveis.

Ele ignorava, contudo, que pouco antes na sala do palácio, logo após aceitar os termos de Aeétes, Medeia fora atingida profundamente no coração por uma seta de Eros.

"Realmente", – opinou Actor, "não sei qual Aeétes é o pior: se o direto e brutal ou esse sinuoso e indireto que solicita trabalhos intricados e que beiram o impossível."

Mas o espírito de união dos Argonautas acabou prevalecendo ao assistirem ao crescente desalento de seu capitão.

*Os Argonautas e o Tosão de Ouro*

Alguns, como Peleu, se apresentaram até como voluntários para substituir Jasão na espinhosa empreitada.

Entretanto, Argeu, que se conservara aparentemente alheio e pensativo nos últimos minutos daquele debate improdutivo que não indicava nenhuma solução, acenou para uma possibilidade:

"Medeia!"

"Do que nos servirá Medeia?" – surpreendeu-se Jasão, já passando do desânimo para a irritação. "Parece-me que concordaste com teu irmão Citissoro que ela, mulher e feiticeira, além de ter claras razões para apoiar o pai, é completamente imprevisível!"

"Sim, Jasão." – Argeu assentiu. "Deveríamos procurá-la precisamente porque é completamente imprevisível."

Transcorridos mais alguns minutos de polêmica, a proposta de Argeu foi aprovada pela maioria dos Argonautas.

"Mas quem irá a ela?" – indagou Anfiarau, o vidente argivo. "Trata-se, como já constatamos, de mulher, feiticeira, sacerdotisa de Hécate, princesa..."

"E eu, se quereis saber", -- interveio Augeias, "pessoalmente preferiria cuidar dos tais touros de Hefaístos ou enfrentar o próprio Tífon do que enfrentar aquele olhar enfeitiçador com o qual cruzou por instantes o meu no palácio de Aeétes."

"Eu mesmo irei." – disse Jasão.

"Isso é absolutamente inconveniente, Jasão." – contestou Argeu. "Não duvido de tua habilidade quanto a lidar com mulheres. Mas além dessa não ser uma mulher comum, com certeza meu avô deu ordens para seus homens estar atentos em relação aos teus movimentos. Ademais, sou sobrinho de Medeia e tenho livre trânsito em Éa. Na verdade, pensando bem nem vou procurar diretamente minha tia, mas solicitar a intermediação de minha mãe."

"Muito bem pensado." – disse Butes.

Minutos depois Argeu deixava o Argo e se punha a caminho de Éa.

No palácio, sob olhares desconfiados dos membros da guarda, procurou sua mãe em seus aposentos.

*Sabedoria da Mitologia para o seu dia a dia*

Encontrou-a e, muito oportunamente, na companhia de todos seus três irmãos.

Depois de saudá-los, Argeu foi direto ao ponto.

"Meu filho...", – disse Chalcíope, não disfarçando na fisionomia a enorme tensão e preocupação que a assaltavam. "Esta situação é delicadíssima..."

"... e perigosíssima." – completou Citissoro.

"Comunicava agora aos teus irmãos", – prosseguiu Chalcíope, "e conheces a truculência de teu avô, que sois – principalmente tu e Citissoro – já suspeitos de traição em conluio com os gregos. Conheço muito bem meu pai: teme ser destronado e só não ordenou a execução sumária daqueles gregos e o ataque e destruição do Argo porque, apesar de ser filho de Hélio, teme também a ira de Zeus e sabe, inclusive, que naquele enorme navio estão muitos dos melhores guerreiros da Grécia. Então recorreu a esse expediente ardiloso para ganhar tempo. É claro que no momento que Jasão estiver morto sob as patas dos touros de Hefaístos – pois aquelas tarefas são humanamente impossíveis – ele ordenará a imediata aniquilação dos demais Argonautas."

Chalcíope olhou à sua volta, tomou fôlego e continuou:

"Amo meu pai, porém amo muito mais meus filhos. Estais defendendo uma causa dos gregos, mas afinal os quatro viajavam para a Grécia para pleitear o reino de Orcômeno. Como dizia a teus irmãos, Argeu, já me decidira a pedir o auxílio de minha irmã para proteger-vos. Não me custará pedir-lhe também para unir-se a vós na causa dos Argonautas. Contudo, não julgo nada fácil convencê-la a atender esse segundo pedido. Afinal que interesse teria vossa tia nisso? Em primeiro lugar herdou muito do temperamento de nosso pai, em segundo foi aprendiz exemplar de Circe e, para complicar ainda mais, é a suma-sacerdotisa de Hécate aqui na Cólquida. Por que tal princesa, que me supera muito em importância, eu que fui dada como esposa a um estrangeiro, com todo o respeito a vosso pai, iria desagradar o poderosíssimo rei, seu pai, e Hécate?"

"Mas..." – balbuciou Argeu.

"Mas, meu filho, não deixarei de tentar. Entretanto, se eu falhar, é bom que vós – meus filhos amados – estejais prontos para fugir de Éa e, de preferência, da Cólquida. Receio por vossas vidas. Quanto ao objeti-

200

*Os Argonautas e o Tosão de Ouro*

vo dos gregos, que inclui necessariamente a descida serena da alma de meu respeitado marido ao Hades, me é simpático, mas francamente secundário. Ficai todos aqui em meu próprio aposento, que é seguro, até eu voltar de minha entrevista com Medeia."

Qual não foi a gratíssima surpresa da zelosa e amorosa mãe ao descobrir, adivinhando obviamente um beneplácito dos deuses, que sua irmã estava perdidamente apaixonada pelo líder dos Argonautas, e que estava disposta a tudo desde que se tornasse sua esposa. Decerto – afirmou-o categoricamente – cuidaria meticulosamente da segurança de seus sobrinhos e empregaria todo seu poder para que os Argonautas cumprissem sua audaciosa missão.

Chalcíope, no auge da alegria, regressou aos seus aposentos e transmitiu aos filhos a excelente notícia. Não havia sequer a necessidade do retorno de Argeu ao Argo para pôr Jasão e os outros a par do ocorrido e marcar um encontro entre o capitão e a princesa. A ansiosa e imperiosa Medeia informou à irmã que convocaria Jasão imediatamente para que a procurasse.

O emissário da sacerdotisa comunicou a Jasão que a encontrasse à alvorada do dia seguinte no santuário de Hécate.

Chalcíope estava correta acerca dos planos de Aeétes.

O rei já havia dado ordens expressas aos soldados colquideanos: uma vez fosse Jasão trucidado pelos chifres ou patas dos touros de Hefaístos, ou mais provavelmente queimado instantaneamente por seu alento de fogo, o Argo devia ser atacado... ou melhor covardemente *incendiado*, o que seria um método mais rápido e menos laborioso e arriscado de dar cabo de tantos gregos indômitos e destemidos. Lembrou ao povo da Cólquida que os gregos jamais tinham sido bem-vindos àquele país e que só acolhera Frixos porque o próprio Zeus lhe dera ordem direta para que assim agisse.

No dia seguinte, Medeia recebia Jasão. Lembremos que o capitão do Argo e os demais Argonautas não haviam tido nenhuma notícia de Argeu, de modo que Jasão ignorava a paixão que Medeia nutria por ele, embora houvesse deduzido o possível êxito da incumbência de Argeu no sentido de trazer a feiticeira para o lado dos Argonautas, já que ela o convocara para um encontro.

*Sabedoria da Mitologia para o seu dia a dia*

Jasão viera acompanhado de Mopso, mas entrara só no templo.

"Ilustre e formosa princesa", – ele disse após introduzir-se no recinto e avistar Medeia, " rogo-te que desculpes estes meus trajes humildes de grumete, mas deste instruções para que me disfarçasse! Espero que não ofendam a ti, suma-sacerdotisa, e menos ainda, ao santuário de Hécate."

"Fizeste bem... J...Jasão, e não receies por Hécate!" – a emoção que a envolvia era tanta que já o tratava informalmente como um íntimo e gaguejava. Medeia já dispensara suas doze donzelas assistentes do culto. O capitão não deixou de estranhar sua atitude, ainda que Medeia houvesse dito aquelas palavras evitando olhar seu amado diretamente nos olhos.

Jasão se manteve de pé, a contemplá-la impressionado e confuso.

"Posso sentar-me, princesa?" – perguntou polidamente.

"Mas é... claro!" – ela assentiu sorrindo e finalmente seus olhares se cruzaram."

O esbelto e belo capitão do Argo, contudo, não sentiu a perfurá-lo aquele olhar autoritário, rígido e incisivo que percebera antes na sala do palácio, mas sim um olhar dulcíssimo e apaixonado, quase submisso, que o abrasava.

É indiscutível que o vaidoso Jasão percebeu que aquela mulher estava intensamente apaixonada por ele, porém recordou-se de algumas lições de sabedoria de seu velho mestre Quíron, e continuou a agir de maneira educada e não afetada.

"Princesa, presumo que tens algo a me dizer, já que me chamaste. E agradeço aos deuses por ter sido tu quem me convocaste e não o poderoso rei teu pai, pois certamente sabes o que me espera, pois estavas presente quando aceitei a proposta."

"Decer...to que sei, capitão..."

"Podes, princesa, chamar-me por meu nome, a mim dado por meu amoroso e sábio pai adotivo Quíron... Tu o pronunciaste muito bem, embora não sejas grega, e, a propósito, significa 'aquele que cura'."

O modo galante e cativante de Jasão somente o tornou ainda mais irresistível à moça.

202

*Os Argonautas e o Tosão de Ouro*

"*Jasão!*" – ela o proferiu com uma intensidade peculiar, como se sua alma se resumisse naquele nome tão forte e tão significativo. "Quero ajudar-te e a teus companheiros em vossa audaciosa missão."

"Contra teu tirânico pai e os desejos e interesses de teu povo?? Talvez até contra a vontade de Hécate?"

"Não importa!" – ela disse com veemência.

"Mas por que então?" – ele indagou simulando ignorar a provável razão, como se não tivesse captado a mensagem de amor incontestável que aqueles grandes olhos faiscantes transmitiam.

"Amo-te muito!" – ela o confessou na iminência de ajoelhar-se aos pés dele.

Ele a impediu prontamente. "Teus olhos e tua postura já o haviam denunciado, mas não te humilhes por isso, muito menos neste templo! És uma princesa de um grande reino e uma suma-sacerdotisa. Deves comportar-te à altura!"

"Nada importa agora!" – ela insistiu, "exceto estar contigo, meu adorado!"

"Isso muito me envaidece e me honra, princesa, mesmo porque não sou insensível aos teus encantos. Mas o que queres dizer exatamente com 'estar comigo'?"

"Retornar contigo à Grécia, ser desposada por ti e honrada como tal!"

"E o farás para ajudar-nos... ou melhor, *ajudar-me*, pois o que teu pai exige agora diz respeito a mim?"

"Fornecerei o instrumento que tornará as tarefas impossíveis possíveis."

Jasão refletiu por alguns instantes. Naquele impasse tudo parecia depender de Medeia. Ele estava prestes a ser convocado por Aeétes e totalmente convicto da impossibilidade da realização daquelas tarefas.

"Bem, juro pelos deuses olímpicos que serás minha esposa e receberás todas as honras devidas como tal."

Medeia disse-lhe que aguardasse e dirigiu-se a um nicho num dos cantos do altar. Dali retirou um frasco, entregou-o a Jasão e explicou:

*Sabedoria da Mitologia para o seu dia a dia*

"Este frasco contém uma loção mágica feita do açafrão caucasiano que brotou e cresceu do sangue do titã Prometeu quando este foi supliciado. Com ele deverás umedecer todo teu corpo, escudo e lança, e antes disso realizar um ritual à Hécate segundo minhas instruções. Serás protegido do sopro ígneo e mortal dos touros."

Jasão tomou o frasco das mãos de Medeia, agradeceu-lhe e fez uma libação de mel.

Como o tempo conspirava contra eles, ele se limitou a ouvir as instruções relativas ao ritual e se separaram.

Todavia, ainda que Jasão, os demais Argonautas e Medeia se sentissem pressionados pelo látego inexorável de Cronos, ou seja, pelo fluir ininterrupto do tempo, Aeétes, provavelmente para aumentar a tensão e o desconforto dos gregos, não convocou Jasão naquele dia. O rei da Cólquida certamente desconhecia o acordo firmado entre sua filha e o capitão do Argo.

Ao ficarem a par de tal acordo, a tensão, desconsolo e desesperança dos Argonautas evaporaram-se e o navio foi invadido por uma animação sem paralelo, a ponto de Jasão pedir-lhes que se contivessem, com receio de seu vozerio e "urras" multiplicados chegar aos ouvidos dos batedores colquideanos. Era importante que Aeétes cresse que se achavam realmente desolados e desesperados e que não desconfiasse, em hipótese alguma, de seu entendimento com Medeia, sequer de sua conexão com ela.

"Muito bem, capitão!" – bradou Euridamas, "nos contentaremos com a lira e a voz de Orfeu... o que decerto não é pouco!"

Na manhã seguinte, antecipando-se a uma convocação, Jasão, acompanhado nessa oportunidade de Etálides e Telamon, dirigiu-se ao palácio de Éa. O rei não se negou a recebê-los, mas o fez com sua usual grosseria e ar de desprezo:

"Eis aqui os dentes restantes a mim entregues pela própria Atena, patrona de Atenas, se não me engano, mas que não costuma tratar diretamente com os gregos... talvez porque não os julgue dignos disso." Ao dizer essas palavras quase blasfemas e profundamente insultuosas, Aeétes passou às mãos de Jasão um pequeno saco de couro. "Já sabes exatamente o que fazer..."

204

*Os Argonautas e o Tosão de Ouro*

"Quando e onde?" – perguntou-lhe laconicamente Jasão, não reagindo às suas provocações.

"Amanhã, meia hora após o nascer do sol na planície de Ares. Ah..." – acrescentou com um riso sarcástico, "se venceres a prova... o que duvido, o tosão de ouro estará à tua disposição, se, é claro, conseguires 'convencer' um certo guardião insone a liberá-lo!"

Telamon preparava-se para retrucar algo, mas Jasão o dissuadiu de fazê-lo mediante um leve meneio de cabeça.

Retornaram ao Argo e a conversação dessa vez girou em torno de um tema evocado pelo próprio Aeétes: o dragão insone.

"Ora", – disse Idas, "pelo que sei, dragões não costumam ser nem imortais nem invencíveis, e no caso trata-se de um *único* dragão, e somos muitos gregos. Simplesmente o atacamos e o matamos."

"Talvez não seja tão simples assim." – comentou Acasto.

"De qualquer modo", – disse Jasão, "um problema por vez! Enquanto vós pensais nesse problema, vou descansar e preparar-me para a prova de amanhã."

"Alimenta-te, também!" – lembrou-o Meleagro. "Chegaram provisões frescas enviadas pelos filhos de Chalcíope."

Naquela noite, após avisar os companheiros que precisava realizar algo sozinho, e acatando à risca as instruções de Medeia, Jasão envergou um traje negro, tomou uma pequena ovelha e caminhou o mais silenciosamente possível na direção do rio Fase, até localizar uma clareira. Prendeu o animal que balia, despiu-se e banhou-se no rio sagrado. Em seguida, vestiu-se, cavou um fosso, sacrificou o animal, queimando-o dentro do fosso e invocou Hécate. Não demorou para que a apavorante deusa emergisse das entranhas da terra para colher sua oferenda. Como lhe advertira enfaticamente Medeia, ao entrever a aproximação da deusa, ele devia imediatamente deixar o lugar sem olhar para trás.

Ao romper da aurora, Jasão destampou o frasco da loção mágica e com a substância rubra umedeceu todo seu corpo, escudo e lança. Sentiu-se logo inundado por uma onda de vigor e autoconfiança incomuns. Voltando ao Argo, ordenou que levantassem âncora e remassem, pois o vento não era favorável, rio acima.

205

*Sabedoria da Mitologia para o seu dia a dia*

Uns quinze minutos depois a âncora era lançada nas águas próximas da planície de Ares.

Aeétes os aguardava com muitos outros colquideanos. Tendo à cabeça um reluzente capacete de ouro, presente de Ares, circulava de biga com a imponência de um pavão. Parecia extremamente autoconfiante.

Jasão fora o primeiro a desembarcar e dirigiu-se rapidamente ao arado. Segundos depois dois ferozes touros de patas brônzeas surgiram oriundos de uma caverna, e dispararam – apesar de seu porte avantajado – contra o capitão do Argo.

Jasão se viu logo envolvido por uma nuvem de chamas ejetadas das narinas dos animais, o suficiente para carbonizar instantaneamente um corpo humano.

Entretanto, a loção mágica o manteve completamente invulnerável e incólume. As feras hesitaram diante do prodígio e Jasão aproveitou para golpeá-las violentamente com o escudo, obrigando-as a ajoelharem. Em seguida lhes instalou o cambão, depôs as armas e começou a arar a terra, semeando os dentes atrás de si.

Ele trabalhou até o meio da tarde, quando então todo o campo (cerca de quatro acres) estava arado e todos os dentes semeados. Quando semeou o último, o fenômeno previsto principiou a acontecer: dos pontos semeados começaram a brotar, a uma velocidade vertiginosa, soldados inteiramente armados. Eram muitos e decididamente ameaçadores, mas não pareciam muito inteligentes. Medeia o instruíra a apanhar uma pedra de grandes dimensões e arremessá-la bem no centro do grupo. Foi o que ele fez. O resultado foi aquelas aberrações se pôr a lutar encarniçadamente entre si. Minutos depois de assistir àquele bizarro combate, bastou que Jasão retomasse sua lança e matasse os poucos sobreviventes feridos.

O sol acabara de pôr-se no horizonte. Jasão levara precisamente um dia para executar suas tarefas.

Aeétes e sua comitiva se limitaram a retirar-se, mas sem conseguirem esconder seu assombro e desolamento.

Jasão, carregado nos ombros pelos companheiros, era ovacionado.

206

*Os Argonautas e o Tosão de Ouro*

"Bem, amigos", – ele disse, exausto, "colocai-me no chão, pois temos, evidentemente, ainda o que fazer, precisamente a operação final de nossa missão aqui."

"Antes", – disse-lhe Poeas, "tens e temos uma visitante ilustríssima para receber."

Ele se referia a Medeia, que se aproximava um tanto esquiva dos gregos. Mas seu constrangimento foi logo dissolvido pela calorosa aclamação de que foi objeto, além da saudação afetuosa de seus sobrinhos.

"Diletos amigos", – anunciou Jasão, "tendo a vós como testemunhas, comprometo-me aqui em nome de Hera, deusa do matrimônio, a desposar nossa heroína e benfeitora tão logo regressemos à Grécia."

A própria Hera, no Olimpo, exultava com aquelas palavras do jovem, constatando que os dois instrumentos de seu propósito de punir o insolente Pélias se aproximavam cada vez mais.

"Tua promessa solene enche-me, querido Jasão, da mais inexprimível felicidade." – observou Medeia, tocada ao extremo e com lágrimas a banhar seu belo rosto. "Contudo, temo que meu pai venha a alegar que trapaceaste nesse jogo, afirmando que recorreste à magia, no caso à minha magia."

"Na verdade", – disse Citissoro, "como nos advertiu nossa mãe, de uma forma ou outra, nosso avô nunca pretendeu liberar o tosão, independentemente do resultado desse jogo a favor de Jasão, vencido mediante magia ou não."

"A essa hora", – disse Medeia, "meu pai muito provavelmente já está preparando seu exército para nos exterminar. Devemos ir agora imediatamente para o bosque sagrado de Ares, onde o inestimável tosão se encontra."

Assim, guiados por ela, os Argonautas marcharam por quilômetros na direção do bosque.

Contudo, à distância, antes de o atingirem, os gregos começaram a ouvir urros estrondosos e medonhos que gelavam o sangue em suas veias, ainda que fossem eles homens e heróis de grande bravura.

Somente Medeia permanecia fria e impassível.

O primeiro a entrever a formidável e aterradora criatura foi o próprio Jasão.

*Sabedoria da Mitologia para o seu dia a dia*

"Por todos os deuses do Olimpo!! – exclamou detendo o passo. "Nem um exército de heróis do quilate de Héracles subjugaria um tal monstro!"

"Não se trata aqui, meu querido", – Medeia disse e o tocou no braço esquerdo, "de um confronto ordinário de pura força bruta, ou mesmo de destreza. Diz aos teus Argonautas que cessem a marcha e se ocultem nas imediações. Só nós dois avançaremos."

"S...sim!" – anuiu Jasão, com os lábios secos e apertando a mão direita da princesa, numa nítida confissão de dependência. "Mesmo porque não acredito que as melhores armas comuns sejam de alguma valia contra esse colosso vivo."

"Acertaste, meu sensível grego." – confirmou a feiticeira. "Só armas extraordinárias, como as minhas, poderão submeter esse filho de Tífon."

Jasão transmitiu a ordem aos companheiros, que muito depressa – e talvez aliviados – se dispersaram e se esconderam tanto atrás quanto sobre árvores.

"Esses urros horripilantes provam que já detectou a aproximação de intrusos." – balbuciou Jasão olhando suplicantemente para aquela estranhamente poderosa mulher, que se mantinha inteiramente imperturbável.

"Não achas" – continuou, "que a qualquer momento ele sairá da proximidade daquele grande carvalho para nos perseguir e nos despachar para o reino de Plutão?"

"Com certeza não!" – Medeia o tranquilizou. "Ele é exclusivamente um atento e fiel guardião do velocino. Não sairá de perto dele em hipótese alguma."

O dragão insone era realmente não só um monstro aterrador como uma criatura de força evidentemente prodigiosa e de dimensões colossais... que superavam as do próprio Argo!

"Segue-me bem de perto e agilmente." – Medeia disse ao seu companheiro. "Pois embora ele não tenha visão aguda e nem ouvidos sensíveis, é capaz de nos localizar com facilidade captando o calor de nossos corpos."

*Os Argonautas e o Tosão de Ouro*

"Mas..."

"Só nos atacará se pressentir ou perceber que nos dirigimos para o velocino."

Eles se moveram como um casal de gatos até cerca de vinte metros daquela massa gigantesca de escamas, encimada por uma tosca e enorme cabeça reptílica e terminada por uma imensa cauda espiralada. Medeia e Jasão se postaram atrás de um grosso tronco de salgueiro.

Naquele momento, o dragão insone parou de agitar-se e se emudeceu. Imobilizou-se completamente, mas as grandes órbitas de seus olhos de um verde escuro e baço se moviam, demonstrando que a besta estava perfeitamente de atalaia... e que já detectara a exata posição de Jasão e Medeia.

"Temos que agir agora." – disse a moça. "No instante em que eu conseguir fazê-lo adormecer, corre e apanha o tosão preso ao grande carvalho."

Dizendo isso, Medeia – para o total espanto de seu parceiro – abandonou de um salto o esconderijo, aproximou-se mais uns dez metros do monstro e – figura minúscula e inócua diante daquela criatura colossal e ameaçadora – pousou seu olhar fixamente nos olhos dela, ergueu a delicada mão direita e produziu, com voz alta e gutural, um encantamento, acentuando cada palavra mágica incompreensível aos profanos.

O monstro imediatamente reagiu e a emissão de um urro horrendo e o movimento geral de seu corpo de réptil deram a impressão a Jasão que, lívido, parecia petrificado no solo, que a princesa e ele seriam em segundos instantaneamente incinerados pelo fogo expelido pelas narinas intumescidas da criatura.

"Ó gloriosa Atena..." – suspirou, "é o fim de tudo!"

Mas estava enganado. A criatura pestanejou como um inofensivo cãozinho, esforçando-se em vão para não cerrar as pálpebras.

A determinada feiticeira tirou das vestes um pequeno frasco, cujo conteúdo era um hipnótico poderoso à base de junípero, e aproximando-se pé ante pé ligeiramente da cabeça do monstro, que esboçava ainda alguns limitados movimentos, na tentativa de recompor-se, verteu o líquido nas suas grandes pálpebras, que então se cerraram definitivamente.

*Sabedoria da Mitologia para o seu dia a dia*

Um minuto depois o imenso dragão dormia profundamente.

A tarefa de que Jasão fora incumbido foi então realizada: simplesmente ir até o carvalho e retirar dele o ofuscante e pesado tosão de ouro, que vinha acompanhado do inquieto espectro de Frixos.

Ambos regressaram depressa ao ponto em que haviam deixado seus camaradas, que rapidamente se reuniram a eles, boquiabertos com o fardo de ouro faiscante carregado cuidadosamente por Jasão.

Quebrando a inatividade causada pelo pasmo nos gregos, a prática e precavida Medeia se apressou em alertá-los:

"Este troféu magnificente não está ainda assegurado. Corramos e embarquemos sem demora no Argo para zarparmos o quanto antes, pois meu pai e os colquideanos continuam representando um enorme perigo para nós."

"Medeia tem razão." – confirmou Jasão. "Apressemo-nos!"

Sob a orientação dela foram conduzidos por uma trilha incomum e cerca de meia hora depois os gregos pisavam no convés do Argo; sem a propulsão do vento, Jasão ordenou empenho máximo nos remos.

A euforia dos gregos era tal que, por falta de tempo para comemoração, transferiram sua irrefreável alegria às possantes remadas. Conta-se que nessa ocasião específica, Orfeu compôs e interpretou um majestoso canto épico em celebração do feito.

Logo depois o Argo deixava a foz do Fase e passava a cortar com sua quilha as águas do Ponto Euxino.

Medeia, porém, se colocara próxima da popa e esquadrinhava com o olhar atento a retaguarda do Argo.

"Por que permaneces calada, pensativa e inquieta, querida princesa? És mais uma vez nossa campeã e heroína, e já estamos no Mar Negro!"

"Conheço meu pai, Jasão. Embora tenhamos sido suficientemente céleres para escaparmos de suas garras em terra, ele virá sem dúvida em nosso encalço."

"Se depender de ventos favoráveis, estará em situação idêntica à nossa."

*Os Argonautas e o Tosão de Ouro*

"Sou mulher e sacerdotisa, Jasão, não construtora naval ou marinheira. Mas o bom senso me diz que as pequenas e leves belonaves da frota da Cólquida são mais rápidas do que este imenso navio. Além do mais, meu pai possui aliados nestas praias que poderão nos interceptar."

"Nesse caso", – Jasão disse, capitulando diante daqueles esclarecimentos, "só nos restará lutar, o que faremos certamente com inigualável denodo e motivação, pois temos a bordo dois tesouros: o velocino e tu, os quais defenderemos até o último homem. A não ser que tua magia..."

"Minha vida e minha magia, amado Jasão, estão ao teu inteiro serviço salvo por uma única exceção: não usarei a magia diretamente contra meu pai, um filho do deus-sol!"

"É compreensível e justo, digna e prudente princesa." – assentiu Jasão. "Ademais, a glória dos heróis gregos a bordo deve ser conquistada pelo seu mérito guerreiro. Já dependemos demasiado de tua magia e dos imensos riscos que afrontaste por nós!"

"Por ti, meu adorado!" – ela sorriu e acariciou o rosto de Jasão.

Mas aqueles momentos idílicos foram bruscamente interrompidos pela voz de Linceu.

"Capitão, inimigo avistado a bombordo. Perseguem-nos à velocidade crescente e se aproximam rapidamente!"

"Tal como disseste!" – disse Jasão. "É hora dos remadores descansarem seus braços para empunharem armas."

Os Argonautas, convocados imediatamente por Jasão, vibraram com a ordem de trocar os remos por armas e assumiram logo seus postos. Apenas os dois videntes, Anfiarau e Mopso, e Orfeu, cuja arma poderosa que embalava o ardor bélico dos gregos era a lira, se eximiram, inclusive por instrução de seu líder, do empenho da luta. Jasão deixou Medeia aos cuidados dos dois videntes, que a princípio constrangidos com a presença da sacerdotisa de Hécate, acabaram por acolhê-la, reconhecendo a importância e grandeza de suas ações em prol da causa.

O Argo se viu em breve cercado por ao menos dez vasos de guerra de pequeno porte, porém muito bem equipados e lotados de guerreiros. Obviamente Aeétes, que comandava a belonave principal, não ousou abalroar o Argo, o que seria um erro crasso dado o tamanho e a solidez deste último.

*Sabedoria da Mitologia para o seu dia a dia*

A desproporção das forças era preocupante: *cinquenta por um*, isto é, a força naval de Aeétes era da ordem de uns quinhentos homens para uns cinquenta gregos.

Entretanto, a diferença qualitativa era francamente favorável aos Argonautas, especialmente no que se referia aos arqueiros e lanceiros, isso sem contar os dotes extraordinários dos filhos alados de Boreias, de Periclímeno e de Eufemo que, além de notável nadador, era detentor de uma celeridade tal que chegava mesmo a caminhar sobre a superfície das águas. Se somarmos a isso a intrepidez ímpar daqueles heróis que lutavam por uma causa que os iria cobrir de prestígio imemorável, diferentemente dos colquideanos, que lutavam tão-só por um soldo regular e pressionados por um líder tirânico e cruel, concluiremos que a imensa vantagem numérica dos adversários dos Argonautas tenderia a pesar pouco na balança.

A batalha principiou com o arremesso maciço de lanças e flechas. Falero, o arqueiro ateniense, disparava com rapidez impressionante e suas setas voavam como raios certeiros e mortais.

Acasto, o filho de Pélias, Admeto, príncipe de Fere, e Ascálafo, o orcomeniano filho de Ares, arremessavam lanças não menos mortais. Outro fator positivo para os gregos era a capacidade de conjugar e alternar ousadia com prudência, expondo-se o mínimo possível aos projéteis dos colquideanos, num emprego eficientíssimo dos escudos, couraças e capacetes.

Depois de cerca de meia hora de combate, mais de duzentos colquideanos haviam tombado nas camadas superficiais escuras do Ponto Euxino. A única baixa dos Argonautas foi o bravo Ifito, irmão do rei Euristeu de Micenas.

Quando os já pouco briosos e desalentados guerreiros da Cólquida, acicatados pelo seu furioso rei, começaram a invadir o Argo, após as belonaves o costearem, os gregos, na luta corpo a corpo, a despeito da grande disparidade numérica que ainda subsistia, se sobressaíram excepcionalmente no manejo das espadas e lanças. Os Dioscuros Cástor e Polideuces, empunhando espadas curtas, eram tão fulminantes com elas quanto distribuindo murros devastadores. Calaís e Zetes ceifavam as vidas dos inimigos pairando e adejando sobre o convés, praticamente imunes a qualquer golpe dos adversários. O prodigioso Periclímeno, filho

*Os Argonautas e o Tosão de Ouro*

de Poseidon, assumia aqui e ali a forma exata de um colquideano, confundindo mortalmente os inimigos.

Mais meia hora e o convés do Argo tingia-se de sangue colquideano. Aeétes não conseguia mais estimulá-los, sob pretexto nenhum, a continuar enfrentando os gregos, que pareciam invencíveis.

Cerca de cinquenta colquideanos restantes desistiram da refrega atirando-se às águas do Mar Negro ou tentando desesperadamente voltar às belonaves.

O último combate à espada ocorreu próximo à proa entre Aeétes e Meleagro da Caledônia, que embora inicialmente ferido no flanco direito pelo excelente lutador que era Aeétes, apesar de sua idade, finalmente o atingiu mortalmente com um golpe direto no peito.

Além de Meleagro, também estavam feridos Jasão e Argos. Mas nenhum deles fora ferido de morte, sendo logo socorridos por Medeia, que com suas ervas medicinais não demoraria a curá-los.

A conquista do tosão de ouro era um fato e os Argonautas e Medeia puderam enfim relaxar e comemorar.

Entretanto, os percalços e perigos que teriam que encarar no regresso a Grécia lhes provaria que essa conquista ainda corria risco e tinha que ser consolidada.

Mas essa, leitor, é uma outra aventura e uma outra história que contaremos eventualmente em outra oportunidade. Esta que acabamos de relatar, como toda narrativa de fundo mítico, encerra múltiplos significados. Atenhamo-nos a alguns aqui.

● ● ●

*A primeira pergunta que costuma ocorrer invariavelmente a milhões de pessoas ao lerem a aventura dos Argonautas é: o que é o tosão de ouro?*

*Uma das respostas pode ser a seguinte: é o grande objetivo a que nos propomos em nossas existências.*

*Há quem pense que é um objetivo universal, ou seja, algo único para todas as criaturas humanas de todos os lugares e de todos os tempos, digamos sabedoria, que devemos nos cuidar de não confundir*

*Sabedoria da Mitologia para o seu dia a dia*

*com conhecimento racional e teórico, ou saber científico. Referimo-nos ao saber que diz respeito ao nosso ser interior e ao nosso papel no universo, inclusive aquém do nascimento e além da morte; poderíamos dizer, em outras palavras, que essa meta universal seria a conexão e sintonização estreitas com a Inteligência suprema que permeia o universo e lhe é inerente ou imanente. Mas este não é um livro de filosofia ou, mais exatamente, de metafísica. Em linguagem religiosa, que é fácil, cômoda e corrente, essa Inteligência é chamada de Deus.*

*A busca do tosão de ouro poderia ser interpretada também como a nossa procura constante de nosso eu interior, do autoentendimento indispensável para entendermos o outro ou, ao menos da paz interior que, paradoxalmente, tornaria construtivo e harmonioso nosso contato com o exterior, com os outros e o mundo que nos cerca.*

*Há quem pense, diferentemente, que esse objetivo é diversificado e particular e, nesse caso, os exemplos de objetivos seriam inumeráveis e aborrecidíssimo os indicar aqui. Apenas indicaremos alguns: devotar todas as energias, inteligência e talento para tornar-se o melhor e mais bem sucedido profissional numa determinada profissão; dedicá-los para conquistar a mulher mais bela ou o homem mais atraente; devotá-los para a consecução de uma fortuna para que nos tornemos milionários, ou devotá-los a um projeto abnegado de construir uma organização filantrópica num país miserável. Em resumo e genericamente, a realização de qualquer sonho individual genuinamente acalentado é uma conquista do tosão de ouro.*

*Mas se pensarmos bem, quaisquer que sejam os significados que possamos atribuir ao velocino de ouro de um fabuloso carneiro alado e falante, o leitor, que é sensível, atento e perspicaz, sem dúvida percebeu que nessas peripécias dos Argonautas, embora o tosão seja o cobiçado troféu ou prêmio a ser granjeado, ele não passa – como meta – de um ponto fixo a ser atingido, para o qual há todo um longo caminho repleto de emoções geradas por vitórias e derrotas, impasses, perigos, dificuldades, obstáculos, dramas, armadilhas e toda uma miríade de elementos: o movimento, a dinâmica excitante e desafiadora está na trajetória rumo ao tosão, não no tosão!*

*Aqui nos ocorre – e que nos perdoe, talvez, o leitor por nossa espontaneidade e singeleza – uma analogia prosaica com o esporte favorito dos brasileiros: o futebol, embora esportes como o basquete também se prestassem a essa analogia.*

*Os Argonautas e o Tosão de Ouro*

*O gol (*goal, *palavra inglesa que significa meta) é o objetivo, uma vez vencido o goleiro; mas é apenas algo fixo, embora imprescindível fator motivador. Todo o movimento espetacular do jogo, com o futebol-arte dos craques e a superação das mil dificuldades da competição,* não acontece em cada uma das duas traves fixas do gol, mas fundamentalmente entre elas!

*Assim, na história dos Argonautas as lições que nos interessam para nossas vidas se encontram no longo e tortuoso percurso até a Cólquida... e não no apanhar fácil e sumário de Jasão do velocino graças à magia de Medeia!*

*Um dos importantíssimos valores que essa história ilustra tão bem é o que costumamos chamar de espírito de equipe ou de união, algo absolutamente indispensável em nossa vida profissional, seja ela qual for; abrangendo isso um círculo maior que envolve o menor, é ilustrado enfaticamente o* espírito comunitário, *já que o Argo abriga uma comunidade humana que visa um bem comum.*

*Nessa comunidade ou microcosmo do Argo, algumas qualidades humanas universais são exibidas e mesmo exercitadas regularmente: solidariedade, amizade, coragem, dedicação, perseverança, paciência e até sacrifício e humor. Exceto pelo breve episódio representado pelo quase motim provocado pelo fato de Héracles, Polifemo e Hilas terem sido deixados para trás, os Argonautas se apóiam, se respeitam, se solidarizam e até se amam.*

*Jasão, jovem e inexperiente, longe de ser um líder prepotente e autoritário, instaura um verdadeiro regime democrático no Argo, estabelecendo conselhos e assembleias regulares; por outro lado, toda vez que o desânimo o assalta, ele é pronta e carinhosamente assistido por seus amigos e companheiros que, embora detentores das personalidades mais díspares e representantes de diferentes nações gregas, priorizam o interesse coletivo do Argo e conseguem preservar a harmonia. Admeto é um príncipe de Fere, Jasão um fazendeiro da Magnésia, Orfeu um poeta originário da Trácia, Anfiarau um vidente de Argos, Meleagro um caçador da Caledônia, Cástor e Polideuces boxeadores de Esparta, Argos um construtor de Iolcos, e assim por diante; até o filho do usurpador Pélias, Acasto, está entre eles! Mas permanecem unidos pelo mesmo ideal. O Argo é imenso, mas não há espaço nele para nenhum individualismo: arrogância, disputa fútil, antipatia, ciúme, inveja, hipocrisia, traição, ambição pessoal e ga-*

*Sabedoria da Mitologia para o seu dia a dia*

*nância. Tudo que visam é a meta comum: a glória honrosa para seus nomes e de suas famílias.*

*Idmon viaja mesmo sabendo que a fatalidade está à sua espreita. Tifis perece e logo surgem voluntários para substituí-lo e servir à causa comum. Quando Jasão se desespera ante as tarefas impossíveis, eles o confortam e alguns se oferecem prontamente para o substituir no enfrentamento dessas tarefas. O espírito da amizade e do sacrifício pessoal impera no Argo.*

*E quanto à feiticeira Medeia?*

*O leitor talvez conteste: tudo que fez foi artificial e causado pela paixão avassaladora nela incutida por Eros.*

*Permitimo-nos discordar do leitor: suma ousadia de autor!*

*É incrível, mas apesar de seu coraçãohaver sido quase trespassado pela seta da paixão, nem uma só ação de Medeia tem caráter propriamente passional: todas são gestos de amor quase fraternal! É desse modo que ela quer fazer jus a ser esposa reconhecida de Jasão na Grécia.*

*Na verdade – e aqui talvez o leitor concorde conosco – Medeia é a grande protagonista da história a partir do momento que os Argonautas chegam à Cólquida. Ainda que excelente, Jasão passa a ser um coadjuvante.*

*Nós nos deteremos, se para isso houver oportunidade, na personalidade marcante e forte de Medeia em outra ocasião; de momento, basta declarar que ela, estrangeira, provável inimiga, mulher, feiticeira, sacerdotisa de Hécate, princesa da Cólquida, filha do tirano Aeétes, por suas ações chega a ser respeitada e aclamada pelos gregos, inclusive pelos videntes Anfiarau e Mopso.*